Addicted to Dax

Heart vs. Head Serie 3

Korrektorat/Lektorat: Lektorat Scriptlounge /
script-lounge.de
Umschlaggestaltung © D-Design Cover Art /
ddc-art.com
Angelwing Verlag / Paul Dahl
Dattenfelder Str. 22
51109 Köln
angelwing-verlag.de
Kontakt: info@angelwing-verlag.de
ISBN-13: 978-3-96261-005-0
Auflage: 1 / 2017

Dies ist eine fiktive Geschichte, Ähnlichkeiten mit lebenden, oder verstorbenen Personen sind rein zufällig und nicht beabsichtigt.

Addicted to Dax

Drucie Anne Taylor

Die Heart vs. Head Serie

Die Heart vs. Head Serie erzählt die Liebesgeschichten einer Gang. Jedes Buch ist in sich abgeschlossen und kann getrennt von den anderen gelesen werden. Die Charaktere tauchen jedoch immer wieder in nachfolgenden Büchern auf.

Es handelt sich um ein fiktives Chicago, das so wie beschrieben, bloß in meiner Fantasie existiert.

Ich wünsche Euch viel Spaß mit Dax' und Sins Geschichte.

I feel a sin coming up

Dieses Buch

Behütet wächst Sin mit ihrem Bruder in Chicago auf, bis ihre Familie eines Tages auseinanderbricht und sich ihr Leben radikal ändert. Alkohol und Gewalt dominieren ab sofort ihr Leben.

Sin hält es nicht mehr aus und flüchtet auf die Dächer Chicagos, auf denen sie sich frei fühlt. Schnell merkt sie, dass sie dort nicht allein ist, und stößt auf Dax, der hier seinen Rückzugsort hat.

Die beiden kommen sich näher, doch die raue Realität von Chicagos Straßen holt sie schnell ein. Zwei rivalisierende Gangs herrschen über die Stadt. Dax, Anhänger der Truppe um Thorn Davenport, weiß nicht, dass Sin die Schwester von Acid ist, Anführer der verhassten Konkurrenten.

Bald kommt das Geheimnis ans Licht und bringt Thorn und seine Leute in äußerste Lebensgefahr, denn den Verrat seiner Schwester am eigenen Blut verzeiht ein Acid Jameson niemals.

Die Liebe zwischen Dax und Sin hat keinen Bestand, bis Dax einen Vorschlag unterbreitet, der seinen Tribut fordern wird ...

Wie weit sind Feinde bereit zu gehen, um das zu bekommen, was ihnen am wichtigsten ist?

Spielt Liebe überhaupt noch eine Rolle oder ist sie Mittel zum Zweck?

Kapitel 1

»Sin!«, donnert die Stimme meines Dads durch das Erdgeschoss des Hauses und ich verziehe das Gesicht.

Ich frage mich, was ich nun wieder angestellt habe, aber der elende Säufer findet immer einen Grund, mich zur Sau zu machen. »Was willst du?«, rufe ich, als ich an die Tür meines Zimmers gehe.

»Wo steckst du, du unnützes kleines Miststück?«

»Hast du gesoffen?«

»Ich habe zwei Bier getrunken, du undankbare Stadtmatratze! Wo bist du?«

»Bist du jetzt schon zu besoffen, um deinen Alkoholikerarsch die Treppe hochzubewegen, oder was?«, belle ich ungeduldig zurück. Soll er doch kommen und sich wieder aufs Maul legen, zu etwas anderem ist der Kerl eh nicht in der Lage.

Es poltert, was mich dazu veranlasst, meine Lederjacke anzuziehen, mein Beanie zu schnappen und das Fenster zu öffnen. Anschließend nehme ich meine kleine gehäkelte Handtasche vom Schreibtisch, in der ich alles Wichtige aufbewahre. Als ich auf der Fensterbank sitze, taucht er im Türrahmen auf. »Na warte!«, poltert er und kommt auf mich zu.

Ich schüttele den Kopf. »Heut nicht, du scheiß Alkoholiker!« Danach schlüpfe ich aus dem Fenster und springe aus dem ersten Stock. Wäre ich keine Traceur, eine Parcours Läuferin, würde ich mir bei diesem Sprung sicher irgendwas brechen, aber dem Sport sei Dank lande ich galant auf der Erde.

Wetternd taucht er im Fenster auf, brüllt mir hinterher, dass ich genau so eine unnütze Hure wie meine Mom sei, und flucht wild.

»Arschloch«, knurre ich, als ich schon über den Maschendrahtzaun gesprungen bin, der eine Gasse von unserer Straße trennt. Danach laufe ich weiter. Mal sehen, was im Club abgeht, denn dort kann ich sicher auf andere Gedanken kommen. Vielleicht komme ich für die Nacht bei Hood oder Acid unter.

»Hey, Sin!«, ruft Acid mir zu, als ich an ihm vorbeilaufe.

Ich bleibe stehen. »Hey, Alter. Was gibt's?«

»Wohin?«

»Hood, du?«

»Hood.« Er grinst. »Spring rein, ich nehm dich mit.« Er winkt mich zu seinem Cabrio und ich springe über die Beifahrertür auf den Sitz.

»Danke dir.«

»Wieder auf der Flucht vor Dad?«, erkundigt er sich.

»Ja, es ist immer besser, wenn ich ihm aus dem Weg gehe, wenn er gesoffen hat«, erwidere ich und lehne mich zurück.

»Scheiß Alki.«

»Du sagst es, aber du kennst das doch. Wenn er besoffen ist, bin ich die unnütze Hure wie Mom, bevor sie abgehauen ist.«

Mein Bruder klopft mir auf den Oberschenkel. »Willst du bei mir pennen?«

»Wenn du mich lässt.«

»Du weißt doch, dass du immer zu mir kommen kannst«, sagt er irritiert.

»Ich weiß auch, dass du wegen deiner Geschäfte ständig unterwegs bist, weshalb Hood mir mittlerweile mehr Bruder ist als du, Großer«, kontere ich, strecke ihm die Zunge raus und zwinkere ihm gleichzeitig zu.

»Yo, kommt vor, aber wäre ich es nicht, hättest du seit Ewigkeiten keine neuen Sachen mehr bekommen.«

»Ja, danke, Acid, ich bin froh, dass ich dich habe«, erwidere ich seufzend und schenke ihm ein zuckersüßes Lächeln. Acid und Sin, wir heißen nicht wirklich so, aber sie sind allemal besser als unsere richtigen Namen. Abgesehen davon, sprechen wir uns in der Gang alle nur mit Spitznamen an. Ich muss sogar zugeben, dass ich viele gar nicht mit ihren richtigen Namen kenne, was aber kein Nachteil ist, denn so kann man sich nicht gegenseitig verpfeifen. Unsere Telefonate laufen nur über Prepaid-Handys, damit wir sie nach einem Deal wegwerfen können. Es gibt eine Gruppe, von der ich mich immer fernhalten muss, sonst bekomme ich Ärger mit meinem Bruder.

»Und wie spät soll's heut werden, Sin?«

Ich schaue ihn nachdenklich an. »Bis ich umkippe, ich muss mir den Frust von der Seele tanzen.«

»Normalerweise läufst du ihn dir von der Seele.«

»Normalerweise kann Dad meine Laune auch nicht so leicht crashen wie heute«, halte ich dagegen. »Ich bin froh, dass ich bald 18 werde und dem Dreckladen den Rücken kehren kann.«

»Du weißt, dass du immer zu mir kommen kannst.«

»Du weißt, dass Dad mich immer zurückholen wird, weil er meint, du seist kein guter Umgang für mich.«

»Ich bestimme, wer ein guter Umgang für dich ist. Immerhin bin ich im Gegensatz zu ihm von nichts abhängig«, knurrt mein älterer Bruder und tritt aufs Gas.

»Vergiss ihn einfach, ich hab gar keine Lust, noch mal nach Hause zu gehen. Der Typ stresst nur noch rum.«

»Weil er immer strack wie ein Pirat ist.«

Ich sehe ihn fragend an. »Strack?«

»Besoffen.«

»Sag's auch so«, fordere ich mit einem Augenrollen.

Acid lacht. »Habe ich.«

»Hmpf.« Ich schaue durch die Windschutzscheibe und sehe ein paar Leute meines Bruders. »Ist das Beast?«

»Ja, mit Davenport und ein paar anderen.« Er schnaubt.

»Sieht nach keinem freundschaftlichen Plausch aus.«

»Hm, deshalb gehst du in Deckung. Ab auf die Rückbank und unter die Decke.«

Ich sehe ihn skeptisch an. »Acid, ich werde mich jetzt nicht verstecken.«

»Dann steig aus und jogg an denen vorbei. Du weißt, dass ich dich nicht in deren Nähe sehen will«, gibt er bestimmt zurück und geht so hart auf die Bremse, dass ich mir fast den Kopf am Armaturenbrett stoße, weil ich nicht angeschnallt bin.

»Pass doch auf«, zicke ich und greife an den Türgriff.

»Nicht direkt an ihnen vorbei, nimm einen Umweg. Ich will nicht mal, dass sie dich sehen«, brummt er.

»Gott, womit hab ich das verdient?«, frage ich rhetorisch, steige aus und jogge los. Mit Anlauf schaffe ich es, hoch auf eine Feuerleiter zu springen. »Ist das Dach okay?«

»Ja, nimm die Dächer und triff mich am Ende der Straße wieder!«, ruft er zurück und gibt schon wieder Gas.

»Als ob die mich registrieren«, murre ich, als ich die letzten Sprossen erklimme. Dann hieve ich mich über die Mauer, um die letzten drei zu sparen, und laufe los. Mit weiterem Anlauf schaffe ich den Sprung über den engen Weg, der zwischen den beiden Häusern verläuft, rolle mich ab und eile weiter. Mal sehen, wer von uns zuerst da ist.

»Yo, Davenport, was gehst du meine Leute an?«, höre ich meinen Bruder rufen.

Ich jogge an die Brüstung und sehe zu ihm auf die Straße.

Thorn Davenport und seine Leute stehen bei meinem Bruder und seinen Freunden. »Ich gehe deine Leute überhaupt nicht an, Acid!«

»Was dann?«

Ich konzentriere mich, damit ich die Umgebung nicht einfach vergesse, immerhin stehe ich hier mindestens vier Stockwerke über der Erde, okay es sind fünf.

Handschläge und weitere Worte, die nicht mehr deutlich an mein Ohr getragen werden. Was will Thorn von Beast? Ich weiß zwar, was ich gelegentlich von ihm will, aber Davenport wird nicht dieselben Wünsche haben, sonst gäbe es die Gerüchte um ihn und diese Nonne nicht. Außerdem sieht man ihn kaum noch.

»Bist du irre, Mann? Ich helfe dir doch nicht dabei, deine kleine Nonne vor ihrem irren Dad zu beschützen! Jeder weiß, dass Riley der Tod im Maßanzug ist«, regt Acid sich auf.

»Ich brauche deine Hilfe. Du bist mir was dafür schuldig, dass du Millers Posten übernehmen konntest!«, hält Thorn dagegen.

Ich kenne ihn nur von Erzählungen, habe ihn ein paar Mal in seinem Fight Club kämpfen gesehen. Er ist ein Arschloch, genauso wie mein Bruder, der sich für alles einen Scheiß interessiert, aber ich weiß, dass diese beiden Penner für ihre Familien da sind. Thorn hat seine Schwester aus der Scheiße geholt, als Miller sie beinahe kaltgemacht hat, Acid hat mich schon mehrmals aus dem Dreck gezogen. Tief in ihrem Innersten sind es gute Kerle.

»Ich denke darüber nach, aber ich sage dir noch nicht zu.« Acid sieht sich um. »Warum klettert Dax die Feuerleiter hoch?«

»Um die Straßen im Blick zu haben!«

Ich gehe an die andere Mauer und sehe einen Kerl die Feuerleiter hochklettern. Seufzend gehe ich rückwärts, nehme Anlauf und springe über die nächste schmale Gasse.

»Wow, immer langsam!«, ruft er.

Ich lande, drehe mich zu ihm um und zwinkere ihm zu.

»Hey, warte!«

Kopfschüttelnd wende ich mich ab und renne weiter. Seine Schritte ertönen hinter mir, weshalb ich schneller werde. Ich möchte nichts mit diesem Kerl zu tun haben, da ich weiß, mit was für Typen Thorn Davenport sich abgibt.

»Hübsche!«, ruft er mir nach, doch ich habe keinen Kopf dafür. »Gott, warum rennen die hübschen Frauen immer vor mir weg?«

Ich verziehe meine Lippen zu einem Lächeln. »Das würde mir auch zu denken geben!«

»Sie kann reden, unglaublich!«, ruft er amüsiert aus.

Ich mache einen Satz über die nächste Schlucht zwischen den Häusern und rolle mich auf dem nächsten Dach ab. »Sogar in ganzen Sätzen!«, erwidere ich, als er ebenfalls zum Sprung ansetzt.

Er landet vor mir. »Auch grammatikalisch korrekt?«

»Ich nicht wissen«, antworte ich grinsend. »Und jetzt muss ich weiter.«

»Halt, lauf nicht wieder weg, ich hole dich sicher nicht noch mal ein.«

Ich verschränke die Arme vor der Brust. »Was willst du?« Gott, klinge ich unfreundlich, aber zu Davenports Leuten sollte ich nicht mal Kontakt haben, wieso dann nett sein?

»Ein Kind von dir, wenn ich dich so ansehe«, scherzt er und ich hebe eine Augenbraue. »Wow, Kätzchen, schau nicht so skeptisch, mein Ego verreckt noch.«

»Mach's gut.« Ich drehe mich weg, doch er umfasst sanft meinen Arm.

»Wer bist du?«

»Sin«, antworte ich. »Und wer bist du?«

»Dax.«

»Nett. Jetzt aber bye.« Ich löse mich von ihm und laufe los.

»Wo kann ich dich wiedersehen?«

»Heute Abend bei Hood«, antworte ich und ahne, dass ich ihn sowieso nicht wiedersehen werde.

»Ich werde Ausschau halten«, sagt er und klingt amüsiert.

Mit einem Lächeln auf den Lippen laufe ich weiter, schwinge mich über eine weitere Hausschlucht, nach der der Block endet. Ihm nett zuwinkend – ich sehe ihn sowieso nicht wieder –, steige ich auf die Feuerleiter und rutsche daran herunter. Ich bin froh, dass die Lederhose das aushält.

»Dax ist dir begegnet, hm?«, fragt Acid, als ich mich über die Beifahrertür in seinen Wagen schwinge.

»Ich glaube, das war sein Name.«

»Halt dich von ihm fern, okay?«

»Warum?«

»Er gehört zu Davenports Leuten und du weißt, dass ich nicht will, dass du etwas mit ihnen zu tun hast.«

Ich hebe eine Augenbraue. »Du weißt schon, dass du mit zweierlei Maß misst, oder?«

Acid sieht mich ebenfalls skeptisch an. »Tue ich das?«

»Ja. Du hängst immer wieder mit denen rum und mir willst du es verbieten«, erwidere ich mit einem Seufzen.

»Der Unterschied ist, dass ich mit ihnen zurechtkomme, aber Frauen gegenüber sind sie genau solche Schweine wie meine Jungs und ich. Du bist meine kleine Schwester, also will ich absolut nicht, dass du dich mit ihnen abgibst. Verstanden?«

»Hm.«

»Hast du verstanden?«, hakt er eindringlicher nach.

»Ja, Mann! Trotzdem bin ich in einem Alter, in dem ich selbst entscheiden kann, mit wem ich abhänge und mit wem nicht.«

»Sin!«, herrscht er mich an, dabei schlägt er aufs Lenkrad und die Hupe ertönt.

Ich beiße die Zähne zusammen. Streiten möchte ich mich definitiv nicht mit Acid, denn er sitzt immer am längeren Hebel.

»Stell meine Entscheidungen nicht infrage, du weißt, dass ich das nicht leiden kann.«

»Ja, schon klar.«

»Den Sarkasmus kannst du dir auch klemmen.«

Ich verdrehe die Augen, sodass er es nicht sieht, seufze und nicke schließlich, weil ich wirklich keine Lust darauf habe, mich mit meinem abgefuckten Bruder anzulegen.

»Gut so.«

»Hm.«

Dann hält er vor Hoods Club an. »Ich brauche dich heute Abend als wachendes Auge.«

»Nenn mich Sauron«, maule ich. »Warum?«

»Weil du die Straßen von oben im Auge behalten musst. Du bist die einzige Traceur, die ich habe, also solltest du gegen Elf bereit sein.«

»Wo soll ich hinkommen?«

»Ich schreibe dir den Ort gleich via SMS, sei pünktlich und nüchtern, ich will nicht, dass du dir wieder etwas tust, weil du unter Alkoholeinfluss über die Dächer gesprungen bist«, sagt er entschieden.

»Ich habe nicht vor, mich heute zu betrinken«, verteidige ich mich schnippisch.

»Gut, dann sei gegen elf, oder sagen wir zwölf da. Ich denke, ich verschiebe meinen Deal.«

»Hm.« Ich steige aus. »Schreib mir einfach eine SMS, wenn und wann du mich brauchst, damit ich Bescheid weiß. Ich komme dann zum Treffpunkt.«

»Alles klar. Bis später, Sin.« Er schenkt mir ein Lächeln, dann fährt er weiter und ich gehe an die Tür von Hoods Club.

Noch bevor ich klopfe, öffnet er die Tür. »Whoa, hi, Sin.«

»Hey, Großer.« Ich grinse ihn an, anschließend umarme ich ihn. »Alles klar bei dir?«

»Sicher, und bei dir?«

»Immer. Darf ich schon rein?« Ich sehe ihn mit meinem Hundeblick an, damit er ein Auge zudrückt, denn normalerweise lässt er niemanden in den Club, bevor er geöffnet hat.

Hood seufzt. »Okay, aber verhalt dich ruhig.«

»Ich könnte dir helfen, alles aufzuräumen und vorzubereiten.«

Er winkt ab. »Du bekommst ein Bier oder eine Coke und verhältst dich einfach still, okay?«

Ich salutiere. »Ja, Sir.« Danach kichere ich und lasse mich von ihm in seinen Laden schieben.

»Wenn du mich wieder verarschst, lasse ich dich helfen, aber ich glaube kaum, dass du die Toiletten schrubben willst«, droht er mir scherzhaft.

»O Gott, ich benehme mich, ich schwöre, ich benehme mich.« Es fällt mir schwer, mir das Lachen zu verkneifen, doch zwinge ich mich vehement dazu. Ich will definitiv nicht die Klos schrubben.

»Geht doch«, schmunzelt Hood, als er mich auf einen Hocker hebt. »Coke oder Bier?«

»Coke.«

»Bekommst du.« Er geht hinter die Bar und reicht mir eine Flasche Coke, außerdem ein Glas. »Bedien dich selbst, ich muss noch aufräumen, weil mein bekloppter Angestellter es toll fand, sich heute Morgen die Hand zu brechen.«

»Würde Acid mich später nicht brauchen, könnte ich dir helfen.«

»Du bist nicht alt genug, Sin, sonst hätte ich mich schon mit ihm unterhalten. Ich muss zusehen, dass ich einen Ersatz finde.«

»Ich kann mich ja mal umhören.«

»Bei wem denn?«, fragt Hood irritiert.

»Keine Ahnung, aber ich kenne genug Leute, die dir bestimmt helfen würden. Du weißt doch, dass wir auf der Straße immer zusammenhalten«, antworte ich und lächle ihn an.

Hood hebt eine Augenbraue. »Ich will niemanden von der Straße.«

Ich mustere ihn skeptisch. »Du kommst selbst von der Straße, kleidest dich immer noch wie jemand von der Straße und willst niemanden von der Straße einstellen? Das ist creepy.«

»Warum?«

»Weil du damit allen das Gefühl gibst, nicht gut genug zu sein.«

»Doch, das sind sie, aber die meisten sind unzuverlässig, das weißt du auch, Sin«, sagt er, während er den Tresen abwischt.

Seufzend schlage ich die Beine übereinander und frage mich, ob er mir eine Chance geben würde, wenn ich nur alt genug wäre. Aber da ich noch keine 21 Jahre alt bin, dürfte ich nicht mal hier sein. Hood macht für mich eine Ausnahme, weil Acid sich in der Rangfolge hochgearbeitet hat. Er und Thorn Davenport sind diejenigen, die hier allen Respekt abverlangen. Ich müsste mich erst mal zu jemandem machen, der nicht im Schatten seines älteren Bruders steht, oder wie Giverney damals auf die Kacke hauen, doch sie hat sich mit ihrer Scheiße und dem Anschießen von Ridge Cavendishs Sohn in den Knast gebracht.

»Warum bist du so still?«

Ich sehe ihn überrascht an. »Wer hat denn gesagt, dass ich mich ruhig verhalten soll?« Meine Stimme klingt genauso, wie ich ihn ansehe.

»Punkt für dich«, grinst er.

* * *

Inzwischen ist der Club voll und ich habe mich von der Theke verabschiedet, um bei Beast zu sein. Er hat seinen Arm um meine Hüfte gelegt, drückt gelegentlich zu und raunt mir versaute Dinge ins Ohr, die mich im Moment mehr ankotzen als anmachen. »Lass gut sein, okay?«, sage ich laut, damit er mich endlich freigibt.

»Was ist denn mit dir los? Bekommst du deine Tage, oder was?«, fragt er genervt.

»Nein, ich bin angewidert davon, dass du meine Pussy aussaugen willst, du Ekel.« Ich lege mehr Kraft in den Versuch, mich von ihm zu lösen, doch seine Umklammerung wird eisern. »Lass mich los, Beast!«

»Hab dich doch nicht so, Sin. Du weißt, dass ich so bin, wenn ich getrunken habe.«

»Und du weißt, dass ich es nicht mag!«

Beasts Griff wird fester. »Hör auf, dich so anzustellen, und gib mir einen Kuss.« Er schiebt seine freie Hand in meinen Nacken und zieht mich an sich.

»Hör auf jetzt!« Ich lege meine Hand auf seinen Mund und drücke ihn weg.

Er dreht den Kopf zur Seite. »Was soll denn der Scheiß, Sin?«

»Du solltest sie loslassen, Beast!«, mischt sich jemand ein.

Er schaut zum Störenfried. »Verpiss dich, Dax!«

»Gerne, aber die Kleine nehme ich mit«, erwidert er gelassen. Es ist der Kerl vom Dach, der mich verfolgt hat.

Ich dachte, ich würde ihn nicht wiedersehen, doch habe ich mich getäuscht. »Ich brauche keine Hilfe, Mann!« Was sage ich denn da? Natürlich brauche ich welche, denn Beast überragt mich nicht nur, er ist auch wesentlich breiter als ich.

»Ich glaube schon, dass du Hilfe brauchst, Kleine«, entgegnet Dax, zwinkert mir zu und ergreift meine Hand. »Komm schon, Beast, lass sie los, oder muss ich ungemütlich werden.«

Beast knurrt, behält Dax im Auge und verengt seinen Blick. »Verpiss dich. Sofort!«

Als er einen Moment nachlässig wird, entziehe ich mich ihm und verschwinde zwischen den anderen Gästen. Ich höre nicht mehr, was die beiden miteinander besprechen, aber es ist allemal besser abzuhauen, als in der Nähe der beiden zu bleiben. Ich habe keine Lust, Zeugin eines Streits zu werden.

Auf einmal stellt sich mir jemand in den Weg. Ich lege den Kopf in den Nacken, um ihn anzusehen, und schnaube. »Dax ruft, dass du warten sollst, wieso wartest du nicht?«

»Wie wär's mit: Ich hab keinen Bock?«, entgegne ich und schenke ihm ein charmantes Lächeln.

»Wie wär's mit: Halt die Backen und die Beine still, damit mein Kumpel mit dir reden kann?«

»Und wie wär's mit: Fick dich?«, frage ich im unschuldigen Ton, dabei möchte ich an ihm vorbeischlüpfen, doch der Hüne mit der Nylonstrumpfhose auf dem Kopf hält mich auf. »Meine Fresse, lass mich einfach gehen, ich hab für heute genug von euch Kerlen.«

»Warte einfach, denn im Gegensatz zu Beast ist Dax echt freundlich.« Er zwinkert mir zu, bevor er seinen Arm um meine Schultern legt.

Das Gewicht drückt mich etwas nach unten, weshalb ich das Gesicht verziehe. »Könntest du bitte deinen Arm wegnehmen?«

»Nein.«

»Arschloch!«

»Und stolz drauf.«

Ich knurre und schiebe seinen Arm von meinen Schultern. »Toll, ich bin ein verdammt schlechtes Mädchen, dafür eine umso bessere Frau, deshalb tu einfach, worum ich dich bitte, wenn du nicht kastriert werden willst, du Spast!«

»Wow, wow, wow, fahr die Krallen ein, Kleines«, sagt Dax laut hinter mir.

Ich drehe mich zu ihm um. »Dann sag deinem Freund, dass er mir aus dem Weg gehen soll.«

»Geh ihr aus dem Weg, Trace!«

Der Typ geht einen Schritt zur Seite und ich an ihm vorbei.

Dax ist mir bis nach draußen gefolgt. »Wohin soll's jetzt gehen, Sin?«

Ich schaue über meine Schulter zu ihm. »Weg.«

»Wohin genau ist weg?«

»Einfach weg.« Ich seufze. »Danke für deine Hilfe.«

»Gern geschehen … Warte doch!«, ruft er mir nach, als ich bereits losgejoggt bin.

»Ich muss los.«

»Ich begleite dich«, sagt er, als er neben mir auftaucht. Dax hält problemlos mein Tempo und wann immer ich zu ihm sehe, grinst er mich schalkhaft an.

»Hast du nichts Besseres zu tun?«

»Ich gebe dir gerade Begleitschutz«, erwidert Dax, als er hinter mir eine Feuerleiter erklimmt. »Und ich genieße die Aussicht.«

Ich halte inne, um zu ihm runter zu schauen. »Ernsthaft? Du starrst mir auf den Arsch?«

»Nein.« Er deutet zur Seite. »Ich genieße den Anblick der Stadt.« Er klingt so überzeugend, dass ich ihm nicht einmal böse sein kann.

Seufzend bringe ich die letzten Meter hinter mich, dann springe ich aufs Hausdach.

»Warum bist du mir vorher nie aufgefallen?«, erkundigt er sich, als er hinter mir auftaucht.

»Weil ich mich bevorzugt im Hintergrund aufhalte.«

»Warum?«

»Wegen der Regeln«, weiche ich aus und setze mich auf den Boden.

»Welche Regeln?«

»Die meines Bruders. Mehr werde ich nicht sagen.«

»Kenne ich deinen Bruder?«

»Möglich.«

»Wenn du mit Beast abhängst und angewidert von seinen Anmachen bist, wird er es wohl kaum sein, denn ich traue dir kein inzestuöses Verhältnis zu.«

Ich seufze. »Sex mit dem Bruder ist das Beste, das es gibt.« Ich bringe es so trocken wie möglich rüber, um ihn aus der Bahn zu werfen. Vielleicht habe ich ja Glück und er lässt mich allein.

Dax hebt eine Augenbraue, dann lacht er schallend los. »Ich glaube viel, aber das nicht. Außerdem hat Beast keine Schwester.«

»Er ist auch nicht mein Bruder.«

»Wer ist es dann?«

Bevor ich zu einer weiteren ausweichenden Antwort ansetzen kann, klingelt mein Handy. Das wird Acids Anruf sein. »Elf oder zwölf und wo soll ich hinkommen?«, frage ich, statt meinen Bruder zu begrüßen.

»Dax van Houten ist dir gefolgt«, knurrt er.

»Ich weiß, hab ihn abgehängt.« Gleichzeitig halte ich mir den Zeigefinger vor die Lippen, damit Dax sieht, dass er still sein soll.

»Gut. Komm an den Fluss, Frachthafen, dort ziehen wir es durch. Halt dich zurück, bleib auf den Containern und denk an unser Zeichen«, sagt er eindringlich.

»Ich werde dort sein.«

»Bis später, Sin.«

»Ja, bis dann.« Ich beende das Gespräch, schiebe mein Handy zurück in die Hosentasche, deren Reißverschluss ich anschließend zuziehe. Nachdem ich mehrere Handys beim Springen geschrottet hatte, bestand Acid darauf, dass ich Hosen trage, deren Taschen sich verschließen lassen. Ich kann es verstehen, denn er verkauft die Handys, die von den LKWs fallen, lieber, als mir ständig ein neues zu geben, weil ich mal wieder eines kaputtgemacht habe.

»Musst du los?«

»Ja.« Ich stehe auf und schaue zu ihm runter. »Und diesmal wäre es super, wenn du mir nicht hinterherrennst.«

Er schnaubt amüsiert. »Habe ich nicht vor, da du mich sowieso abhängen würdest.«

»Eben.« Ich grinse ihn an. »Ich weiß nicht, wann ich heute Nacht fertig bin, aber wir können uns ja gegen sechs Uhr wieder hier treffen.«

»Ich geh davon aus, dass ich dann auf dem Weg ins Chicagoer Outback bin«, schmunzelt er. »Aber wenn du mir deine Nummer gibst …«

»Vergiss es.« Ich gehe langsam rückwärts. »Vielleicht sehen wir uns irgendwann bei Hood oder so.« Anschießend wende ich mich von ihm ab, renne los und springe über die Häuserschlucht. Zum Glück sind die meisten Seitengassen nicht so breit, dass ich Angst haben müsste. Abgesehen davon trainiere ich schon ewig. Unfälle hatte ich nur, wenn ich den Kopf nicht frei hatte und unkonzentriert war.

»Sin!«, ruft er mir hinterher, nachdem ich auf dem gegenüberliegenden Dach gelandet bin.

Ich drehe mich um. »Was ist?«

»Wir werden uns wiedersehen, das garantiere ich dir!«

»Wir werden sehen!«

Ich erwidere nichts mehr, da ich schon für den nächsten Sprung Anlauf nehme. Vielleicht werde ich Dax wiedersehen, vielleicht aber auch nicht. Die Zukunft hält sich meistens bedeckt, wenn man sie fragt, was sie bringt.

* * *

Ich stehe auf einem der zahlreichen Container und behalte meinen Bruder und seine Leute im Auge. Meinen Pfiff habe ich bereits abgegeben, damit er weiß, dass ich in der Nähe bin. Drei seiner Freunde stehen auf den anderen Containerdächern. Wir haben unsere Zeichen untereinander, Pfiffe, Vogelrufe, alles Mögliche, um nicht aufzufliegen. Das war Acids Geheimnis, als er Millers Platz einnehmen wollte. Er hat sich mithilfe von uns nach oben gearbeitet und das binnen kürzester Zeit.

Am Boden geht eine hitzige Diskussion los. Ich frage mich, mit wem Acid sich überhaupt getroffen hat, denn für einen seiner Deals mit Hehlerware ist es bereits zu spät. Vielleicht geht's um Drogen? Ich weiß es nicht, aber ich werde es herausfinden, denn er weiß genau, was ich von dem Teufelszeug halte. Ich habe schon mehrfach meine Bedenken geäußert, mich abgesehen davon geweigert, seinen Kurier zu spielen, denn ich will damit nichts zu tun haben.

»Alter, leg die Waffe weg. Du weißt, dass wir nicht alleine sind!«, herrscht Acid auf einmal den Kerl an.

Ich hebe eine Augenbraue.

»Du verarschst mich nicht länger, Acid!«, brüllt der andere zurück und fuchtelt mit der Kanone herum.

»Oh fuck«, murmle ich, sehe mich um und auf einmal löst sich ein Schuss. Es ist nicht das erste Mal, dass ich eine Schießerei mitbekomme, aber … »Das ist neu«, stoße ich aus, als ich den reißenden Schmerz spüre. Ich schaue an mir herunter, sehe das Blut aus meiner Brust strömen und kippe vornüber.

* * *

Kapitel 2

Drei Monate später

Ich schlage die Augen auf und schaue mich um.

»Na endlich, dachte schon, du verschläfst den Rest deines Lebens«, brummt Acid, den ich verschwommen erkenne.

Ich hebe eine Augenbraue. »Wo bin ich?«

»Im Krankenhaus.«

»Warum?«

»Du wurdest angeschossen und bist vom Container gefallen. Bei deinem Glück hast du dir nur den Arm gebrochen, obwohl ich dachte, dass es das für dich gewesen war.«

Ich atme tief ein und richte mich langsam auf, mein Bruder hilft mir dabei. »Wie ist das passiert?«

Acid setzt sich auf die Bettkante, mustert mich und atmet durch. Dann beginnt er, mir die Geschichte des schiefgelaufenen Deals zu erzählen. Mir wird klar, dass es eine dumme Idee war, genau am Rand des Containers zu stehen. Anscheinend war ich trotz anderer Container genau in der Schussbahn. Er erzählt mir von den Vorwürfen, die er sich macht, weshalb ich meine Hand auf seine lege. »... jedenfalls möchte ich nicht, dass du mir weiterhin hilfst. Noch mal ertrage ich den Gedanken, dich zu verlieren, nicht.«

Ich seufze. »Es war ein Unfall.«

»Nein, der Kerl wollte mich erschießen, traf aber dich. Das war kein Unfall, sondern geplant, auch wenn es nicht mich getroffen hat.«

»Du weißt, dass ich sonst keine Freunde habe, oder?«

»Was hat das jetzt damit zu tun?«, hakt er irritiert nach.

»Deine Leute sind die Einzigen, mit denen ich Kontakt habe. Du würdest mir mein ganzes Sozialleben nehmen, Acid.«

Er sieht mir in die Augen und in den klaren dunkelbraunen Spiegeln seiner Seele kann ich echte Sorge erkennen. »Ich will dich nicht verlieren, Sin.«

»Ich halte mich im Hintergrund … Wie immer. Bitte, Acid, nimm mir nicht das Einzige, was ich habe«, flehe ich und fühle die Tränen aufsteigen.

»Warum willst du unbedingt dabei bleiben? Du kannst die Jungs doch auch treffen, wenn wir keine Dinger drehen.«

»Weil ich auf dich aufpassen will. Das kann ich nur, wenn ich dich im Auge behalte. Du weißt, wie viele Leute ich dir schon vom Hals gehalten habe.«

Daraufhin reibt er seine Augen. »Okay, aber nur unter einer Bedingung.«

»Unter welcher?«

»Du kommst nur zu den Deals mit, bei denen ich dich dabei haben will, ansonsten bleibst du in Screws oder Miles' Nähe, damit sie ein Auge auf dich haben.«

Ich nicke hektisch.

»Okay, denn noch mal will ich dich nicht für drei Monate an ein Koma verlieren«, sagt er leise.

»Drei Monate?«, hake ich überrascht nach.

Acid zieht die Augenbrauen hoch. »Ja, du hast Weihnachten und Silvester verschlafen, außerdem deinen Geburtstag. Ich wäre dafür, dass wir dir einen zweiten Geburtstag verpassen, immerhin hast du überlebt. Das sollten wir feiern.« Er streichelt meinen Handrücken und ich spüre den Fremdkörper dort. Sicher ist es eine Infusionsnadel.

»Weißt du, wann ich nach Hause darf?«

»Wie wär's, wenn wir das den Arzt fragen?« Er greift zur Seite, betätigt die Klingel und erhebt sich.

»Warum fragst du mich, wenn du sowieso handelst?«, hake ich spöttisch nach.

»Weil ich es kann.«

Ich verdrehe die Augen und warte darauf, dass endlich ein Arzt das Zimmer betritt. Ich will nach Hause. Na ja, eigentlich nicht, da mein Dad, der verschissene Säufer, mir sicher die Hölle heiß machen wird, aber ich will auf jeden Fall hier raus.

»Beast und ich haben entschieden, dass du bei einem von uns wohnen solltest, damit Dad dich nicht auch noch in seine Fänge bekommt. Im Moment könntest du dich kaum gegen ihn wehren, wenn er...«

»Guten Tag, Ms Hastings, wie fühlen Sie sich?«, wird er jäh von einer Krankenschwester unterbrochen.

Ich verziehe meine Lippen zu meinem charmantesten Lächeln. »Spitzenmäßig, ich würde gern nach Hause.«

Sie sieht mich erstaunt an. »Das muss Ihr Arzt entscheiden, aber ich bin mir sicher, dass das nicht so schnell gehen wird.«

»Warum nicht? Mir geht's gut.«

»Sin, du solltest in diesem Fall mal auf den Rat eines anderen hören, du wurdest angeschossen und hast im Koma gelegen«, mischt Acid sich ein.

Daraufhin verdrehe ich die Augen. »Wenn's sein muss.«

*** *Zwei Wochen später* ***

Ich darf endlich nach Hause. Nachdem ich gestern auf den Tisch gehauen hatte, weil ich mich hier wie eine alte, verkrüppelte Kuh fühle, erklärte sich der Arzt einverstanden, mich zu entlassen. Meine Wunden sind verheilt, die Krankengymnastik wird noch eine lange Zeit in Anspruch nehmen, aber die kann ich ambulant machen, und das Essen hier ist eine Zumutung. Ich frage mich, wie andere das aushalten.

»Bist du endlich so weit?«

»Hättest du mir die richtigen Klamotten mitgebracht, wäre ich weiter«, brumme ich, nachdem mein Bruder die offensichtlich dümmste Frage aller Zeiten gestellt hat, da ich immer noch mit der Jeans kämpfe. Sie ist zu klein und ich habe Probleme, den Knopf zu schließen, was aber nötig ist, da das Top viel zu kurz ist, um mit offener Hose herumzulaufen.

»Sorry, aber ich musste mich beeilen, weil der Säufer nach Hause kam. Ich wollte ihm nicht in die Arme laufen.«

Ich seufze. »Kannst du mir deinen Hoodie borgen? Ich kriege die Hose nicht zu und das Top ist zu kurz.«

Acid zieht die Sweatjacke aus und reicht sie mir. Ich weiß, dass ich darin untergehen werde, aber ich zeige sicher niemandem in Chicago, dass mein Bruder mir einen geblümten Slip mitgebracht hat. »Danke«, sage ich lächelnd, als ich ihn anziehe.

Er nimmt meine Tasche an sich. »Können wir dann los?«

»Ja.«

Er geht los, ich folge ihm, bis ich ihn an den Aufzügen einhole. »Du hast nachgelassen.«

Ich schaue seitlich zu ihm hoch, verenge meine Augen zu Schlitzen und male mir aus, wie ich meinen Bruder gerade am liebsten leiden lassen würde. »Lieg du mal ein paar Monate im Krankenhaus und beweg dich nicht, da würde auch deine Kondition leiden.«

Sein Mundwinkel zuckt. »Ich verzichte.«

»Gnarrr«, stoße ich aus, dann betrete ich den Aufzug. »Arschloch.«

»Miststück.«

»Wichser.«

»Bitch.«

»Hurenbock.«

»Schlampe.«

»Du … Ach man, so gerne ich das sonst mache, ist es mir jetzt zu blöd, mich mit dir zu streiten.«

»Wir streiten nicht, wir stellen fest, was wir für Meinungen übereinander haben«, lacht er, als sich die Türen schließen. »Hast du Hunger?«

»Ich dachte, du würdest nie fragen. Ich verhungere, weil ich das Essen hier kaum runtergekriegt habe.«

»Wohin soll's gehen?«

»Pizza Hut! Ich würde morden, um eine Cheezy Crust zu bekommen.«

»Okay, du bekommst deine Pizza, aber wir nehmen sie mit, denn ich habe keine Lust, mich zwischen plärrende Kinder und überforderte Eltern zu setzen.«

»Du bist der beste Bruder der Welt.«

»Hm.«

Wir verlassen den Aufzug und machen uns auf den Weg zu seinem Cabrio.

* * *

»Hier sind 20 Dollar, damit dürftest du auskommen, oder?«, fragt er, als er mir das Geld hinhält.

Ich greife in sein Portemonnaie und nehme einen Fünfziger heraus.

»Sin!«

»Ich habe tierischen Kohldampf und Durst, außerdem will ich auch einen Salat.«

»Ich frage mich immer noch, wohin du das ganze Essen steckst.«

»In meine Muskeln«, zwinkere ich, steige aus und eile in die Pizza Hut Filiale. Acid wollte parken und nachkommen, weil ich bei meinen Bestellungen immer mit viel Wartezeit rechnen muss.

Nachdem ich die Bestellung aufgegeben habe, schaue ich mich im Restaurant um. Mir wird gewunken, weshalb ich eine Augenbraue hebe und den Blick wieder abwende, da ich keine Ahnung habe, wer der Typ eigentlich ist.

»Hey, Kleine«, sagt jemand neben mir.

Ich schaue zur Seite und sehe nur eine männliche Brust, weshalb ich den Kopf in den Nacken lege. »War das jetzt nett gemeint oder eine Beleidigung?«, schnappe ich sofort.

»Wow, fahr die Krallen ein, Kleines«, lacht er. »Kennst du mich nicht mehr?«

»Ich habe keine Ahnung, wer du bist«, erwidere ich, dabei schüttle ich den Kopf. »Also, was willst du und wer bist du?«

Er seufzt und fährt sich durch die dunklen Haare, dabei sieht er mich aus rehbraunen Augen an. »Du kamst nicht zu unserem Date. Ich bin Dax und glaube, dass ich mir jetzt den Korb meines Lebens einfangen werde.«

»Ich kenne keinen Dax.« Von welchem Date spricht er?

»Ist auch schon ein paar Monate her, als wir uns getroffen haben. Ich habe dir geholfen, Beast abzuhängen.«

Ich wollte Beast abhängen? »Sorry, aber daran erinnere ich mich nicht.«

Dax betrachtet mich skeptisch. »Ist irgendwas passiert?«

»Ich lag im Krankenhaus, und da du mich nicht besucht hast, gehe ich davon aus, dass wir uns nicht kennen.«

»Wir wollten uns kennenlernen, ich schwör's.«

»Ich habe keine Ahnung, wo ich mein Handy gelassen habe. Vielleicht ist es beim Sturz vom Container kaputtgegangen. Du könntest mir deine Nummer aufschreiben und ich melde mich bei dir«, schlage ich vor, da er ganz okay zu sein scheint. Wenn er sich als Vollidiot entpuppt, kann ich ihm immer noch Acid auf den

Arsch hetzen. So bin ich schon immer all meine ›Stalker‹ losgeworden.

»Okay.« Er nimmt sich eine Serviette und holt einen Kugelschreiber hervor, anschließend schreibt er mir seine Nummer auf. »Ich würde mich freuen, vielleicht erzählst du mir ja dann, was passiert ist.«

»Ich melde mich sicher.« Ich nehme ihm die Serviette aus der Hand und stecke sie in die Tasche von Acids Hoodie.

»Alles klar. Ich gehe mal wieder zu meinen Leuten und … esse.« Er grinst mich an, was unheimlich charmant wirkt, dann wendet er sich ab.

Ich sehe ihm nach, bis sich hinter mir jemand räuspert. »Ja?«, frage ich, als ich mich umdrehe.

»Hat Dax mit dir gesprochen?«

Ich schüttle den Kopf. »Nein, er hat sich Servietten geholt und mich gefragt, ob ich einen Schritt zur Seite gehen könne.« Fuck, wieso lüge ich meinen Bruder an? Ach ja, weil er aussieht, als wäre er bereit, einen Mord zu begehen.

Acid nickt knapp. »Wie lange braucht deine Bestellung noch?«

»Dürfte jeden Moment fertig sein, denke ich.«

»Okay, ich warte vor der Tür, hier ist es zu laut.«

»Alles klar.« Ich lehne mich gegen den Tresen und warte darauf, dass man mir meine Bestellung bringt. Bezahlt habe ich bereits und je mehr ich die Aromen der verschiedenen Pizzen einatme, desto hungriger werde ich. Vor allem läuft mir das Wasser im Mund zusammen, was mir das Gefühl gibt, Homer Simpson zu sein. Ich habe selten so ein extremes Hungergefühl verspürt.

Eine Ewigkeit später – so kommt es mir zumindest vor –, wird mir meine Bestellung übergeben. Wie von der Tarantel gestochen, mache ich mich auf den Weg zu Acid. Es ist mir egal, dass man in seinem Auto eigentlich nicht essen darf. Ich habe mir eine Kugel eingefangen, die für ihn bestimmt war, also kann er diesmal eine Ausnahme machen.

»Glaub ja nicht, dass du das im Auto essen darfst«, stellt er fest, als wir zu seinem Wagen gehen.

»Ich habe mir eine Kugel eingefangen, weil du mit dem Kerl diskutiert und gerangelt hast, du könntest einmal eine Ausnahme machen.«

»Du versaust mir die Polster.«

»Die Sitze haben Lederbezüge und die kann man abwischen.«

Er schnaubt. »Ich gebe dir Broncos Decke, die kannst du dir auf den Schoß legen.«

»Du kannst mich mal. Ich nehme nicht die stinkende Decke von Beasts Töle.«

Daraufhin knurrt Acid. »Gut, wenn du was versaust, wäschst du mein Auto.«

»Na gut.« Anschließend setze ich mich auf den Beifahrersitz, schnalle mich an und öffne den Pizzakarton. Ich spüre den Blick meines Bruders auf mir, weshalb ich genüsslich in eines der Stücke hineinbeiße. »O mein Gott, das ist so gut.«

»Pizzajunkie.«

»Neider.«

Er lacht leise, als er den Motor startet und losfährt. »Lass mir ein Stück übrig, wenn du schon in meinem Auto isst.«

»Mal sehen.«

Mit einem unverständlichen Brummen tritt er aufs Gas und heizt durch die Straßen Chicagos. Manchmal fürchte ich wirklich um mein Leben, wenn ich mit ihm in seinem Auto sitze.

* * *

Zwanzig Minuten später parkt Acid. »Wartest du kurz?«

»Wir sind bei mir, wieso sollte ich warten?«

»Weil ich sehen will, ob der Säufer zu Hause ist, denn wenn er es ist, nehme ich dich sofort mit zu mir und wir holen deine Sachen in ein paar Tagen.«

»Ich komme mit.«

»Sin.«

»Um diese Zeit ist er immer schon in der Bar und säuft sich die Hucke zu, Acid. Lass uns reingehen, meine Sachen zusammenpacken und abhauen.« Ich gehe zum Haus, dabei werfe ich meinem Bruder einen Blick über die Schulter zu. »Kommst du jetzt oder was?«

Acid schnaubt, dann setzt er sich auch endlich in Bewegung. »Ist ewig her, dass ich drin war.«

»Es ist nur noch heruntergekommener.«

»Hm, war ihm zuzutrauen.«

»Ihn interessiert doch nur noch, wann er wo sein nächstes Bier und den nächsten Schnaps bekommt«, erwidere ich, als wir die Treppe nach oben gehen.

»Hat er dich mal angegriffen wie Mom?«

Ich winke ab, da ich über dieses Thema nicht sprechen möchte. Ich bin oft in die Fäuste meines Vaters geraten, deshalb halte ich mich von den meisten Männern fern. Gut, ich hatte eine Affäre mit Beast, aber ich lasse keinen besonders nah an mich heran. »Kannst du mir die Reisetasche vom Schrank holen?«

Er tritt an mir vorbei, holt die Tasche herunter und stellt sie vor meinen provisorischen Kleiderschrank. »Er hat dich geschlagen, nicht wahr?«

Ich gebe ihm keine Antwort, sondern hole nach und nach meine Klamotten aus dem Schrank, die ich in die Tasche werfe. Acid ist jemand, mit dem ich nicht über die Gewaltausbrüche meines Vaters reden will.

»Sin, sag es mir.«

»Ich will nicht darüber reden.«

»Warum nicht?«

»Weil ich genau weiß, was du mit ihm machen würdest, wenn du alles wüsstest.« Ich seufze und gehe ins Badezimmer, um meine Kosmetika und die anderen Toilettenartikel zu holen.

»Du weißt, dass ich ihm jetzt so oder so wehtun werde«, sagt er, als ich zurück in mein Zimmer komme.

Ich hebe eine Augenbraue. »Dann vergiss nicht, Beast auch eine reinzuhauen, weil ich mit ihm geschlafen habe.«

»Das wird ja immer besser«, stößt er aus, dabei reißt er die Arme in die Luft. »Ist es wirklich nötig, dass du dich von meinem besten Freund flachlegen lässt?«

»War es nötig, dass du jede meiner Freundinnen gevögelt und danach scheiße behandelt hast, wodurch ich sie alle verloren habe?«

»Touché.«

»Hm«, brumme ich und stopfe alles in die Reisetasche.

»Hast du es?«

»Ich brauche noch das Ladekabel von meinem Handy, falls das bei meinem Sturz nicht kaputtgegangen ist.«

»Es war kaputt, aber ich habe es bei mir, damit du die SIM-Karte in ein neues Gerät einlegen kannst.«

»Dann brauche ich mein MacBook.«

»Habe ich schon mit Beast geholt, als wir einen günstigen Moment abgepasst haben.«

Seufzend hole ich mir Mr Tingles vom Bett, einen Teddybär, den ich als Kind von meiner Mom geschenkt bekam.

»Hast du das alte Ding immer noch jede Nacht bei dir?«

»Du weißt nicht, wie scheiße es ist, wenn der Bär das Einzige ist, das man noch von ihr hat.«

Acid seufzt. »Können wir los?«

»Ich will den Quilt noch mitnehmen, wenn ich schon nicht mehr zurückkomme. Und die Fotos.«

»Lass uns später oder morgen noch mal herkommen, sonst kommt der Säufer noch nach Hause und lässt uns nicht weg«, erwidert er geduldig.

»Nur noch den Quilt«, gebe ich mich jammernd.

Schnaubend faltet Acid die alte Decke zusammen und klemmt sie sich unter den Arm. »Aber jetzt gehen wir.«

Eilig gehe ich an den Schreibtisch und schnappe mir die zwei Fotoalben, in denen ich die Andenken der vergangenen Jahre aufgehoben habe. Kein Foto von meinem Dad, allerdings welche von meiner Mom, meinen Freunden, Acid und ein paar Sehenswürdigkeiten der Stadt, die ich gerne besucht habe. Anschließend verlassen wir unser Elternhaus – oder wie wir es immer nennen: Das Haus der Albträume! Acid ist abgehauen, nachdem Dad ihn damals beinahe krankenhausreif geschlagen hatte. Mich wollte er immer zu sich holen, aber bevor ich offiziell erwachsen war, war es ihm nicht möglich, da unser Vater ihn sonst wegen Kindesentführung hätte drankriegen können. Dennoch hat Acid immer auf mich aufgepasst. Es ist beschissen, wenn man von einem Alkoholiker terrorisiert wird. Seit meinem 15. Lebensjahr bin ich ständig auf der Flucht vor ihm. Oft erwischte er mich nicht, aber schon einmal die Hand an seine Tochter zu legen, ist einmal zu viel.

* * *

»Sei froh, dass ich zwei Schlafzimmer habe«, sagt Acid neutral, als er meine Tasche und den Quilt auf dem Bett ablegt. Es ist das einzige Möbelstück, das hier steht, da er diesen Raum sonst nur als

Gästezimmer für seine Freunde zur Verfügung stellt. Nun soll ich hier leben.

»Danke, dass du mich überhaupt bei dir bleiben lässt.«

»Na ja, eine Dauerlösung wird es nicht sein, aber du kannst so lange hierbleiben, bis du etwas eigenes gefunden hast.«

»Ich wollte auch nicht für immer hierbleiben, aber ich muss erst mal einen Job und eine Wohnung finden, was sicher nicht so leicht wird.«

»Du brauchst kein Geld, ich würde dir deine Wohnung bezahlen.«

Ich schüttle den Kopf. »Das kann ich nicht annehmen, außerdem wäre es für dich eine doppelte finanzielle Belastung und ...«

»Moment, Moment, Moment«, unterbricht er mich. »Du würdest andere Dinge für mich erledigen, für die ich dich quasi bezahlen würde. Botengänge, ungefährliche Botengänge, die du allein unternehmen kannst, auch wenn ich dich dafür in Davenports Nähe lassen muss, weil der Spast mir gewisse Sachen liefert.«

»Du vermeidest jahrelang, dass ich in Thorn Davenports Nähe komme und auf einmal erlaubst du es?«, hake ich perplex nach. Das kann er doch nicht ernst meinen!

»Thorn benutzt ebenfalls Boten, die nicht mit ihm und seiner Gang in Zusammenhang gebracht werden können, aber seine Anabolika-Placebos sind der Renner und verkaufen sich wie nichts.«

Ich atme tief durch. »Das will ich nicht machen.« ›Denn dann könnte ich Dax nicht treffen, ohne dass er weiß, wer ich wirklich bin‹, plappert die Stimme in meinem Kopf weiter.

»Was dann?«

»Ich könnte in einer Tankstelle arbeiten oder so was.«

»Ich rufe nachher mal meine Kontakte an, vielleicht hat einer von ihnen einen Job für dich.«

Daraufhin verdrehe ich die Augen. »Ich mache nichts Illegales. Es reicht, dass ich gelegentlich deine Augen spielen muss. Mehr als das wird es niemals werden«, mache ich meinem Bruder klar. Ich habe mich für ihn schon zu oft auf dünnes Eis begeben und einmal wäre ich beinahe erwischt worden – abgesehen von der Schusswunde –, das muss ich nicht mehr erleben. Ich habe meine Zukunft quasi noch vor mir, auch wenn die ohne Collegeausbildung keine rosigen Zeiten verspricht.

»Schon okay, ich weiß, dass du es nicht mehr machst.« Acid geht zur Tür. »Ich muss noch mal weg, bin später wieder da. Du weißt, wo alles steht und wie es funktioniert. Bis später, Sin.«

»Vielleicht bin ich nachher auch unterwegs, hast du einen Zweitschlüssel für mich?«

»Ich lege ihn dir zu deinem neuen Handy auf den Wohnzimmertisch.«

»Danke.«

Dann verschwindet mein Bruder aus meinem Blickfeld. Eigentlich ist das meine Chance, mich mit Dax zu verabreden. Bevor ich Hals über Kopf eine Entscheidung treffe, setze ich mich lieber für einen Moment. »Dax anrufen oder nicht?«, frage ich mich leise, dabei reibe ich meine Nasenwurzel. Ich bin nicht sicher, ob es gut ist, wenn ich mich mit ihm treffe, abgesehen davon habe ich keine Ahnung, ob er überhaupt Zeit für mich hat. Vorhin schien er mit seinen Freunden unterwegs zu sein. Möglicherweise könnte ich erst mal mit ihm schreiben. WhatsApp oder Snapchat eignen sich manchmal ganz gut dafür, sich ein bisschen besser kennenzulernen. Da ich mich von meinem Gewissen nicht von meinem Vorhaben abbringen lassen will, springe ich auf und eile ins Wohnzimmer. Ich bin außer Atem, als ich am Tisch ankomme, dabei war es nicht mal eine weite Strecke – sicher liegt das an meinem Krankenhausaufenthalt der letzten Monate. Ich ziehe die Serviette mit Dax' Nummer aus der Jackentasche und greife zum Handy. Ich speichere seine Handynummer ab, öffne danach WhatsApp und atme tief durch. ›Hey, jetzt hast du auch meine Nummer. Sin‹, tippe ich eilig ein und drücke auf Senden, bevor ich mich umentscheide.

Sein Status springt nur einen Moment später auf Online, anschließend auf schreibt... Dann kommt der vertraute Ton, dass eine Nachricht eingegangen ist. ›Danke.‹

Ich reiße die Augen auf. »Ich bekomme nicht mehr als ein Danke?«, frage ich entgeistert in die leere Wohnung.

Wieder springt sein Status um und wenige Augenblicke später habe ich eine weitere Nachricht. ›Bin nicht so wortgewandt, wenn ich schreiben muss. Wir können uns später gerne auf einen Drink treffen, wenn du willst. Ich beiße auch nur auf Wunsch. ;)‹

Unwillkürlich muss ich lächeln. ›Wann hättest du denn Zeit?‹

Statusänderung, weitere Nachricht: ›Wie wär's gegen elf bei Hood oder wir treffen uns auf irgendeinem Dach und ich bringe etwas zu trinken mit?‹

›Ein Dach klingt gut! Ich schicke dir später meinen Standort, aber geht's vielleicht auch früher?‹

›Zehn ließe sich einrichten, früher leider nicht, weil ich noch was zu erledigen habe, sorry!‹

›Kein Ding, wir sehen uns später. Bye.‹ Lächelnd warte ich auf eine weitere Nachricht, die lediglich aus einem ›Bye‹ besteht, dann lege ich mein Handy weg. Ich weiß nur nicht, ob das jetzt ein Date werden soll oder nicht.

***

Ich trage eine meiner Lederhosen, die etwas lockerer sitzt, weil ich im Krankenhaus abgenommen habe, ein Top und meine Lederjacke. Dazu ein schwarzes Beanie, unter dem ich den braunen Haaransatz verberge. Meine Haare sind knallrot gefärbt, was ich auffrischen müsste, da das Braun immer mehr durchscheint. Dax hat bereits eine Nachricht von mir bekommen, in der ich ihm die Adresse mitgeteilt habe. Nun warte ich seit einer halben Stunde auf ihn. Ich weiß, dass er nicht fliegen kann, aber bei einem ›Komme sofort‹ habe ich mehr erwartet.

»Sorry, hat länger gedauert, als geplant«, sagt er, als er auf einmal vor mir steht.

»Kein Problem, kann passieren.«

Dax setzt sich neben mir auf den Boden. »Wartest du schon lang?«

»Geht so«, winke ich lächelnd ab. »Hast du gut hergefunden?«

Er nickt. »Ich kenne die Stadt wie meine Westentasche.«

»So wie ich.«

Sein Mundwinkel zuckt, was ich im schwachen Licht kaum erkennen kann. »Du bist Traceur, nicht wahr?«

»Ja, allerdings etwas aus der Übung.«

»Scheiße, ist das cool. Ich wollte immer Parcours laufen, aber ich habe mich zu blöd angestellt und mir ein paar Rippen gebrochen. Seitdem vermeide ich es eigentlich, über Häuserschluchten zu springen.«

»Übung macht den Meister. Ich hatte auch nicht nur eine gebrochene Rippe«, schmunzle ich.

»Kriegsverletzungen sollte man mit Stolz tragen«, gluckst er und reicht mir eine Flasche. »Ich hoffe, du willst heute nicht von Dach zu Dach springen, da ich nur Bier dabei habe.«

»Ich springe erst mal eine ganze Weile nicht über Chicagos Dächer«, erwidere ich und nehme die Flasche an.

Dax zückt ein Feuerzeug, um sie zu öffnen. »Du sagtest heute Nachmittag etwas von einem Krankenhausaufenthalt. Darf ich fragen, warum du im Krankenhaus lagst?«

Ich räuspere mich. »Ich hatte einen kleinen Unfall.«

»Was ist passiert?«

»Ich bin von einem Container gefallen.«

»Wie ist das denn passiert?«

»Irgendein Vollidiot zückte eine Waffe und schoss, der Querschläger traf mich. Wäre niemand in der Nähe gewesen, um mir zu helfen, säße ich jetzt nicht hier«, erzähle ich und lasse bewusst ein paar Details aus. Ich möchte ihm nicht sagen, dass ich Acids jüngere Schwester bin, denn außer seinen engsten Vertrauten weiß es niemand. Das soll auch so bleiben!

»Oha, krasse Scheiße.«

»Ziemlich. Jedenfalls bin ich erst vor zwei Wochen oder so aufgewacht und wurde darüber aufgeklärt, dass ich Weihnachten und Silvester verschlafen habe und Ostern vor der Tür steht.«

»Also fehlen dir zwei fette Feiertage.«

»Und mein Geburtstag.«

Dax' Gesichtszüge entgleisen. »Du hattest Geburtstag?«

Ich nicke knapp.

»Wann?«

»Ende Januar.«

»Wie alt bist du geworden?«

»Ich wurde ...« Ich räuspere mich und schaue auf die Stadt vor uns. »Ich wurde 18.«

»18?«, ruft er überrascht aus.

»Warum bist du so schockiert?«, frage ich vorsichtig. Ich wusste es! Alle schätzen mich älter, als ich bin.

»Weil ich dachte, dass du in meinem Alter bist.«

»Wie alt bist du?«

»22«, erwidert er und reibt seinen Nacken. »Mich schockt das wirklich.« Er sieht mich mit großen Augen an, weshalb ich anfangen muss, lauthals zu lachen.

»Es tut mir leid, ich … hätte mich besser zwei oder drei Jahre älter gemacht.«

»Nein, ich hätte einfach damit rechnen müssen, dass du – wie fast alle anderen Frauen auch – jünger bist, als du aussiehst.«

»Wahrscheinlich, ich werde meistens älter geschätzt, als ich bin … Liegt wohl an meiner Art«, spekuliere ich und hebe den Blick zu den Sternen, die wegen der Lichter der Stadt kaum zu sehen sind.

»Ja, du wirkst nicht wie eine typische 18-Jährige«, stellt er fest.

Ich sehe wieder zu ihm. »Ich weiß gerade nicht, ob ich mich dafür bedanken oder dir eine reinhauen soll.« Anschließend grinse ich ihn an.

»Bedanken reicht, ich hab in letzter Zeit zu oft aufs Maul bekommen.« Er erwidert mein Grinsen, dabei blitzen seine Augen und ich erkenne den Schalk, der in seinem Nacken sitzt. »Hast du Lust, in irgendeine Bar zu gehen? Es ist schweinekalt hier oben.«

Ich hebe eine Augenbraue, außerdem verkneife ich mir das Lachen. »Mach dir warme Gedanken.«

»Würde ich gern, klappt neben dir sicher auch gut, aber ich … hätte noch eine andere Idee, wie mir warm wird.«

»Ach ja?«

Dax sieht mir in die Augen, als er sich zu mir beugt. »Ja.« Er schiebt seine Hand in meinen Nacken, dann küsst er mich. Ich erwidere es, obwohl er eine verbotene Frucht für mich ist. Zuerst treffen seine Lippen sanft auf meine, doch wird er mit jedem Kuss fordernder. Vorsichtig drückt er mich nach hinten, sodass ich nach kurzer Zeit auf dem Rücken aufkomme. Er rutscht über mich, spreizt meine Beine mit einem Knie und lässt dabei seine Zunge in meinen Mund eindringen.

Als seine rechte Hand anfängt, meinen Körper zu erkunden, umfasse ich sein Handgelenk. Ich halte ihn auf, denn ich bin schon zu weit gegangen, noch weiter darf ich nicht gehen.

»Was ist los?«, fragt er irritiert.

Ich atme schwer, als ich ihn von mir runterschiebe. »Wir sollten das nicht tun.«

Nun ist er es, der mich skeptisch ansieht. »Wieso nicht? Du hättest dich sicher nicht darauf eingelassen, wenn wir es wirklich nicht sollten.«

»Weil ich … vergeben bin.« Ich stehe auf und bleibe vor ihm stehen.

»Whoa, Moment mal ...« Er erhebt sich ebenfalls, weshalb mein Vorteil, einmal die Größere zu sein, wieder dahin ist. »An wen?«

»Er heißt Beast.«

»Der Spast, der dich befummelt hat, ist dein Freund? Damals sagtest du, ihr wärt kein Paar.« Dax klingt wütend.

Ich fahre mir verzweifelt durch die Haare. »Weißt du, ich weiß nicht wirklich, ob wir ...«

»Willst du mir jetzt mit einer Amnesie als Ausrede kommen?«

Ich beiße die Zähne zusammen. »Ich hätte dir nicht schreiben sollen.« Danach wende ich mich ab und laufe los.

»Sin, warte!«

Doch ich renne kopflos auf die Häuserschlucht zu, springe schließlich auf die kleine Mauer und stoße mich ab, um auf dem nächsten Dach zu landen. »Fuck!«, schreie ich auf, nachdem ich gelandet bin und ein reißender Schmerz durch meinen Körper fährt.

»Scheiße, Mann!«, ruft Dax auf und landet plötzlich neben mir. »Du hättest nicht abhauen sollen!« Er geht auf ein Knie und sieht mich an. »Kannst du aufstehen?«

»Denke schon.« Ich ergreife seine Hand und ziehe mich unter Schmerzen hoch. »Oh fuck, warum tut das so weh?«

»Ich habe keine Ahnung, aber ich kann einen Freund anrufen, damit er dich mal ansieht.«

Noch mehr von Thorn Davenports Leuten? »Nein, das ist nicht nötig, ich muss morgen sowieso zu meinem Hausarzt.«

»Wo wohnst du? Ich bringe dich nach Hause.«

Ich schlucke. Nennen könnte ich ihm nur die Adresse meines Dads, um keinen Verdacht zu erwecken. »Ich schaffe es allein.«

»Glaube ich nicht. Also entweder sagst du mir, wo du wohnst, oder ich nehme dich mit zu mir«, sagt er entschieden.

Schweigen wird dann wohl das Beste sein. Sobald er schläft, haue ich ab. So werde ich es machen, so ist es am sichersten.

»Na gut, dann nehme ich dich mit zu mir.« Dax sieht sich um. »Kannst du laufen?«

»Wird schon irgendwie gehen.«

Er ergreift meine Hand erneut und führt mich zur Feuerleiter. »Ich gehe vor, du kommst nach, aber bitte fall nicht auf mich.«

»Gebe mir Mühe.«

Dax klettert runter, ich sehe ihm nach, bevor ich ihm folge.

»O Gott, ich sterbe«, murmle ich, als mich mit jeder Sprosse, die ich nehme, stechende Schmerzen durchfahren. Dieser verfickte Mistkerl mit seiner beschissenen Wumme wird irgendwann noch sein Fett wegkriegen. Und wenn ich es bin, die ihm dieselben Schmerzen zufügt, die er mir zugefügt hat. Seinetwegen bin ich komplett aus dem Training und kann nicht mal mehr eine beschissene Häuserschlucht überspringen.

Auf der vorletzten Sprosse angekommen, spüre ich Dax' Hände an meinen Hüften. »Ich helfe dir. Lass los.«

Sofort löse ich meine Hände von der Leiter und er hebt mich herunter.

Dax stellt mich vor sich ab. »Geht's?«

»Irgendwie schon«, presse ich hervor.

Er seufzt, dann legt er seine Hände in meinen Rücken und meine Kniekehlen. »Sicher ist sicher.«

Ich lege meine Arme um seinen Hals und verschränke meine Finger ineinander, um noch mehr Halt zu haben. »Danke, Dax.«

»Nicht dafür.« Er zwinkert mir zu. »Ich nehme dich mit zu mir. Wenn es dir morgen besser geht, kannst du abhauen.«

»Ich muss sowieso zum Arzt.«

»Dann bringe ich dich morgen dorthin. Danach kannst du nach Hause gehen, auch wenn ich dich lieber bringen würde.«

»Es wäre mir lieber, wenn du nicht weißt, wo ich wohne.«

»Weil du mich für einen Stalker hältst«, mutmaßt er.

»Nein, es liegt an etwas anderem.«

»Woran?«

Ich stoße die Luft aus. »An meiner Familie.«

»Was kann an der schon so schlimm sein?«, hakt er irritiert nach.

Daraufhin räuspere ich mich. »Mein Dad ist Alkoholiker und wirklich unverschämt zu anderen.«

»Holy crap, dann würde ich auch nicht wollen, dass mich so ein charmanter junger Mann, wie ich einer bin, nach Hause bringt.« Wieder blitzt der Schalk in seinen Augen auf.

* * *

Dax öffnet mir die Beifahrertür seines Autos. »Kannst du jetzt laufen?«

»Ich versuche es.« Mühsam, um nicht meinen angeknacksten Fuß zu belasten, steige ich aus dem Wagen und halte mich an der geöffneten Tür fest.

Er schaut auf meine Schuhe. »Willst du auf einem Bein zum Eingang springen oder wieso belastest du den Fuß nicht?« Als er mich wieder ansieht, umspielt ein freches Grinsen seine Lippen.

»Du bist ein Arsch«, erwidere ich trocken. »Und ja, das hatte ich vor.« Anschließend hüpfe ich auf einem Bein los, natürlich nur, um es ihm zu zeigen.

Lachend wirft er die Autotür zu, dann folgt er mir. »Ich kann dich tragen, wenn du willst.«

»Sorry, aber mein Stolz hat sich heute mehrere Wirbel gebrochen, verschonen wir sein Genick.«

Er schneidet mir den Weg ab. »Das brechen wir deinem Stolz nur, wenn ich dich fallen lasse.«

Daraufhin hebe ich eine Augenbraue. Sein Lächeln ist so verdammt niedlich, nein, heiß, sexy, unwiderstehlich, dass ich schwach werde. Scheiße verdammt! »Hast du vor, mich fallen zu lassen?«

Dax schüttelt den Kopf. »Nein, eher nicht.« Im nächsten Moment hebt er mich erneut auf seine Arme. »Du solltest das morgen echt von einem Arzt ansehen lassen.«

»Das habe ich vor.«

»Ja, hattest du erwähnt, aber ich kann auch einen Kumpel anrufen, damit er es sich ansieht.«

Ich seufze. »Dax, das ist echt nicht nötig, aber danke.«

»Na ja, ich muss Ridge sowieso anrufen. Wahrscheinlich kommt er noch vorbei, wenn Fynn oder Hope ihn lassen, dann kannst du immer noch entscheiden, ob du es willst oder nicht.«

»Und dieser Ridge ist Arzt?«

»Studiert zumindest Medizin.«

Ridge Cavendish studiert Medizin? Ernsthaft? Das kann ich mir absolut nicht vorstellen, aber okay. Wenn Dax meint, mich verarschen zu müssen, drehe ich den Spieß eben um. Ich will sowieso nicht bei ihm übernachten, also kann ich ihm etwas vorspielen, bis er einschläft.

»Und was hast du mit deinem Leben vor?«

»Mal sehen. Momentan arbeite ich für meinen Bruder.«

Dax atmet schwer, während er mich die Treppe hochträgt. »Was macht er denn beruflich?«

»Er ...«

»Ja?«

»Ist stinklangweilig, ich mach nur Botengänge für ihn.«

»Ziemlich praktisch, wenn man die Botengänge mit Training verbinden kann, oder?«

»Hm?«, mache ich verwirrt.

»Na ja, du bist Traceur, du bist wahrscheinlich zu Fuß unterwegs und hopst statt durch die dichten Straßen fröhlich über Chicagos Dächer«, sagt er atemlos, als wir oben ankommen. »Mein Gott, hattest du Kieselsteine zum Frühstück oder wieso kommst du mir so schwer vor?«

Meine Kinnlade klappt herunter. »Wie bitte?«

Dax läuft rot an. »Sollte keine Beleidigung sein, sorry.«

»Was denn sonst? Ein Kompliment, dass man mir mein Gewicht nicht ansieht?«

Vorsichtig setzt er mich ab und nickt hektisch. »Muskeln sind schwerer als Fett, oder nicht?«

Ich schnaube, schüttle den Kopf und nuschle unverständlich, dass er ein Drecksack ist.

»Wie war das?«

»Was?«

»Was du genuschelt hast, Sin«, erwidert Dax, als er an mir vorbeigeht und mich zu seiner Wohnung führt.

Inzwischen humple ich ihm hinterher. »Nichts.«

»Ich glaube nicht, dass es nichts war.« Er holt seinen Schlüsselbund aus seiner Hosentasche und öffnet die Tür, vor der er zuvor stehengeblieben ist.

»Glauben ist nicht wissen«, flöte ich und schenke ihm ein freches Grinsen, als er zu mir schaut.

»Stimmt, aber ich denke, ich weiß, dass du eine Beschimpfung genuschelt hast«, kontert er. »Und egal, was es war, ich gebe dir recht.« Anschließend lacht er und betritt seine Wohnung. »Immer hereinspaziert in die gute … Na ja, nicht so gute Stube, ich habe nicht aufgeräumt.«

Ich humple ihm hinterher und vermeide es, mich neugierig umzuschauen. »Lässt du das Licht immer brennen?«

»Wenn ich abends unterwegs bin, ja.«

»Warum?«, frage ich irritiert.

»Na ja, manchmal komme ich ziemlich voll nach Hause und ich bin nicht so scharf drauf, mir den Hals zu brechen, weil ich im besoffenen Kopf über irgendwas stolpere«, erklärt er amüsiert.

Ich verkneife mir das Lachen, doch am Lächeln scheitere ich. »Ooookay, eine gute Maßnahme, um einem Knochenbruch vorzubeugen.«

»Finde ich auch«, grinst er und deutet in einen Raum. »Willst du etwas trinken?«

»Nein, danke.«

»Okay.« Dax legt seine Hände an meine Hüften und hebt mich hoch. Er trägt mich vor sich her zur Couch. »Dann setz dich doch.«

Ich nehme ohne ein weiteres Wort Platz. »Wohnst du allein?«

»Ja.«

»Ziemlich groß für einen allein«, stelle ich fest, während mein Blick durch das geräumige Wohnzimmer schweift.

»Gelegentlich übernachten meine Kumpel hier, aber es gibt nur ein Schlafzimmer. Die vielen Türen täuschen, sind Wandschränke oder Abstellräume«, erwidert er lächelnd, als er sich zu mir setzt. »Willst du Eis für deinen Fuß?«

»Ich will keine Umstände machen, außerdem glaube ich kaum, dass ich den Stiefel ausgezogen bekomme.«

Dax sieht auf meine Füße. »Wieso?«

»Bestimmt ist mein Knöchel geschwollen.«

Er sieht mir in die Augen. »Das können wir nur herausfinden, indem wir oder du dir den Schuh ausziehst.«

Ich bin so froh, dass ich vorhin duschen war und das Winterfell von meinen Beinen rasiert habe. So eine Weile im Krankenhaus sorgt dafür, dass man sich als Neandertalerin fühlt. Ich beuge mich vor, ziehe meine Lederhose mühsam hoch und öffne den Reißverschluss meines Stiefels. Ich versuche, ihn auszuziehen, aber wie ich vermutet habe, ist mein Knöchel geschwollen. »Ich kriege es nicht hin.«

»Soll ich es versuchen?«

Daraufhin nicke ich knapp.

»Dreh dich zu mir und leg dein Bein auf meinen Schoß.«

Ich tue es und zucke zusammen, als er seine warmen Finger auf meine nackte Haut legt.

Er sieht zu mir. »Alles gut?«

»Ja, alles super.«

»Warum zuckst du dann zusammen?«

»Du hast warme Hände und mein Bein ist kalt«, rede ich mich heraus und möchte mein Bein zurückziehen, doch er hält es fest.

»Also dann, versuchen wir unser Glück.« Vorsichtig lockert er meinen Stiefel, bis er ungeduldig wird und an ihm zieht.

Fest beiße ich die Zähne zusammen, kneife die Augen zu und hoffe, dass er mir nicht den Fuß abreißt.

»Fuck, endlich«, sagt er erleichtert und ich schaue ihn an. Dax hält meinen Stiefel in der Hand.

»Danke.«

»Du brauchst definitiv Eis für deinen Knöchel.« Anschließend steht er auf, lässt mich allein.

Ich schaue ihm hinterher, als er in die offene Küche geht.

»Bist du umgeknickt, als du aufgekommen bist?«

»Keine Ahnung, auf einmal tat es weh und ich konnte nicht mehr auftreten«, antworte ich aufrichtig.

»Vielleicht hast du dir nur die Bänder gezerrt, aber das sollte ein Arzt entscheiden und nicht ich.«

»Du hast recht«, stimme ich ihm zu.

»Wow.«

»Was?«

»Eine Frau gibt mir recht, das kommt so selten vor, dass ich es mir rot im Kalender anstreichen sollte.«

Ich lache auf.

»Und ich kann sie auch noch zum Lachen bringen. Wahnsinn«, ruft er euphorisch aus.

»Tja, ich bin immer für eine Überraschung gut«, kontere ich amüsiert.

Daraufhin wird er wieder ernst und mustert mich. »Jetzt gebe ich dir recht. Du hast mich wirklich überrascht.«

Ich sehe ihn verdutzt an. »Womit?«

Dax schürzt die Lippen. »Mit ein paar Sachen.« Anschließend steht er noch mal auf. »Wirklich nicht durstig?«

Kopfschüttelnd behalte ich ihn im Auge.

»Dann nicht. Was dagegen, wenn ich mir etwas hole?«

»Nein, geh nur, danach kannst du mir sagen, womit du mich überrascht hast.« Ich grinse, als ich ihm zuzwinkere.

Er geht in die Küche. »Zum Beispiel mit deiner WhatsApp Nachricht.«

»Nur damit?«

»Mit deinem Alter und der Tatsache, dass du mit diesem Spast zusammen bist. Wenn ich du wäre und er mich befummelt hätte, wäre der Kerl nicht mehr derjenige, der an mein Höschen dürfte.«

Meine Gesichtszüge entgleisen. »Wie meinst du das?«, gebe ich mich bewusst naiv.

»Na ja, Beast hat dich damals bei Hood echt mies behandelt und du hast es ihm scheinbar durchgehen lassen.«

Ich seufze genervt. »Ich sagte allerdings auch, dass ich nicht genau weiß, was es jetzt mit ihm und mir ist. So was kann nach einer Weile im Koma vorkommen.«

Dax kommt mit einer Flasche Whiskey und zwei Gläsern zurück. »Kann es das wirklich?«

»Ich denke schon. Außerdem sagte der Arzt, dass es möglich sei.«

Nachdem er sich gesetzt hat, zuckt er mit den Schultern. »Kann sein.« Dax schenkt sich etwas Whiskey ein. »Sicher, dass du nichts willst?«

Ich schnalze mit der Zunge, nehme ihm die Flasche ab und fülle mein Glas mit der goldbraunen Flüssigkeit, die mich an meine Naturhaarfarbe erinnert.

»Noch was?«

»Hm?«, erwidere ich, während ich immer noch kippe.

»Bist du dir sicher, dass du so viel Whiskey trinken willst? Dein Glas ist ziemlich … voll.«

Ich hebe die Whiskeyflasche wieder und schaue auf das Glas, das bis zum Rand gefüllt ist. »Oh.«

»Na ja … Cheers«, sagt er lachend.

»Danke. Cheers.« Ich beuge mich vor, sodass ich das Glas nicht heben muss, um etwas abzutrinken, und sauge den Whiskey auf. Ich verfahre so, bis ich nichts mehr aufsaugen kann.

Als ich mich aufgerichtet habe, sieht er mich mit großen Augen an. »Respekt.«

»Wofür?«

»Nicht jede Frau kann so saugen.« Er zwinkert mir zu und ich brauche einen Moment, bis ich seine Äußerung verstehe.

Es lässt mich rot anlaufen. »Ehm … Vielleicht bin ich ja einfach gut darin.«

»Das habe ich gesehen.« Er legt seine Hand auf meinen Oberschenkel. »Und du bist wirklich mit Beast zusammen?«

»Noch mal: Ich weiß es nicht sicher.«

»Okay, dann wirst du mir gleich nicht böse sein.« Er schiebt seine Hand über meinen Schenkel, meine Seite entlang und schließlich in meinen Nacken.

»Dax?«

»Sag nichts«, raunt er, als seine Lippen sich meinen nähern. Er hält inne, sieht mir in die Augen und ich erkenne das klare Braun seiner Iriden, das mich an geschmolzene Schokolade erinnert.

Ich spüre seinen warmen Atem an meinen Lippen, weshalb ich versuche, mich nach hinten zu beugen, doch er hält mich fest. »Tu das nicht«, sage ich leise.

Dax ignoriert es völlig und seine Lippen treffen meine. Sie versiegeln jeden Einwand, als sie die meinen liebevoll berühren. So einen Kuss habe ich nach dem ersten dieses Abends nicht erwartet, auch nicht das Feuerwerk, das er in meinem Körper zündet. Als würden Eiswind und Lavastrom abwechselnd über mich hereinbrechen, bekomme ich eine Gänsehaut und fange trotzdem an zu schwitzen. Dax' Zunge streichelt meine Unterlippe, woraufhin ich meinen Mund nur einen Spalt weit öffne, doch er nutzt den Moment, um seine Zungenspitze hineinzustoßen. Mit jedem Mal, das unsere Zungen sich berühren, wird er fordernder und ich atme schwerer. Seine freie Hand drückt mich nach hinten, bis ich mit dem Kopf auf der Armlehne aufkomme, dann erforscht sie meinen Oberkörper.

Ich will sein Handgelenk packen, um ihn von einer weiteren körperlichen Forschungsreise abzuhalten, doch mit seiner Rechten hält er mich auf und zieht meine beiden Hände über meinen Kopf, wo er sie festhält. »Dax«, keuche ich, als ich mich von seinen Lippen löse.

Er sieht mir in die Augen, sein schwerer Atem fühlt sich an, als würde er meine Wangen streicheln. »Hm?«

»Wir dürfen uns nicht zu nahe kommen«, hauche ich, dabei versuche ich, mich zu befreien.

Wieder hält er mich fest. »Warum sagst du das ständig?«

Ich atme tief durch. »Weil es die Wahrheit ist.«

Er sieht mich misstrauisch an. »Welche Gründe hast du?«

»Vertrau mir einfach«, bitte ich ihn kleinlaut.

Dax richtet sich auf, dabei zieht er mich mit sich. »Was verschweigst du mir, Sin? Ich weiß von dir und Beast, gibt's sonst noch was, das ich wissen sollte?«

Ich schlucke schwer, versuche so, meine Angst vor ihm zu verbergen. Wenn Beast von Dax erfährt, wird es kein Genickbruch sein. Aber wenn Acid davon erfährt, dann bricht das jüngste Gericht los.

»Sin?«

Kopfschüttelnd bemühe ich mich, die Angst vor meinem Bruder zu vertreiben. »Ich sagte dir, dass ich für meinen Bruder arbeite, nicht wahr?«

Seine Augenbraue schießt in die Höhe. »Du hast mich angelogen?«

»Nein, ich ...«

»Was denn?«, herrscht er mich auf einmal an, was mich zusammenzucken lässt.

»Er wäre sicher dagegen, dass ich mit dir abhänge, und ich ... will nicht, dass ...«

»Was willst du nicht?«, fragt er nun wieder mit sanfter Stimme, während er mich mit schiefgelegtem Kopf betrachtet.

Ich hole tief Luft. Lügen werde ich nicht, aber die ganze Wahrheit werde ich ihm auch nicht sagen können. »Ich will nicht, dass er irgendjemanden engagiert, der dich zu Mus schlägt.« Okay, es war wirklich keine Lüge, sondern nichts als die Wahrheit.

Er legt seine Hand an meine Wange und sieht mir tief in die Augen, dabei verzieht er seine Lippen zu einem Lächeln. »Du glaubst, ich habe Angst davor?«

Ich sehe weg, weil ich seinen Blick nicht länger halten kann. Wann wurde ich eigentlich so eine Pussy, die Schiss vor Acid hat? Ich habe meinen Bruder nie gefürchtet, warum auf einmal? Vielleicht, weil Dax mehr als verboten ist. Er könnte mich Kopf und Kragen kosten und ja, es hat definitiv seinen Reiz, mit ihm zusammen zu sein, doch zu welchem Preis? Es würde grundlegend in die Hose gehen und vermutlich noch einen Krieg zwischen Acids und seinen Leuten auslösen. So was hatten wir damals mit Miller und es endete nicht schön für Davenports kleine Schwester. Ich will nicht, dass mir dasselbe wie ihr passiert. »Nein, ich will bloß nicht, dass dir etwas passiert.«

Dax nimmt mein Kinn zwischen Zeigefinger und Daumen, dann dreht er meinen Kopf zu sich, sodass ich gezwungen bin, ihn anzusehen. »Ich kann auf mich aufpassen, glaub mir.«

»Würde ich gern, aber ich kenne meinen Bruder.«

»Wer ist dein Bruder? Ich sollte den, der mir an den Arsch will, kennen«, sagt er mit rauer Stimme.

»Das ist nicht so wichtig. Wichtiger ist, dass wir uns voneinander fernhalten«, wispere ich und spüre die Tränen aufsteigen.

»Du hast wirklich Angst«, stellt er erschrocken fest.

Ich nicke, soweit seine Finger es zulassen.

Dax haucht einen Kuss auf meine Lippen. »Ich habe keine und kann auf uns beide aufpassen. Du musst keine Angst haben.« Er stupst meine Nasenspitze mit seiner an. »Außerdem will ich dich wiedersehen, immer und ständig, Sin.«

Daraufhin seufze ich. »Ich würde dich auch gern wiedersehen, aber …«

»Aber deine Angst stellt sich dir in den Weg.« Er löst sich von mir, setzt sich auf, als wäre nichts gewesen.

»Nein.« Ich tue es ihm nach und sehe ihn an. »Ich will nur nicht, dass etwas passiert.«

»Dann treffen wir uns eben dort, wo er uns nicht finden kann.«

»Wo soll das sein?«, möchte ich wissen.

»Hier oder auf den Dächern der Stadt.«

»Ich denke, es ist besser, wenn wir uns nicht mehr sehen«, erwidere ich niedergeschlagen. Ich mag Dax. Ich weiß nicht, was er an sich hat, aber ich fühle mich in seiner Gegenwart wohl – manchmal auch schlagartig unwohl, aber das kommt vor – und ich mag seinen Humor.

»Gar nicht mehr?«

Ich nicke ihm zu.

Entschieden schüttelt er den Kopf. »Sorry, aber ist nicht.«

Ich schaue ihn mit aufgerissenen Augen an, was sicher an einen aufgeblasenen Frosch erinnert, aber das ist mir egal, da ich geschockt bin. »W-w-w-wie ... bi-bi-bitte?«

»Ich sehe es nicht ein, einen Korb zu kassieren, weil du schissig bist.«

»Dax, es ist sicherer für uns beide.«

»Wie kommst du auf diesen Schwachsinn?«

Ich atme tief durch. Ich kann ihm nicht sagen, was Acid mit meinem ersten Freund gemacht hat. Ich habe es meinem Bruder bis heute nicht verziehen, dass er meinetwegen jemanden zum Krüppel geschlagen hat. Gleichzeitig ist er der einzige Mensch, den ich habe. Ich bin absolut überfordert mit der aktuellen Situation.

»Sin?«, hakt er mit rauer Stimme nach.

»Ich habe Angst, weil jemand, den ich sehr mochte, zum Krüppel geschlagen wurde, weil ich zu viel Zeit mit ihm verbracht habe«, antworte ich und ja, es ist Absicht, dass ich Details auslasse. Wie soll ich ihm auch weismachen, dass mein Bruder derjenige war und ich trotzdem noch zu ihm halte? Jeder normale Mensch wäre vor seiner Familie weggelaufen, aber ich nicht. Ich bin geblieben. Aus Angst. Aus Bequemlichkeit. Weil ich niemand anderen als Acid habe. Niemand sonst kümmert sich um mich, weshalb ich mich nicht von meinem Bruder abnabeln kann. Es interessiert niemanden, was mit mir passiert, außer ihn. Wenn es nach meinem Dad ginge, könnte ich genauso gut im nächsten Eisenbahn- oder Flussbett landen, dann hätte er ein Problem weniger. Allerdings bin ich das sowieso nicht mehr, seit Acid mich bei sich aufgenommen hat. Seit ich 18 Jahre alt bin, kann unser Vater uns nichts mehr, doch muss er auch keinen Unterhalt mehr für mich aufbringen, weshalb ich den Job bei Acid brauche. Geld für Gefahr – Lebensgefahr, wenn man nach dem letzten Mal geht.

Dax sieht mich teils schockiert und teils so an, als würde ich mir größte Mühe geben, ihn zu verarschen. »Wie kommt er dazu, so etwas fertigzubringen?«

Diesmal bin ich diejenige, die mit den Schultern zuckt. »Er hatte andere Pläne mit mir, als mich an meine Jugendliebe zu verlieren.«

»Wer?«

»Jemand, der mir auch sehr nahe steht.«

»Und wer ist dieser Jemand?«

Ich seufze verzweifelt. »Ein Schatten aus meiner Vergangenheit.« Und so ist es auch. Wenn Acid weiß, wo ich mich rumtreibe, folgt er mir wie ein Schatten. Er und ich mussten immer zusammenhalten, uns immer umeinander kümmern, seit unsere Mom uns verlassen hat, und genau aus diesem Grund kann ich meinen Bruder nicht im Stich lassen. Wir sind ein Team, ein gutes sogar, aber es ist eben dieser eine Umstand, den ich ihm niemals verzeihen kann.

»Und dieser Schatten verfolgt dich noch?«, fragt Dax leise. So, wie er klingt, scheint er mich nun zu verstehen.

»Er taucht nur noch manchmal auf, aber ich fürchte ihn«, gebe ich zu.

Dax legt seinen Arm um mich. »Dann beschütze ich dich eben vor ihm. Was ist schon dabei?«

Eine ganze Menge, wenn du mich fragst, schießt es mir durch den Kopf, doch werde ich das nicht laut aussprechen.

Er zieht mich an seinen warmen Körper, von dem ich jetzt erst merke, wie hart er durch die Muskeln ist. Man hat ihm nicht angesehen, dass er förmlich aus Stahl besteht. Seine Hand streichelt meinen Oberarm, dann küsst er meinen Kopf. »Lass es uns einfach wagen, und wenn es in die Hose geht, haben wir es wenigstens versucht.«

Resigniert stoße ich die Luft aus. »Okay.«

Dax zuckt zurück, weshalb ich ihn ansehe. Seine Augen sind aufgerissen. »Okay? Du sagst nicht mehr als Okay?«

»Was soll ich denn sonst sagen?«

»Du könntest jubeln, dass ich dich will«, schlägt er trocken vor.

Ich versuche, es zu vermeiden, dennoch stiehlt sich ein kleines Kichern aus meiner Brust. »Du bist ein Spinner.«

»Das ist nichts Neues für mich.«

»Für mich aber.« Wirklich, ich kenne niemanden, der auch nur annähernd so albern ist wie Dax. Dabei kenne ich ihn noch nicht einmal richtig. Ich beuge mich vor, sodass er mich aus seinem Arm entlässt, und schenke mir ein neues Glas Whiskey ein. Mein Bruder verhindert meistens, dass ich so hartes Zeug trinke, aber gerade sehe ich nichts anderes und ich will Dax nicht schon wieder aufscheuchen.

Er räuspert sich, weshalb ich zu ihm schaue. »Durstig?«, fragt er, dabei deutet er auf mein Glas.

Ich werfe einen Blick darauf. »Oh fuck!« Ich hebe die Flasche und schließe sie. »Sorry.«

»Macht nichts.«

»Das Zeug ist doch sicher teuer.«

»Mach dir keine Gedanken, ist nur Geld. Ich habe nicht vor, irgendwann der reichste Kerl auf dem Friedhof zu werden«, schmunzelt er. »Ich wäre ja fast für Ex oder Arschloch.«

»Für was?«

»Na ja, du trinkst es auf Ex, und wenn du es nicht schaffst, bist du ein Arschloch«, grinst er und zwinkert mir zu.

Ich schnaube amüsiert. »Wenn ich das exe, bin ich betrunken, das muss ich nicht haben.«

»Du könntest hier übernachten.«

»Das hast du mir vorhin schon angeboten«, rufe ich ihm ins Gedächtnis.

»Ehm ... stimmt«, erwidert er etwas entrückt und nimmt sich sein Glas. »Cheers.« Erwartungsvoll schaut er auf meinen Whiskey.

»Cheers.« Ich beuge mich weiter vor und nippe das fast überlaufende Getränk aus meinem Glas.

»Netter String.«

Ich pruste ins Glas, sodass der Whiskey herausspritzt, und richte mich auf. »Wo schaust du mir eigentlich hin?«

Dax setzt eine Unschuldsmiene auf, doch im nächsten Moment grinst er verschmitzt. »An die interessanten Stellen.« Ein weiteres Zwinkern.

Ich nehme mein Getränk und lehne mich zurück. Meine Wangen brennen wie Feuer, so sehr ist das Blut in sie geschossen. »Mhm-hm.«

Dax legt seine freie Hand auf meinen Oberschenkel. »Soll ich etwa verheimlichen, dass du mir gefällst?«

»Ja ... Nein ... Ja.«

»Was denn jetzt?«, hakt er lachend nach.

Ich ziehe so viel Luft ein, dass meine Wangen an einen Hamster mit vollen Backentaschen erinnern, anschließend entlasse ich sie geräuschvoll. »Behalt es für dich.« Danach trinke ich mein Glas zur Hälfte leer.

Er beugt sich zu mir. »Na gut, dann sage ich dir nicht, wie sexy du bist«, raunt er, sodass sein warmer Atem mein Ohr trifft.

Ich schaudere, weil es mich unerwartet trifft. »Okay.«

Dax zieht mein Ohrläppchen zwischen seine Lippen und saugt sanft daran. Irgendwie finde ich es heiß, was er macht. Beast wollte immer sofort zur Sache kommen.

Seine Hand gleitet zwischen meine Schenkel, streift meinen Venushügel und schiebt sich schließlich unter mein Top.

Ich zucke zusammen, als seine warme Hand meine Haut berührt. Seine Lippen lassen von meinem Ohr ab, finden ihren Weg auf meinen Hals, was einen kleinen Blitz durch meinen Körper jagt, und bewegen sich an meinem Unterkiefer entlang. Was macht dieser Mann nur mit mir? Warum kann ich mich so gar nicht gegen ihn wehren? Dax schiebt seine Hand höher, bis seine Fingerspitzen die Cups meines BHs berühren. Als er sie runterzieht, versteife ich mich für einen Sekundenbruchteil. Er nimmt meinen Nippel zwischen Daumen und Zeigefinger, während seine Küsse zu meinen Lippen wandern. Ich erwidere seinen Kuss, aber diesmal bin ich diejenige, die mehr will. Dieses scheiß Hin und Her meines Körpers geht mir auf die Nerven, doch jetzt werde ich mich nicht mehr von ihm bremsen lassen. Jetzt lasse ich mich von dem führen, was mein Herz mir sagt, und bringe meinen Kopf zum Schweigen. Ich reagiere auf diesen Mann und das sollte ich nicht ignorieren, denn solche Reaktionen hat noch niemand aus mir hervorgelockt. Ich will Dax, am liebsten gleich, allerdings bin ich fast sicher, dass er mich bremsen wird, wenn ich seiner Meinung nach zu weit gehe. Ich lege meine Hände an den Saum seines Shirts und schiebe es hoch. Er versteht mich, löst sich von mir und zieht es aus. Achtlos wirft er es hinter sich und betrachtet mich. Sofort befreie ich mich aus meiner Jacke und meinem Top.

Seine Augen werden groß, als er meinen fast nackten Oberkörper sieht. »Oh man«, stößt er aus, beugt sich erneut über mich und versenkt sofort seine Zunge in meinem Mund. Unsere Zungenspitzen umspielen einander in einem verlangenden Rhythmus, der uns zum Keuchen bringt.

»Dax!«, donnert es plötzlich von draußen und es wird fest gegen die Tür gehämmert.

Er löst sich ruckartig von mir und sieht zur Wohnungstür.

»Wer ist das?«, möchte ich atemlos wissen und greife zu meinem Top. Sofort ziehe ich es über.

»Kann nur einer meiner Jungs sein.« Er steht auf, holt sich sein Shirt und zieht es auf dem Weg zur Tür an.

Ich angle nach meinem Stiefel und zerre ihn über meinen geschwollenen Knöchel. Ich will nicht, dass einer seiner Freunde mich sieht. Anschließend nehme ich mir meine Jacke und sehe zum Fenster.

»Am besten gehst du ins Schlafzimmer, dort sieht er dich nicht, falls du dich deshalb so schnell angezogen hast«, sagt Dax mit dem Rücken zu mir.

Wieder klopft jemand energisch. »Komm schon, Dax, mach auf!«

»Ich komme ja schon!«, ruft er genervt und sieht zu mir. »Die Tür links von dir.«

Ich stehe auf und humple los. Kaum habe ich mich zurückgezogen, höre ich, dass Dax mit jemandem die Wohnung betritt.

»Warum gehst du nicht ans Handy?«, fragt der Kerl, den ich durch den Türspalt sehe.

Dax lässt sich auf die Couch fallen. »Mein Akku ist leer und ich bin noch nicht lange hier.« Er kann lügen, ohne rot zu werden.

»Thorn versucht seit Stunden, dich zu erreichen.«

»Und? Morgen ist auch noch ein Tag.«

Der andere scheint sich durch die Haare fahren zu wollen, doch er hat eine Nylonmütze auf dem Kopf. »Du solltest ihn anrufen. Es ist wirklich dringend.«

»Misha, ich bin müde und war auf dem Weg ins Bett, als du mir fast die Tür eingetreten hast. Was soll denn so wichtig sein?«, möchte Dax wissen.

»Acid und seine Leute sind auf Chase, Trace und Oren losgegangen, als sie bei Hood aufeinandertrafen.«

Ich werde hellhörig. Warum hat mein Bruder sich mit Davenports Leuten gestritten?

»Warum sind sie aufeinander los?«

»Beast hetzte gegen Oren und betitelte ihn als Narbengesicht, woraufhin Oren sagte, dass er wenigstens eine Mutter hätte, die nicht auf den Strich ging und dann abhaute«, erzählt Misha. »Die haben sich gegenseitig ordentlich die Fresse poliert und Thorn tobt, weil er und Acid eine Abmachung hatten.«

Ich werfe einen Blick auf mein Handy und sehe zahlreiche Anrufe von Acid und Beast. Verdammt! Ich sollte mich sofort auf den Weg machen, aber vorher will ich wissen, was die beiden noch bereden.

»Und Acid ist auch mit auf sie los?«

»Von ihm ging der erste Schlag aus, nachdem Oren Beast diese Sachen an den Kopf geworfen hatte. Wahrscheinlich hatte er selbst ein Flashback. Wir wissen alle, dass Acid schon früh auf sich allein gestellt war.«

Ich ziehe mich langsam von der Tür zurück und gehe ans Fenster. »Bingo«, sage ich leise, als ich die Feuerleiter davor sehe. Ich schiebe es geräuschlos hoch, klettere raus und nehme die Leiter nach unten. Ich muss unbedingt zu meinem Bruder.

***

Unter Schmerzen konnte ich sogar rennen. Ich hoffe nur, dass ich mir nicht den Fuß geschrottet habe, sonst ist es mit dem Parcourslaufen vorbei. Ich stehe vor Acids Wohnung und atme tief durch. Die Stimmen, die ich von drinnen höre, klingen aufgebracht. Mit versteinerter Miene betrete ich die Wohnung und schaue fragend in die Runde, als sie alle ihre Aufmerksamkeit auf mich richten. »Hi«, sage ich gefühllos.

Acid erhebt sich und kommt auf mich zu. Er geht so langsam, dass sein breit gebauter, muskulöser Körper seine volle angsteinflößende Wirkung entfaltet. »Wo warst du?«

»Trainieren.«

»Warum bist du nicht ans Handy gegangen?«, hakt er nach. Er spricht ruhig, doch in seinen Augen sehe ich, wie sehr er kocht.

»Es war lautlos und du weißt, dass ich die Vibration nicht merke, wenn ich springe«, erwidere ich aufrichtig, denn das ist immerhin keine Lüge.

Acid packt mich am Kragen und zieht mich nah zu sich heran, sodass unsere Nasenspitzen sich beinahe berühren. »Ich warne dich, lüg mich nicht an«, knurrt er.

Ich fasse an sein Handgelenk. »Lass mich los, Mann!«

»Sag mir, wo du wirklich gewesen bist! Beast hat die halbe Stadt nach dir abgesucht und dich nicht gefunden.«

»Wahrscheinlich, weil er am Boden unterwegs war. Du weißt, dass er zu schwerfällig für die Sprünge ist«, halte ich dagegen und wehre mich gegen meinen Bruder.

Acid zieht mich herum und stößt mich mit dem Rücken gegen eine Wand, was mir die Luft aus den Lungen treibt. »WO warst du, Sin?« Sein Schrei geht mir durch Mark und Bein.

»Ich war auf den Dächern unterwegs, dann noch etwas trinken und kam dann her.«

»Wo warst du etwas trinken?«

»Ich habe mir eine Flasche Gatorade an einer Tanke geholt. Meine Güte, jetzt komm wieder runter, du Berggorilla!«, herrsche ich ihn an.

Acid zieht mich von der Wand weg und stößt mich noch mal dagegen, diesmal mit mehr Kraft.

Ich schreie auf, weil ich mich erschrecke und es gleichermaßen tierisch wehtut.

»Werd nicht frech!«

»Du bist nicht besser als Dad, weißt du das?«

Ich hätte es besser nicht gesagt, denn mein Bruder ballt seine freie Hand zur Faust und treibt sie mir ins Gesicht. »Ich sagte dir, du sollst nicht frech werden!«

»Acid, es reicht!«, mischt sich Max, einer seiner Leute, lautstark ein.

Vor lauter Tränen sehe ich nur, wie sich zwei Schemen auf uns zubewegen. »Ich hasse dich!«

Ein weiteres Mal kriege ich seine Faust zu spüren, diesmal in den Magen und noch einmal ins Gesicht, dann reißen seine Freunde ihn von mir weg, was mich auch einen guten Meter von der

Wand zieht, da mein Bruder meinen Kragen fest umklammert hält. Mühsam befreie ich mich von Acids Griff.

»Was ist denn in dich gefahren, deine kleine Schwester zu schlagen?«, brüllt Max ihn an.

»Du hast gehört, wie sie mit mir gesprochen hat«, erwidert Acid kaltschnäuzig.

»Ich würde genauso mit dir reden, wenn du mir nicht glauben würdest, obwohl ich dich niemals anlügen würde. Genauso wenig wird Sin gelogen haben!«

Ich atme durch, versuche, mich zu beruhigen, dann gehe ich in mein Zimmer. Ich schlage die Tür hinter mir zu und schließe sie ab. Mit Schmerzen im Gesicht und im Magen lasse ich mich auf das Bett fallen und schließe die Augen. So ein Arschloch.

Mein Handy klingelt. Schwerfällig hole ich es aus meiner Hosentasche und werfe einen Blick aufs Display. ›Dax.‹

»Hey«, sage ich leise.

»Warum bist du abgehauen?«, fragt er interessiert.

»Sorry, aber ich habe eine wichtige SMS bekommen und musste los«, lüge ich.

»Und du konntest keine fünf Minuten warten, um mir das ins Gesicht zu sagen?«

»Nein, sorry. Es war echt dringend.«

»Ist alles okay?«, fragt er plötzlich. »Du klingst geknickt.«

»Ja, alles okay. Ich bin müde, vielleicht liegt es daran«, behaupte ich und behalte die Tür im Auge. »Du, ich will ins Bett, ich melde mich.« Ohne seine Antwort abzuwarten, beende ich das Gespräch.

* * *

Kapitel 3

Eine Woche später

Eine ganze Woche habe ich meinen Bruder und seine Freunde gemieden. Ich habe ihre Nachrichten, in denen sie mich baten, zu ihnen zu stoßen, ignoriert und mich nur um mich gekümmert. Auch Dax habe ich immer wieder abschmettern lassen. Ich wollte mit niemandem sprechen und niemanden sehen, bloß Ruhe haben und das monströse Veilchen heilen lassen, das ich dank Acid habe. Deshalb habe ich mich fast ausschließlich auf den Dächern der Stadt aufgehalten. Jetzt ist es nur noch gelb, aber trotzdem gut erkennbar. Da ich kein Make-up besitze, um es abzudecken, und den Umstand nicht ändern will, werde ich oft darauf angesprochen, wenn ich draußen unterwegs bin, aber ich behaupte immer, dass ich die Treppe runtergefallen sei.

Nun sitze ich auf dem Dach, auf dem Dax und ich uns vor einer Woche getroffen haben. In den Ohren habe ich meine Skullcandy Kopfhörer, die gleichzeitig als Headset dienen, falls mich jemand anruft. Ich höre Ghosttown. Das Geschrei des Sängers gibt seit Tagen meine Stimmung wieder. Am liebsten würde ich auch alles rausschreien, allerdings würde man mich hören und sicher aufs Dach steigen, um mich zu vertreiben.

Plötzlich stupst mich jemand an und ich zucke heftig zusammen. Erschreckt schaue ich zu dem Arschloch, das mir einen Mordsschrecken eingejagt hat. »Dax!«, rufe ich aus, als ich mir die Kopfhörer aus den Ohren ziehe.

»Hi«, erwidert er und betrachtet mich. »Hat ganz schön lange gedauert, dich zu finden.« Er deutet auf meine Wange. »Wer hat dich so zugerichtet?«

Ich drehe den Kopf weg. »Niemand.«

»War das dieser Schatten aus deiner Vergangenheit?«, fragt er weiter.

»Dax ...«

»Sag es mir«, verlangt er hartnäckig.

Ich setze mein Beanie auf und sehe wieder zu ihm. »Ja, es war der Schatten.«

Er legt seine Hand an meine Wange. »Tut es sehr weh?«

Ich entziehe ihm mein Gesicht. »Nein, es ist ja fast weg.«

»Weißt du den Namen von dem Kerl?«

Daraufhin sehe ich ihn skeptisch an. »Ich sagte nichts von einem Mann.«

Dax hebt ebenfalls eine Augenbraue. Er setzt zum Sprechen an, doch schließt er den Mund wieder und schüttelt den Kopf.

»Hör zu, es ist wirklich besser, wenn wir uns nicht mehr sehen. Deshalb bin ich dir aus dem Weg gegangen.«

»Ich habe dir schon gesagt, dass ich mich nicht so leicht abschütteln lasse.« Dax deutet auf meinen Fuß. »Was hat der Arzt gesagt?«

»Ich habe mir die Bänder überdehnt, nichts Weltbewegendes.«

»Ist es wieder besser?«

»Ja.« Ich erhebe mich. »Ich sollte gehen.«

Dax steht ebenfalls auf und ergreift meine Hände. »Du willst echt davonrennen?«

»Ich bekam aufs Maul, weil ich bei dir war, das will ich nicht noch mal erleben«, erwidere ich leise.

Er zieht mich an sich. »Ich werde dich nicht davonrennen lassen, Sin.«

Ich kämpfe gegen ihn an, damit er mich loslässt, doch ist seine Umarmung eisern. »Lass mich los, Dax.«

»Wie kannst du solche Angst vor deiner Vergangenheit haben, dass du dich nicht traust, in der Gegenwart zu leben?«, fragt er energisch.

Ich schaffe es schließlich, mich loszureißen. »Weil meine Vergangenheit, Gegenwart und Zukunft voller Gefahren ist.« Danach wende ich mich von ihm ab und renne los. Diesmal vermeide ich den Sprung über eine Häuserschlucht, sondern nehme eine Feuerleiter nach unten. Ich will bloß hier weg, meine Ruhe haben und sicher vor Dax sein. Ich hoffe, dass seine Freunde nicht in der Nähe sind.

»Sin!«, ruft er mir hinterher.

Als ich hochschaue, sehe ich, wie er ebenfalls nach unten klettert. »Bitte lass mich in Ruhe!« Die letzten Sprossen überspringe ich und lande sicher auf meinen Füßen.

Dax tut es mir gleich, er war wesentlich schneller unten als ich, da er immer zwei Sprossen auf einmal nahm. »Warum rennst du weg?«

»Weil wir nicht miteinander gesehen werden dürfen. Vertrau mir einfach.«

»Es fällt mir schwer, dir zu vertrauen, wenn du so verschlossen auf meine Fragen reagierst!«

Ich stoße die Luft aus. »Sorry, Dax, aber ich werde dir niemals alles sagen können.« Danach wende ich mich ab und laufe los. Ich weiß, dass ich schneller bin als er, was ich bewusst ausnutze. Außerdem habe ich meine Schleichwege, die er sicher nicht kennt. Und da ich trainiert bin – okay, wieder mitten im Training – weiß ich, dass ich mit zwei gezielten Sprüngen über einen Zaun komme, der die eine Hälfte einer Gasse von der anderen trennt.

Er folgt mir, das höre ich an den schnellen schweren Schritten hinter mir. »Sin, warte bitte!«

Der Zaun kommt näher, sodass ich zum Anlauf ansetze. Ich springe auf die Blechmülltonne, anschließend gegen die Wand und stoße mich ab, um über den Maschendrahtzaun zu kommen.

»Fuck!«, ruft er aus, als er mich nicht mehr einholen kann.

»Sorry«, erwidere ich, als ich mich umdrehe. »Leb wohl, Dax.« Ich renne weiter und hoffe, dass ich ihm so schnell nicht wieder begegne.

* * *

»Wo kommst du her?«, fragt Acid, als ich seine Wohnung betrete.

»Seit wann muss ich mich bei dir an- und abmelden?«, hake ich nach.

Er schnaubt. »Warst du trainieren?«

»Ja, Acid, war ich. Nein, es ist nichts passiert, niemand ist mir gefolgt, alles ist sicher«, leiere ich herunter, damit er endlich Ruhe gibt. Es ist das erste Mal seit einer Woche, dass wir miteinander reden, aber meinetwegen hätte ruhig noch eine Weile vergehen können.

Er steht auf und kommt auf mich zu, was mich instinktiv zurückweichen lässt. Er bleibt stehen und betrachtet mich aus seinen dunklen Augen. »Ich … Es tut mir leid, dass ich dich geschlagen habe, Sin.«

»Ach so? Schön.«

»Es war ein beschissener Abend und deine Frechheiten haben mich zur Weißglut getrieben. Davenports Leute haben große Fressen riskiert und wir haben uns mit ihnen geprügelt. Dass du dann nicht erreichbar warst, hat mich rasend gemacht, weil ich dachte, dir sei etwas passiert.«

»Das sind ja nette Ausreden«, erwidere ich sarkastisch.

»Es sind keine Ausreden. Ich wollte dich nicht schlagen.«

»Das hast du aber und du hast verdammt fest zugeschlagen.« Ich deute auf mein Auge. »Du wirst Dad immer ähnlicher und merkst es nicht mal«, speie ich ihm entgegen, bevor ich in mein Zimmer verschwinde.

»Sin, bitte«, sagt er, als er an die Tür klopft.

»Verpiss dich, Acid!«

»Sei doch nicht mehr sauer auf mich. Ich brauche dich«, versucht er es anders.

Ich schnaube. »Wofür? Für irgendwelche Botengänge?«

Er seufzt. »Auch, aber in erster Linie als meine Schwester, mit der ich über alles reden kann.«

»Komisch, du hast mich behandelt, als wäre ich eine deiner Bitches, die du wie Dreck behandeln kannst«, halte ich dagegen.

Acid rüttelt am Türknauf, doch war ich nicht blöd und habe mich eingeschlossen. »Mach die Tür auf, Sin.«

»Nein.«

»Lass mich rein.«

»Ich will dich im Moment nicht sehen. Gib mir noch eine Weile, bitte.«

»Na schön.« Er räuspert sich. »Ich brauche dich heute Abend als meine Augen.«

Ich kann ihn nicht hängen lassen. Ich bin die Einzige, die schnell genug wegkommt, sollte es Schwierigkeiten geben, und er muss seine ›Ware‹ verschwinden lassen. »Wann?«

»Gegen zehn am Hafen, ich bekomme eine Lieferung aus Südamerika.«

»Was für eine Lieferung?«

»Das ist nicht wichtig. Wichtig ist nur, dass du die Augen offenhältst, damit mir niemand in den Rücken schießt«, erklärt er durch die Tür.

Der Hafen. Ich habe keine gute Erinnerung an diesen Ort, eher Angst, ihn noch mal aufzusuchen, denn ich wäre dort fast gestorben. »Okay.«

»Gegen halb zehn geht's los, ich nehme dich mit und lasse dich kurz vorm Hafen raus.«

»In Ordnung.« Ich weiß, dass ich mich diesen ›beruflichen‹ Anweisungen nicht widersetzen kann, nur deshalb habe ich mich nicht geweigert. Ich sollte mir etwas Geld einpacken, falls es schiefgeht und er mich wieder auf dem Kieker hat, damit ich ihm aus dem Weg gehen kann.

* * *

Es klopft. »Sin, es geht los.«

Ich betrachte mich noch einmal im Spiegel, stecke mein Handy in die Brusttasche meiner Lederjacke, in der ich auch 500 Dollar habe, die ich Acid geklaut habe, ziehe den Reißverschluss zu und gehe an die Tür. »Na dann.« Ich gehe an Acid vorbei und verlasse die Wohnung.

»Willst du mich ewig ignorieren?«

»Nur solange es nötig ist«, entgegne ich, als wir zu seinem Auto gehen.

»Und wie lange ist es nötig?«

»Kommt drauf an, wie sehr du Arschloch spielst«, erwidere ich tonlos und klettere über die Beifahrertür ins Auto. Acid hat meistens das Verdeck auf und die Scheiben unten, niemand wagt es, sich seinen Wagen zu schnappen, da jeder in diesem Gebiet weiß, wer er ist und schlimmer noch, wozu er fähig ist. Er hat ausreichend Beispiele geliefert, schon bevor er Millers Nachfolge antrat.

Er steigt ein, startet den Motor und fährt los. »Es tut mir leid, dass ich dich geschlagen habe, aber du hast mir genügend Gründe geliefert.«

Ich drehe mich zu ihm. »Genügend Gründe? Ich war draußen, du Spinner, du hättest nicht gleich zuschlagen müssen!«

»Und hättest nicht respektlos sein müssen.«

»Du hast sie doch nicht mehr alle.«

»Sin, pass auf deinen Ton auf!«

»Fick dich, du blöder Wichser!«, schreie ich ihn an.

Er hält an einer roten Ampel und sieht mich wütend an. »Pass auf.«

»Halt die Fresse, du Fickfehler!«

Mein Bruder packt mich im Nacken und schlägt mich mit dem Gesicht aufs Armaturenbrett.

Ich schreie auf und spüre ein Knacken in meiner Nase, als ich auf die Plastikverkleidung treffe. Meine Nase fängt sofort an zu bluten. »Ich hasse dich.« Ich schlage seine Hand aus meinem Nacken und steige aus dem Auto.

»Sin, bleib!«

»Fick dich. Du hast mich die längste Zeit wie Dreck behandelt!« Ich wende mich ab und renne los. Ich will bloß weg von meinem Bruder, der sich um 180 Grad gedreht hat, seit ich aus dem Krankenhaus entlassen wurde, dabei ist das erst ein paar Tage her. Ich weiß nicht, was in ihn gefahren ist, aber es macht mir Angst, dass er mir gegenüber so gewaltbereit geworden ist.

»Sin!« Er fährt mir hinterher, doch ich habe mehr Auswege, als er Straßen hat.

An der nächsten Feuerleiter klettere ich hoch und verschwinde zügig auf das Dach. Ich will nicht mehr in die Nähe meines Bruders. Meinen Ausweis habe ich glücklicherweise auch dabei, genauso wie meinen Führerschein, damit ich die Möglichkeit habe, in einem Hotel unterzukommen.

»Herrgott, dieses Weib«, höre ich meinen Bruder schimpfen, doch das ist mir egal. So schnell wird er mich nicht wiedersehen.

Ich werde ihm zeigen, was es heißt, mich zu schlagen. Ich habe zwar keine Ahnung, wohin ich gehen soll, aber irgendwo hin wird mich mein Weg schon führen. Bisher habe ich immer eine Unterkunft gefunden, wenn ich abgehauen bin. Gut, diesmal werde ich nicht zu Beast gehen können, denn er wird mich zweifellos an meinen Bruder verpfeifen. Zu Hood kann ich auch nicht. Mir bleibt also nur ein Hotel, denn Freundinnen habe ich nicht, niemand wird mir helfen, ohne dass mein Bruder davon Wind bekommt. Ich frage mich immer noch, was in ihn gefahren ist. Er hat mich vor meinem Krankenhausaufenthalt nie geschlagen. Ich hoffe, dass er mich nicht so schnell finden wird. Wenn ich nicht wüsste, dass er dort zuerst nachsieht, würde ich zurück zu meinem Vater gehen. Er wird nicht einmal merken, dass ich wieder da bin, wenn ich mich still verhalte. Ich hasse es, komplett auf mich allein gestellt zu sein.

Ich bleibe an der nächsten Schlucht stehen, atme tief durch und sammle all meine Konzentration zusammen. Ich muss springen, immer wieder, konzentriert, weit, vorsichtig und dennoch tollkühn, denn welcher normale Mensch macht so was? Keiner, genau. Ich brauche den Nervenkitzel, das Wissen, dass es vorbei sein kann, wenn ich falsch abspringe, denn es gibt mir das Gefühl, noch nicht vollkommen abgestumpft zu sein. Ich gehe zurück, bis zum anderen Ende des Dachs, renne los und stoße mich schließlich vom Dach ab. Auf der anderen Seite komme ich sicher auf, sodass ich direkt wieder Anlauf nehme und es mehrere Male wiederhole.

Ich bin durch die halbe Stadt gesprungen. Kein Dach, das meinen Weg kreuzte, war sicher vor mir. Es war das Einzige, das mich davon abgelenkt hat, dass ich diese Nacht auf der Straße schlafen muss, denn kein einziges Hotel hatte mehr ein Zimmer frei, das sie mir geben wollten. Vielleicht liegt es an meinem blutverschmierten Shirt, denn ich hatte heute ausnahmsweise mal etwas Weißes an. Vielleicht auch daran, dass man mich für zu jung hielt, um ein Zimmer zu buchen und zu bezahlen. Wofür habe ich eigentlich neben meinem normalen Ausweis einen gefälschten, wenn er mir doch nichts bringt? Das Leben ist scheiße. Unfair und scheiße. Als würde man sich sein ganzes Leben in einem Haufen Kuhdung wälzen, nur um am Ende in einem noch größeren Berg Scheiße unterzugehen. Scheiße, scheiße, scheiße! Ich setze mich und lehne mich gegen die Mauer des Dachs. Dann werde ich eben eine Nacht unter den Sternen verbringen. Es wird zwar schweinekalt sein, aber das ist allemal besser, als mich Acid und seinen Fäusten zu stellen. Ich schließe die Augen, ziehe mein Beanie darüber und halte meine Jacke zu, während ich versuche, ein wenig zur Ruhe zu kommen.

* * *

»Ey, Schnecke«, sagt jemand und rüttelt mich unsanft.

Ich ziehe meine Mütze hoch und blinzle gegen das Licht einer Taschenlampe an. »Was?«

»Was machst du hier oben?«

»Wonach sieht's denn aus? Ich züchte hier gerade ein paar Hanfpflanzen, du Depp«, schnappe ich sofort.

Sein Freund schmunzelt. »Und die Wahrheit?«

Ich verdrehe die Augen. Wie merkbefreit geht's noch? »Ich habe geschlafen. Dachte, das wäre offensichtlich gewesen.«

»So, wie du geschnarcht hast, hat man dich sogar unten auf der Straße gehört. Deshalb sind wir hier hochgekommen«, erklärt der, der mich geweckt hat.

Erkennen kann ich die beiden immer noch nicht, denn mir wird immer noch der Lichtkegel der Taschenlampe in die Augen gehalten. Echt uncool! »Ja und?«

»Gib uns dein Geld.«

Ich hebe eine Augenbraue. »Ich würde nicht auf der Straße schlafen, wenn ich welches hätte.« Sie müssen nicht wissen, wie viel ich in der Tasche habe.

Der ohne Taschenlampe kommt mir näher. »Los, mach die Taschen leer, sonst lernst du fliegen.«

Ich will aufstehen, doch sie schubsen mich zurück auf den Boden. »Sagt mal, hackt's?«, herrsche ich sie an.

»Geld her!«

»Ich habe keines und jetzt verpisst euch.« Ich strecke mein Bein aus und ziehe ihnen nacheinander ihre Beine unterm Körper weg. Anschließend springe ich auf und will loslaufen, doch einer von ihnen packt mich am Knöchel, weshalb ich der Länge nach auf das Dach knalle und mit dem Gesicht auf der Dachpappe lande. Meine Nase fängt wieder an zu bluten. Fuck! Ich trete nach hinten und seine Gesichtsknochen machen ein knackendes Geräusch. Er lässt mich los, ich springe auf und hetze über das Dach davon. Die Häuserschlucht ist breiter als üblich, doch habe ich genug Anlauf, um den Sprung zu schaffen. Selbst, wenn ich das Dach verfehle und mich noch am Sims halten kann, bin ich im Vorteil, denn bei meiner Körperspannung schaffe ich es, mich nach oben zu hangeln. Ich stoße mich von der Mauer ab und bete, dass es mir gelingt, sicher auf meinen Füßen und nicht auf dem Asphalt zu landen.

Ich komme auf. Gott sei Dank.

»Du Fotze!«, brüllen sie mir hinterher. »Dich kriegen wir noch!«

Ich laufe weiter. Ich bin nicht weit von Dax' Wohnung entfernt. Vielleicht kann ich für eine Nacht bei ihm unterkommen, sofern er mir verzeiht, dass ich vor ihm weggelaufen bin. Auf mich wirkte er nicht herzlos, sodass ich bestimmt eine gute Chance habe, mich für eine Nacht oder zwei bei ihm einzuquartieren.

Wollen wir es hoffen!

***

Eine halbe Stunde später, weil ich über mehrere Umwege gelaufen bin, stehe ich vor dem Haus, in dem seine Wohnung liegt. Ich habe keine Ahnung, wie er mit Nachnamen heißt. Möglicherweise hat er es mir mal gesagt, aber ich habe es vergessen. Für mich erschien es damals nicht wichtig, mir seinen Namen zu merken, da ich davon ausging, ihn sowieso nie wiederzusehen. Scheiße! Wäre ich doch aufmerksamer gewesen, dann stünde ich jetzt nicht vor einem Problem. Ich sehe an der Hauswand hoch und bemerke die Feuerleiter, die in eine Feuertreppe übergeht, an der ich vor einer Woche runtergeklettert bin. Es ist nicht weit bis zu ihm nach oben, außerdem brennt Licht in seinem Schlafzimmer – was nicht heißt, dass er zu Hause ist, da er sagte, dass das Licht immer brennt.

Ich erklimme die Feuerleiter und werfe schließlich einen Blick in sein Schlafzimmer. Von ihm ist nichts zu sehen, weshalb ich über den metallenen Balkon laufe, als wäre ich ein Tiger im Käfig.

Als ich es satt habe, setze ich mich auf eine der Eisenstufen, die verdammt kalt ist und mir das Gefühl gibt, dass ich mir Gefrierbrand am Arsch hole.

Nach einer Weile höre ich Stimmen, die aus Dax' Schlafzimmer kommen. Ich stehe auf und werfe einen Blick durch das Fenster. Eine Frau mit schwarzen Haaren, eine weitere mit braunen Haaren betreten den Raum, aber immer noch kein Dax in Sicht. Ich weiß nicht, ob es besser wäre zu warten, aber ich friere mir den Arsch ab und meine Nase hört einfach nicht auf zu bluten, weshalb ich vorsichtig gegen die Scheibe klopfe.

Die Schwarzhaarige öffnet das Fenster, nachdem ich beide auf mich aufmerksam gemacht habe, und sieht mich fragend an. »Wer bist du?«

»Hi, sorry, ich bin Sin, eine Bekannte von Dax und ... Ist er da?«

»Nein, ist er nicht. Was willst du?«, möchte die andere wissen, dabei verschränkt sie ihre Arme vor der Brust.

»Seine Fensterbank vollbluten«, erwidere ich trocken.

»Komm rein, ich helfe dir, dein Gesicht sauberzumachen«, sagt die Schwarzhaarige, die wesentlich freundlicher als die mit den braunen Locken ist. Ich glaube, es sind die Freundinnen von Davenport und Cavendish, aber sicher bin ich mir nicht.

Ich klettere ins Schlafzimmer und halte mir die Hand vor die Nase. »Sorry, dass ich euch erschreckt habe.«

»Schon okay.« Die Schwarzhaarige lächelt mich an. »Mein Name ist Snow, ich bin eine Freundin von Dax und meine Freundin ist Hope Vanderbelt.«

Okay, sie sind Ridges und Thorns Freundinnen. Scheiße! Jetzt können Dax und ich nicht mehr geheim halten, dass wir uns kennen. Hoffentlich kann ich seinen übrigen Freunden aus dem Weg gehen.

»Mädels, nehmt ihr noch länger mein Schlafzimmer in Be... Meine Fresse«, stößt Dax aus, als er mich sieht.

»Sie sagt, sie kennt dich«, sagt Hope mit Blick auf Dax, der wiederum nur mich anstarrt.

Er nickt knapp und kommt auf mich zu. »Was ist passiert?«

Snow räuspert sich. »Ich ... Komm, Hope, wir lassen die beiden allein.« Sie greift nach der Hand ihrer Freundin und zieht sie aus dem Zimmer.

Dax legt seine Hand unter mein Kinn und drückt es hoch. »Wer hat das mit dir gemacht?«

»Da waren so zwei Kerle, die mich überfallen wollten. Ich konnte abhauen, aber vorher hat mich einer von ihnen zu Fall gebracht. Ich bin mit der Nase aufgeschlagen«, erkläre ich nasal.

»Oh man.« Er betrachtet mich genauer. »Ich hole einen Waschlappen, setz dich ruhig.« Dax deutet aufs Bett und ich folge seiner Handbewegung.

Ich atme durch den Mund tief ein und aus, lasse meinen Blick durch den Raum schweifen und schließe die Augen. Das war ein beschissener Tag, so beschissen, dass ich ihn am liebsten vergessen würde.

»Warum bist du heute Nachmittag wieder weggelaufen?«, fragt er, als er den Raum betritt.

Ich schlage die Augen auf. »Ich …« Ich breche ab, weil mir kein Grund einfällt.

»Hm«, gibt er von sich und geht vor mir in die Hocke. »Ich habe die halbe Stadt nach dir abgesucht. Ich weiß gar nicht, warum ich so ein Spinner bin und dir hinterher gerannt bin, obwohl du nichts mit mir zu tun haben willst.« Er macht eine kurze Pause. »Allerdings frage ich mich, wieso du hierher kommst, statt zu deinem Bruder oder Beast zu gehen.«

»Beast und ich sind kein Paar. Ich habe erfahren, dass er eine Neue hat, weil er keinen Bock hatte, darauf zu warten, dass ich aus dem Koma aufwache«, erkläre ich kleinlaut, während Dax den Waschlappen an meine Nase hebt.

Vorsichtig wischt er das Blut von meinem Gesicht, dennoch tut es höllisch weh. »Und warum wolltest du mir aus dem Weg gehen?«

»Weil ich der Meinung war, dass es besser ist.«

»Warum? Ich weiß, ich frage dich immer wieder, aber ich will es verstehen«, entgegnet er nachdenklich.

»Ich weiß es nicht.« Natürlich weiß ich es, aber ich kann ihm nicht sagen, wer mein Bruder ist.

»Dafür warst du aber fest entschlossen.« Dax wischt noch einmal unter meiner Nase entlang und ich zucke vor Schmerz zischend zurück. »Sorry«, sagt er leise. »Aber jetzt bist du sauber.«

»Danke, Dax.«

Er steht auf. »Komm mit ins Wohnzimmer.«

Ich erhebe mich ebenfalls und folge ihm dorthin. Es ist besser, wenn er und ich nicht allein im Schlafzimmer bleiben, immerhin könnte es schiefgehen.

»Ich denke mal, dass ihr euch schon kennengelernt habt«, sagt er, als er sich zu Hope und Snow setzt.

»Haben wir«, brummt Hope. »Und ich habe Thorn angerufen, damit er herkommt.«

Dax versteift sich. »Wieso?«

Sie zuckt mit den Schultern. »Sorry, aber ich traue deiner kleinen Freundin nicht. Sie hätte klingeln können, statt die Feuertreppe hochzuklettern und vor deinem Fenster zu sitzen.«

»Ich kenne Dax' Nachnamen nicht«, grätsche ich dazwischen.

»Woher kennst du denn Dax?«, hakt sie nach.

»Ich habe ihn bei Hood kennengelernt.«

»Wann?«

»Vor einer Weile«, mischt er sich nun ein. »Und, New York, es ist meine Angelegenheit, du musst nicht gleich die Kavallerie rufen, weil du dich aufspielen willst.« Er klingt ganz und gar nicht begeistert.

»Ich will mich nicht aufspielen, sondern die anderen sollen wissen, wer sie ist, falls es ihretwegen Probleme gibt«, hält sie schnippisch dagegen.

Dax hebt eine Augenbraue. »Die meisten Probleme hast ja wohl du verursacht, also halt die Klappe, New York.«

Wieso nennt er sie New York? Warum ist sie so schnippisch? Was habe ich ihr eigentlich getan, dass sie mich verdächtigt, irgendwelche Probleme zu machen? Diese Frau hat meiner Meinung nach einen Schuss weg, auch wenn ihr Kleidungsstil ganz in Ordnung ist, aber im Kopf scheint sie ein wenig Chaos zu haben.

Snow räuspert sich. »Müsst ihr euch jetzt streiten? Sin wird sicher keine Probleme machen und Thorn hat eine Menge zu tun, ich will nicht wissen, wie seine Laune ist, und ihr wisst, dass ich das wieder ausbaden muss.« Sie spricht leise, sodass wir uns alle auf sie konzentrieren müssen.

»New York will wieder Probleme machen, das ist die einfachste Erklärung«, motzt Dax, anschließend sieht er zu mir. »Möchtest du etwas trinken?«

»Wenn du mir sagst, wo ich Gläser finde, kann ich mich selbst bedienen«, erwidere ich. Ich fühle mich in Hopes Gegenwart unwohl.

»Ich hole dir was.« Dax steht auf und geht in die Küche.

Weil ich nicht allein bei den Frauen sein will, folge ich ihm. Dumm, da er eine offene Küche hat, aber das ist mir vollkommen egal. »Warum hat diese Hope etwas gegen mich?«, frage ich leise, sodass nur er mich hören kann.

Dax holt ein Glas aus dem Schrank und dreht sich dann zu mir. »Seit sie an ein paar falsche Mädels geraten ist, ist sie ziemlich misstrauisch geworden.«

»Heißt?«

»Kennst du Giverney? Groß, blond, schlank, ziemlich heiß.«

Ich hebe eine Augenbraue. »Wer kennt sie nicht?« Das Wort heiß habe ich einfach überhört, da mich ein Stachel der Eifersucht sticht.

»Jedenfalls haben Give und ihre Mädels Hope ziemlich übel mitgespielt, dabei wurde Ridges Sohn angeschossen und wäre beinahe draufgegangen, genauso wie Hope, die etwas später von Miller entführt und übel zugerichtet wurde«, erzählt er.

»Beast hat mir davon erzählt.«

»Aha«, stößt er plötzlich genervt aus. »Dann muss ich es dir ja nicht mehr erzählen.«

Ich seufze resigniert. »Sorry, dass ich Freunde in dieser … Branche habe, oder wie auch immer man es nennen soll.«

Dax holt eine Flasche Cola aus dem Kühlschrank und reicht sie mir. »Bedien dich.« Anschließend geht er zurück zu den Frauen.

Ich nehme mir ein Glas des Getränks und trinke es in einem Zug leer. Vielleicht war es doch keine gute Idee, hierher zu kommen. Manchmal mache ich Fehler, na ja, gut, ich mache oft Fehler. Ich verärgere meinen Bruder scheinbar so sehr, dass er nur noch Gewalt als Mittel sieht; ich gerate mit Dax aneinander, weil ich Beast erwähne – okay, es war kein richtiges Aneinandergeraten, dennoch scheiße – und seine Freundinnen mögen mich nicht, zumindest eine von ihnen.

Es klopft an der Tür und unwillkürlich versteife ich mich.

Dax steht auf, anschließend dauert es nicht lang und seine Gäste kommen herein. Ridge Cavendish – der Kerl, der heißer als Feuer ist – und Thorn Davenport – der Teufel persönlich – gehen zu Hope und Snow, begrüßen sie mit Küssen und auf einmal wirken diese harten Kerle sanft wie Katzenwelpen.

»So, wo ist die Kleine, von der Hope sprach?«, fragt Thorn und schon trifft mich sein Blick. Er legt den Kopf schief, mustert mich aus seinen dunklen Augen. »Man stellt sich vor, wenn man neu ist.«

»Echt?«, erkundige ich mich trocken. »Dann fang mal an, ich war vor dir hier.«

Dax beißt die Zähne zusammen und verzieht seinen Mund zu einer ›Ach du Scheiße‹ Grimasse.

»Ich denke, du weißt, wer ich bin«, erwidert er arrogant.

»Nein, sorry, nie von dir gehört oder dich irgendwo gesehen«, kontere ich teilnahmslos.

Daraufhin hebt Thorn eine Augenbraue, doch im nächsten Moment fängt er an zu lachen. »Biss hast du, das muss man dir lassen.«

Ich mustere ihn skeptisch. »Wie nett, danke.«

»Könnten wir das abkürzen und ihr stellt euch einfach einander vor?«, fragt ein blonder Kerl.

»Was Oren sagt«, stimmt Misha, den ich schon mehrmals bei Hood gesehen habe, zu.

»Na gut«, sagt Thorn und richtet seine Aufmerksamkeit erneut auf mich. »Ich bin Thorn, du?«

»Sin.«

»Ist das eine Abkürzung für irgendwas?«

»Nein, ein Spitzname.«

Er grinst dämlich. »Weil du eine Sünde bist?«

Ich schnaube. »Vielleicht, weil ich einige begangen habe, die dich und deine Freunde erblassen lassen würden.«

»Autsch … Touché«, stößt Dax aus.

Thorn sieht ihn an. »Woher kennst du sie?«

»Ich habe sie auf einem Dach getroffen, als ich Ausschau für dich halten sollte. Sie ist eine Traceur«, entgegnet Dax aufrichtig. Er kuscht regelrecht vor Thorn oder es kommt mir nur so vor, da Davenport sich zu voller Größe aufgebaut hat und Dax somit um ein paar Zentimeter überragt.

»Stimmt das?«, wendet er sich nun an mich.

Ich ziehe beide Augenbrauen hoch. »Auf wessen Wort gibst du mehr? Meines oder das deines Freundes?«

»Auf Dax' Wort, dennoch will ich wissen, ob es stimmt. Ihr hattet wohl kaum Zeit, euch irgendwas auszudenken, da Snow mir sagte, dass ihr seit Hopes Anruf den Raum nicht verlassen habt.«

»Oh man, du hast ganz schöne Rudelführerkompetenzen, weißt du das? Ich hab schon fast Angst, dass du anfängst, die Wände zu markieren«, entgegne ich. Dieses Verhör nervt mich wirklich zu Tode.

»Bitte tu es nicht«, stößt Dax sofort aus, woraufhin seine Freunde lachen. »Echt, ich meine es ernst, wenn du mir an die Wände pisst, bin ich die längste Zeit dein Freund gewesen.«

Das Lachen wird lauter, selbst die Frauen stimmen ein, doch ich finde es ganz und gar nicht amüsant.

Thorn klopft Dax auf die Schulter. »Keine Sorge, Alter, ich werde nicht an deine Wände pissen.«

Er atmet auf. »Gott sei Dank.«

Davenport taxiert mich ein drittes Mal. »Also stimmt es, dass ihr euch auf einem Dach kennengelernt habt?«

Ich nicke. »Ja, Dax betrat das Dach, über das ich rennen wollte, um über eine Häuserschlucht zu springen«, antworte ich. Keine Lüge, ich war ja dabei, über die Dächer zu springen, nachdem Acid mich nach oben geschickt hatte. Wir wollten uns am Ende des Blocks treffen, so weit ich mich erinnere. Doch da ein Koma zwischen damals und heute liegt, will ich diese womöglich falsche Erinnerung nicht beschreien.

»Gut, dann weiß ich Bescheid.«

»Bist du jetzt zufrieden?«, fragt ein weiterer, von dem ich glaube, ihn ebenfalls zu kennen.

»Ja, Trace, bin ich«, erwidert Thorn und setzt sich zu Snow.

»Wird das jetzt wieder ein Volksauflauf?«, möchte Dax wissen. »Ich wollte früh ins Bett, weil ich morgen zu meiner Schwester rausfahren muss.«

»Es ist nach Mitternacht, du verpennst doch sowieso wieder«, mischt sich einer ein, bei dem es sich nur noch um Chase handeln kann, da ich allen anderen bereits ihre Namen zuordnen kann. Außerdem weiß ich, dass ich sie alle schon häufiger gesehen habe, doch wusste ich nicht, wer wer ist.

Dax winkt ab. »Kann euch egal sein, aber ich muss frühestmöglich bei ihr sein, weil sie Coopers Zeug aus dem Haus haben will.« Er atmet durch. »Wie lief die Aktion gegen Acid?«

Ich werde hellhörig. Wie sehr sind sie meinem Bruder in die Parade gefahren?

»Ziemlich erfolgreich, der Großteil seiner Lieferung ist im Wasser gelandet. Er wird es nicht mehr verkaufen können«, antwortet Ridge.

»Was war es überhaupt?«, erkundigt sich Hope.

Thorn sieht sie finster an. »Drogen.«

Ich schlucke. Ich wusste nicht, dass mein Bruder mit diesem Teufelszeug zu tun hat. Ja, seine Geschäfte sind nicht immer astrein und er hat sicher keine weiße Weste, aber Drogen?

»Die Crystal Meth Sache war schlimmer«, wirft Trace ein.

Hope fängt an zu lachen. »Aber es war lustig, wie die Cops seine Küche hops genommen haben.«

Also gehen diese Sachen auf Thorn Davenports Clique. Ich wusste, dass mein Bruder mit ihm rivalisiert, aber dass es so heftig ist, ahnte ich kaum. Ich weiß bloß, dass Thorn mit Placebo eine Menge Geld macht und zusätzlich viel mit PCs arbeitet, aber sonst tappe ich im Dunkeln.

»Blöd nur, dass sie Acid und seine Leute nicht dingfest machen konnten«, wirft Dax ein. »Aber ich werfe euch jetzt raus, ich will ins Bett.«

»Uh, Daxy muss ins Bettchen«, scherzt Oren. »Sollen wir dir noch eine Milch aufwärmen?«

Dax hebt eine Augenbraue. »Ja, und wenn wir schon dabei sind, eine Umarmung will ich auch noch«, sagt er trocken und geht mit geöffneten Armen auf Oren zu.

Dieser weicht lachend zurück. »Wag es dich nicht!«

»Och komm schon«, lacht Dax, packt ihn und zieht ihn in eine ziemlich feste Umarmung. »So mag ich das.« Anschließend drückt er Oren einen Kuss auf die Wange.

Seine Freunde johlen vor lachen, auch ich muss mir den Bauch halten, weil ich mich nicht mehr beruhigen kann.

Als Dax Oren abgesetzt hat, sieht er zu mir. Er zeigt mir ein Lächeln, das schöner nicht sein könnte. »So, raus jetzt.« Er wirft seine Freunde raus, die Männer verabschieden sich mit Schulterklopfern von ihm, Snow und Hope drücken ihm Küsse auf die Wangen, dann sind sie alle verschwunden. »Oh man«, stößt er aus, als er die Tür geschlossen hat. »Sorry, dass New York sich so daneben benommen hat.«

»Schon okay, ich kann sie auch nicht leiden«, entgegne ich und gehe auf ihn zu. »Ich sollte auch abhauen.«

Dax kommt mir entgegen und nimmt meine Hand in seine. »Du kannst bleiben, wenn du willst, dann nehme ich die Couch.«

Ich schaue zu ihm hoch. »Ich will dir nicht deinen Platz im Bett streitig machen.«

»Es wäre auch groß genug für zwei, aber ich weiß nicht, ob es das ist, was du willst«, erwidert er mit rauer Stimme, was mir eine Gänsehaut über den Rücken jagt.

»Aber du musst morgen früh zu deiner Schwester.«

»Und? Du kannst mitkommen«, raunt er und sieht mir in die Augen. »Also bleibst du?«

»Okay«, erwidere ich leise. Ich kann ihm kaum standhalten. Dass ich es zweimal schaffte, vor ihm wegzulaufen, ist schon eine starke Leistung für mich, da ich seinem Charme vollkommen verfallen bin.

Dax verzieht seine Lippen zu einem breiten Lächeln. »Du brauchst sicher ein Shirt, hm?«

»Wenn du so lieb bist und mir eines gibst, sonst schlafe ich in Unterwäsche.«

»Oah«, stößt er aus. »Jetzt muss ich ja nett sein.« Er ergreift meine Hand und führt mich ins Schlafzimmer. »Ist es egal, welches ich dir gebe?«

»Hauptsache etwas zum Schlafen.«

»Alles klar.« Er geht an den Kleiderschrank, greift blind hinein und zieht ein rotes Shirt heraus. Dax wirft es mir zu.

Ich fange und entfalte es. »Ernsthaft?«, frage ich eher überrascht als angepisst.

»Es ist nur ein Shirt.«

Ich werfe es aufs Bett, dann ziehe ich meine Jacke aus.

»Ich sollte mich umdrehen«, stößt er aus, als ich mein Top folgen lasse.

Ich sehe zu ihm, doch ich bekomme nur noch freie Sicht auf seinen Rücken, als er sein Shirt über den Kopf zieht. Muskeln über Muskeln. Gott, wie kann man so trainiert sein, und sobald man Kleidung trägt, sieht man nichts mehr davon? Ich reiße meinen Blick von ihm los, entledige mich meines BHs und schlüpfe in das T-Shirt mit dem unverschämten Aufdruck.

Als er sich umdreht, grinst er. »Ich hatte das Shirt ewig nicht an und dir steht es viel besser.«

»Ja, der Spruch passt auch irgendwie.« ›Geh und spiel mit etwas Giftigem.‹ Ich habe keine Kleidung mit solchen Aufdrucken, aber vielleicht sollte ich es ändern und mir für jede Laune eines anschaffen. Ich ziehe meine Schuhe, die Hose und die Socken aus, dann setze ich mich auf die Bettkante. »Hast du rein zufällig eine Zahnbürste für mich?«

Er nickt mir zu. »Komm mit.«

Ich folge ihm ins Badezimmer. Dort angekommen reicht er mir eine verpackte Zahnbürste. »Danke.«

Dax nimmt sich die aus dem Becher und trägt Zahncreme auf, die er mir reicht, nachdem ich meine Zahnbürste ausgepackt habe.

»Danke«, wiederhole ich.

Unser Zähneputzen artet in einen Wettbewerb aus. Er schrubbt immer schneller, ich passe mich dem Tempo an.

Es dauert nicht lange, bis er den Schaum ins Waschbecken spuckt, sich den Mund ausspült und mich schließlich frech angrinst, wobei er mir zwei Reihen strahlend weißer Zähne zeigt.

Schmunzelnd leere ich auch meinen Mund. »Du hast gewonnen.«

»Ach was«, gluckst er und reicht mir ein sauberes Handtuch.

Ich wische mein Gesicht trocken und gebe es ihm zurück.

Er legt den Kopf schief und betrachtet mich. »Hast du was dagegen, wenn ich mit im Bett schlafe?«

Daraufhin schüttele ich den Kopf. »Aber behalt deine Finger bei dir.«

Abwehrend hebt er die Hände. »Ehrenwort.«

Ich sehe genau hin, um sicherzugehen, dass er keine Finger gekreuzt hat, dann nicke ich.

Als wir wieder im Schlafzimmer sind, schaue ich ihn fragend an. »Auf welcher Seite schläfst du?«

»Meistens mitten drin, such dir einfach eine aus, ich nehme die andere.«

Ich klettere aufs Bett und lege mich auf die Seite, die dem Fenster näher ist.

»Wow.«

»Was denn?«, möchte ich wissen.

»Ich hab ständig Frauen in dem Bett, aber … es sind nie meine«, erwidert er amüsiert. »Irgendwie ist das armselig.«

»Okay«, stoße ich aus und decke meine Beine zu.

Er legt sich nur in Boxershorts zu mir und deckt sich ebenfalls zu. »Es waren Freundinnen, also keine Affären oder so was.«

Ich schaue ihn an. »Wieso rechtfertigst du dich?«

»Weil du abgefuckt wirkst.«

»Bin ich aber nicht.«

»Okay.« Dax schaltet das Licht aus und dreht sich zu mir. »Wie geht's deiner Nase?«

»Sie tut weh, aber es gibt Schlimmeres.«

»Gebrochen ist sie aber nicht, oder?«

»Fühlt sich nicht so an. Ich hatte sie schon gebrochen, ich weiß also, was das für Schmerzen sind«, antworte ich amüsiert.

»Wieso kicherst du darüber?«

»Weil ich daran denken muss, wie das damals passiert ist.«

»Wie ist es passiert?«, möchte er wissen, dabei legt er seine Hand auf meinen Bauch.

»Ich war mit einem Kumpel dabei zu trainieren. Er wollte, dass ich über eine Eisenstange springe, die er festgehalten hat. Irgendwie habe ich den Absprung nicht geschafft und hatte zu viel Tempo, weshalb ich mit Karacho gegen die Stange gerannt bin«, erzähle ich lachend.

Dax schmunzelt. »Du scheinst unfallgefährdet zu sein.«

»Ein wenig.«

Seine Hand gleitet unter das Shirt, dann streichelt er meine nackte Haut. »Ich bin froh, dass du es dir anders überlegt hast.«

»Was?«

»Na ja, den Kontakt doch nicht abzubrechen.«

»Ach so.« Ich atme tief ein. »Ich … denke, ich hatte Angst vor etwas, dabei hätte ich sie nicht deinetwegen haben müssen, sondern wegen etwas anderem.«

»Weswegen?«

»Wegen der Spinner, die mich ständig nerven.«

»Meinst du Beast?«

»Auch, aber er ist nicht mal der Schlimmste von ihnen.«

»Wer ist es?«

»Besagter Schatten aus meiner Vergangenheit«, erwidere ich und drehe mich zu ihm, was Dax zum Anlass nimmt, seine Hand in meinen Rücken zu legen.

»Verfolgt er dich?«

»Manchmal«, sage ich leise und rutsche näher zu ihm. Ich lege meine Finger an seine Seite, lasse sie kreisen, als Dax seine Arme um mich schließt.

»Er wird dir nicht mehr zu nah kommen.« Kaum hat er es ausgesprochen, küsst er mein Haar. »Nie mehr.« Seine Hände fangen an, meinen Körper zu erkunden, doch statt ihn aufzuhalten, genieße ich jede noch so kleine Berührung. Dax legt seine Lippen auf meine, er küsst mich so verdammt sanft, ohne jede Gier.

Ich versuche, ihm noch näherzukommen, weshalb ich mein Bein über seine lege und so nah rutsche, dass kein Blatt mehr zwischen uns passt.

Dax schiebt seine Zunge in meinen Mund, umspielt meine Zungenspitze und ich lasse mich auf diesen im ersten Moment zärtlichen Tanz ein. Während unsere Zungenspitzen beginnen, leidenschaftlich miteinander zu kämpfen, reibe ich mich an ihm und er sich an mir. Schnell spüre ich die Härte seines Schwanzes an meinem Bauch und je härter er wird, desto dringender will ich ihn spüren. Umständlich zieht er das Shirt, das ich trage, hoch, dann drückt er mich von sich.

Atemlos richte ich mich auf, um das T-Shirt auszuziehen. Dax hilft mir. Danach drücke ich ihn auf seinen Rücken und setze mich rittlings auf ihn.

»Wow«, stößt er aus. »Du gehst ziemlich ran.«

Ich hebe eine Augenbraue, da ich sein Grinsen dank seiner weißen Zähne sogar im Dunkeln sehe. »Ich wollte nur mal deinen Part übernehmen«, erwidere ich lächelnd, beuge mich vor und hauche einen Kuss auf seinen Mundwinkel. Meine Hände lege ich an seine Oberarme, streichle ihn ein wenig.

Dax hingegen greift an meinen Po, kneift und massiert ihn abwechselnd. Er knurrt leise, als meine Küsse sich auf seinen Hals zubewegen und ich ihn in die dünne Haut beiße. »Biest.«

Ich grinse und bewege mich weiter nach unten, dabei streift sein Schwanz meinen Venushügel und nur mühsam verkneife ich mir ein Stöhnen. Ich lege meine Lippen auf seine Brust, gleite weiter, bis ich … etwas Metallisches spüre. Er hat seine Brustwarze gepierct. Neugierig lasse ich meine Zunge um den Stecker kreisen, was ihn seufzen lässt. Meine Hand schiebe ich zwischen uns hinunter, bis sie in seinen Shorts verschwindet. Als ich sein Glied umschließe, reiße ich die Augen auf. Mein Gott, er ist verdammt gut gebaut – überall. Beast kann da ganz sicher nicht mithalten.

Dax genießt, was ich tue, und hält still, als meine Lippen noch weiter runter wandern. Ich habe nicht vor, ihm einen zu blasen, aber aufheizen kann ich ihn so ganz sicher.

Als ich den Saum seiner Shorts erreicht habe, ziehe ich sie ihm umständlich aus. Danach lasse ich sie unbeachtet liegen. Ich beuge mich wieder vor und küsse abwechselnd seine Leisten, lasse sogar meine Zungenspitze durchgleiten.

»Oh man«, keucht er und greift in meine Haare. Er dirigiert mich nicht zu seinem Schwanz, aber vielleicht will er mich davon abhalten, ihn in den Mund zu nehmen.

Nun bin ich angespornt. Ich lege meine Lippen um seine Eichel, sauge vorsichtig an ihr und ihm entfährt ein tiefes Stöhnen. Er wird noch lauter, als ich ihn in meinen Mund eindringen lasse, bis er an meinen Rachen stößt. Als ich mich zurückziehe, drücke ich mit der Zungenspitze gegen sein Vorhautbändchen.

»Fuck, da kennt jemand die richtigen Stellen.«

Ich lasse mich davon nicht beeindrucken, sondern mache weiter, bis er mich mit mehr Kraft von seinem Schwanz zieht. Es ist schmerzhaft, so wie seine Finger in meinen Haaren verhakt sind, weshalb ich schnell nachgebe.

Er zieht mich wieder hoch, küsst mich und dreht sich mit Schwung mit mir, sodass ich unter ihm liege. Statt meine Lippen mit seinen zu versiegeln, lässt er mir dieselbe Behandlung zuteil werden, doch im Gegensatz zu mir, geht er wesentlich härter ran. Er beißt so fest, dass er mit Sicherheit Male hinterlässt, und er zieht mir den Slip ruppig aus. Als ich von dem störenden Stoff befreit bin, winkelt er meine Beine an und vergräbt seinen Kopf zwischen meinen Schenkeln. Ich stöhne aus, als seine Zunge in meine Spalte dringt und meine Klit fordernd umspielt. Ich greife in seine Haare, versuche, ihn von mir zu ziehen, doch er hat wesentlich mehr Kraft als ich. Es ist nicht so, dass ich unbedingt will, dass er aufhört, aber wenn er so weitermacht, komme ich gleich schon. »Dax!«, schreie ich auf, als er auf einmal an meiner Klit saugt.

Er lässt von mir ab. »Hm?«

»Ich komme gleich, wenn du so weitermachst«, lasse ich ihn wissen.

Daraufhin schnaubt er amüsiert und rutscht zu mir hoch. Sein Schwanz gleitet dabei durch meine Spalte und trifft meinen Kitzler, sodass ein Blitz durch meinen Körper schießt. »Dann sollte ich aufhören«, raunt er und küsst mich.

Ich schmecke mich auf seinen Lippen und seiner Zunge, doch widert es mich nicht an, so wie es bei Beast der Fall war. Aber der hatte auch unwahrscheinlich furchtbaren Raucheratem, weshalb ich mich generell geekelt habe, ihn zu küssen. Während wir uns streicheln, küssen und aneinander reiben, bringt er seinen Schwanz in Position. Langsam, quälend langsam dringt Dax in mich ein. Ich schließe die Augen, als er mich Zentimeter für Zentimeter dehnt und ausfüllt.

Dax hält inne, als er vollständig in mich eingedrungen ist. Er küsst mich sanft, zieht sich wie in Zeitlupe zurück und stößt fest in mich, sodass ich in seinen Mund stöhne. Es kam so plötzlich, dass ich mich ihm nicht einmal entgegen bewegen konnte. Er wiederholtes, doch diesmal bin ich darauf gefasst. Als er zustößt, dränge ich ihm mein Becken entgegen. Schließlich werden seine Bewegungen fließender, weniger fest und genauso genieße ich es. Unsere Körper sind Eins geworden, wir sind verschmolzen und geben uns einem leidenschaftlichen Rhythmus, der für Schmetterlinge in meinem Bauch sorgt, hin. Dax löst sich von meinen Lippen. Er lässt sein Becken kreisen, weshalb ich ins Hohlkreuz gehe. Im nächsten Augenblick spüre ich seine Zähne, die abwechselnd an meinen Nippeln zupfen. Da er so viel größer ist als ich, verrenkt er sich dabei, doch schränkt es seine Stöße nicht ein.

Ich schlinge meine Beine um ihn, sodass er noch tiefer in mich eindringt, halte die Augen geschlossen und verleihe meiner Lust stöhnend Ausdruck. Dax hingegen ist vollkommen still, bloß sein Atmen ist hörbar. Meine Hände erforschen seinen Oberkörper, spüren das Spiel seiner Rückenmuskeln, ertasten es. Es ist unglaublich, wie schön und wie viel Spaß es gleichzeitig mit ihm macht.

Plötzlich richtet er sich auf, sodass ich ihn freigebe. Er hebt meine Beine an, sodass ich meine Knöchel an seine Schultern lege. Dann wird er schneller und fester und zum ersten Mal höre ich ein tiefes Stöhnen von ihm. Sein Becken klatscht fest gegen meines. Er treibt mich immer weiter an, bis mein Unterleib anfängt, um seinen Schwanz zu zucken. Die Spasmen und Blitze breiten sich in meinem Körper aus, sodass meine Muskeln kontrahieren, und ich kann nicht mehr an mich halten. Dax' Stöße lassen nicht nach, sondern werden noch einmal fester. Mit seinem letzten kraftvollen Stoß, mit dem er gegen meinen sich zusammenziehenden Unterleib ankämpft, explodiere ich. Ich komme mit einem schrillen Aufschrei und bleibe atemlos liegen, im selben Moment drängt er sich fest gegen mich und ich spüre, wie er sich in mir entlädt. Vorsichtig stellt er meine Beine ab, legt sich auf mich und ich genieße die Nähe zu ihm. Dax stützt sich sicher ab, denn ich spüre nicht sein ganzes Gewicht auf mir, doch auch das wäre mir egal, da ich gerade seinen Körper spüren will. Ich lege meine Hände in seinen Rücken und streichle ihn sanft.

»Wie geht's dir?«, fragt er heiser.

»Gut«, antworte ich irritiert, aber immer noch atemlos. »Und dir?«

»Ich kann überhaupt nicht klagen.« Er stupst meine Nasenspitze mit seiner an. »Ich hätte nicht gedacht, dass du so laut werden kannst, da du sonst immer recht leise sprichst.«

»Ich spreche doch nicht leise«, entgegne ich überrascht.

»Doch, für meine Gewohnheit schon. Snow ist genauso, bloß New York ist ein kleiner Brüllaffe«, schmunzelt er.

»Könnten wir nicht über deine Freundinnen sprechen?«

»Eifersüchtig?«

»Nein, aber es passt nicht unbedingt zur Situation«, erwidere ich aufrichtig.

»Stimmt.« Dax zieht sich aus mir zurück, was ein wunderliches Gefühl der Leere in mir hinterlässt, und legt sich neben mich. »Möchtest du kuscheln?«

Ohne ein Wort rutsche ich an ihn heran und lege mich in seinen Arm.

»Möchtest du mich morgen zu meiner Schwester begleiten?«

»Wenn du willst.«

»Ich wäre blöd, wenn ich keine Zeit mit dir verbringen wollen würde.«

»Ich muss bloß irgendwann ein paar meiner Klamotten holen oder shoppen gehen.«

»Sowohl als auch, bekommen wir hin.« Er streichelt meine Schläfe, was mich schläfrig werden lässt. »Aber jetzt sollten wir schlafen, sonst kommen wir nicht aus dem Bett.«

»Schlaf gut, Dax.«

»Du auch, Sin.«

Ich hauche einen Kuss auf seine Brust, dann schließe ich die Augen. Ich bin gespannt, was der morgige Tag bringt. Hoffentlich keine Anrufe von meinem Bruder, aber die habe ich heute Abend auch schon gekonnt ignoriert. Bevor wir uns morgen früh auf den Weg machen, sollte ich seine und die Nummern seiner Freunde blockieren, damit sie mich nicht aufspüren können. Sowie das GPS ausschalten, damit sie das Signal nicht verfolgen können. Mit diesem letzten Gedanken falle ich in einen tiefen, traumlosen Schlaf.

***

Kapitel 4

»Hast du alles?«, fragt Dax, der mir schon seit einer Stunde durch den Forever 21 Store folgt. Wir sind extra früh aufgestanden, damit wir es vor dem Besuch bei seiner Schwester schaffen.

Wir sind bis oben hin bepackt. »Ich denke schon.«

»Können wir dann zur Kasse gehen? Anny wartet sicher schon auf uns.«

»Anny ist deine Schwester, oder?«

»Genau.«

»Ja, wir können zur Kasse gehen«, antworte ich noch auf seine ursprüngliche Frage und schlage den Weg dorthin ein.

»Na endlich«, seufzt er hinter mir. Wahrscheinlich geht er nicht gern shoppen, was ich verstehen kann, immerhin kenne ich keinen Mann, der eine Vorliebe dafür hat.

Nachdem ich meine Sachen bezahlt und dabei wirklich nicht viel Geld ausgegeben habe, nimmt Dax mir die Tüten ab. »Oh, Gentleman«, sage ich erstaunt, da ich das nicht von ihm erwartet habe.

»Ja, meine Eltern und meine Schwester haben bei meiner Erziehung ganz gute Arbeit geleistet«, erwidert er grinsend.

»Deine Schwester?«, hake ich irritiert nach.

»Ja, das erzähle ich dir ein anderes Mal.«

Oh oh, ich ahne, dass diese Story kein Happyend haben wird, denn sein Blick entrückte und seine Augen füllten sich kurz mit Tränen. Wahrscheinlich ist seine Geschichte noch dramatischer als meine, was mir wirklich leid für ihn tut. »Sorry, dass ich nachgefragt habe.«

Er winkt ab. »Schon okay, aber jetzt müssen wir uns beeilen. Wenn ich noch später komme, als ich ihr vorhin am Telefon gesagt habe, reißt sie mir den Arsch auf.«

Ich verziehe das Gesicht. »Autsch.«

»Stimmt und da mir das schon mehrmals passiert ist, will ich es nicht wieder riskieren.«

»Ist Anny ein Spitzname?«

»Ja.«

»Wie heißt sie richtig?«

»Annabelle.«

»Das ist ein schöner Name.«

Dax nickt. »Ja, aber sie mag ihn nicht besonders, sie will Anna oder Anny genannt werden.«

»Und Dax ist dein richtiger Name?«

»Ja, ist er.«

Ich hebe eine Augenbraue. »Dax ist wirklich kein Spitzname?«

Er schüttelt den Kopf und grinst mich an. »Nope.« Dann deutet er auf sein Auto, das wir inzwischen erreicht haben. »Steig ein.«

Ich tue es sofort und schnalle mich an, während ich darauf warte, dass er meine Sachen verstaut. Ich hoffe, ich kann mich bei seiner Schwester umziehen, da ich es irgendwie widerlich finde, den Slip schon den zweiten Tag zu tragen.

Er setzt sich auf den Fahrersitz, startet den Motor und fährt los. Die Musik hat er vorhin leiser gestellt, was ich nicht schlimm finde, da ich diesen alten Hip Hop nicht leiden kann. Mir gefallen die neueren Sachen besser und ich höre sie lieber, wenn ich mehr oder weniger dazu gezwungen werde. Ich bevorzuge Rock, Metal oder – was aus der Reihe tanzt – Electro und House.

»Kann ich mich gleich bei deiner Schwester umziehen?«, frage ich schüchtern.

»Bestimmt, aber warum willst du dich umziehen?«, möchte er wissen.

»Weil ich es widerlich finde, Unterwäsche zwei Tage am Stück zu tragen.«

»Oh«, stößt er aus. »Ja, ich denke, Anny hat nichts dagegen.«

Gott sei Dank.

* * *

»Da bist du ja endlich«, sagt eine Frau, die Dax' weibliches Gegenstück ist, lächelnd, nachdem er ausgestiegen ist.

Ich verlasse den Wagen ebenfalls und sehe, wie die beiden sich umarmen. Anny ist ein gutes Stück kleiner als er, aber man sieht sofort, dass sie Geschwister sind.

Sie löst sich von ihm und schaut zu mir. »Du hast eine Freundin mitgebracht?«

»Ja«, erwidert er und winkt mich heran.

Ich gehe zu ihnen.

»Anny, das ist Sin. Sin, das ist meine Schwester Anny.«

»Hi, freut mich«, wende ich mich an sie und reiche ihr die Hand.

Sie mustert mich kritisch, dann erst ergreift sie meine Hand. »Hi, Sin, freut mich auch.« Anschließend schaut sie hoch zu Dax. »Kommt erst mal rein, ich habe Kuchen geholt.«

»Kuchööööhn!«, ruft er euphorisch aus und wären wir in einem Comic, würde ich nun nur noch eine Staubgestalt sehen, weil er so schnell Richtung Haus gerannt ist.

Ich schaue ihm mit großen Augen hinterher. »Ich glaube, Dax mag Kuchen.«

»Er liebt ihn«, kichert seine Schwester.

»Okay.« Ich schaue noch mal zum Auto, doch will ich sie jetzt nicht fragen, ob ich mich bei ihr umziehen darf.

Dax kommt noch mal aus dem Haus. »Anny, ich habe vergessen, dich zu fragen, aber darf Sin sich schnell in deinem Bad umziehen?«, erkundigt er sich, als wir die Stufen erreicht haben.

Sie nickt. »Klar.«

»Okay.« Er läuft zu seinem Wagen und holt die Taschen heraus.

»Komm, Sin«, wendet Anny sich an mich und führt mich hinein. »Der Kuchen steht in der Küche auf dem Tisch.«

Ich folge ihr weiter und setze mich an den Küchentisch, als sie mich dazu auffordert.

»Woher kennst du Dax?«

»Wir sind uns zufällig begegnet.« Hey, keine Lüge, aber ich muss ja nicht ausschweifend antworten.

Daraufhin legt sie den Kopf schief. »Und jetzt seid ihr ein Paar?«

Ich schlucke. »Ich glaube nicht, aber … keine Ahnung, manchmal bekommt man so was ja nicht unbedingt mit und ich weiß nicht, wie Dax darüber denkt.«

»Also wärst du gern seine Freundin?«, hakt sie nach.

»Lass sie in Ruhe, Anny«, fordert er schmunzelnd, als er in die Küche kommt. Dax reicht mir die Taschen. »Wenn du die Treppe raufgehst, befindet sich das Bad hinter der dritten Tür links.«

»Danke.« Ich stehe auf und verlasse die Küche beinahe fluchtartig, damit sie mich nicht weiter ausfragt.

»Musste das sein?«, höre ich ihn fragen.

»Was denn?« Sie scheint, sich unschuldig zu geben.

»Dass du Sin so ausfragst und verunsicherst.«

»Ich war doch nur neugierig. Es tut mir leid, wenn ich sie verunsichert habe.«

Ich war gar nicht verunsichert, ich wollte bloß dieser geschwisterlichen Inquisition aus dem Weg gehen.

»Seid ihr denn ein Paar?«, möchte sie nun von ihm wissen.

»Keine Ahnung.«

Anny lacht leise. »Wie könnt ihr das nicht wissen? Ich meine, ihr seht euch an, als würdet ihr dem anderen an die Wäsche wollen, und ich habe dich lang nicht mehr so zuvorkommend erlebt.«

»Bei Snow oder New York bin ich genauso zuvorkommend und mit den beiden habe ich keine ...«

»Nacht verbracht?«, hakt sie nach.

Okay, bevor ich mir nun die Details, die ich sowieso schon kenne, anhören muss, verschwinde ich ins Bad. Ich hoffe nur, dass sie nicht versucht, uns heute zu verkuppeln. Ich mag Dax, aber bin nicht so weit, dass ich eine Beziehung zu ihm eingehen will. Vorher möchte und muss ich ihn noch ein wenig besser kennenlernen. Ich weiß kaum etwas über ihn, dabei gibt es sicher noch eine Menge herauszufinden.

Ich schließe die Badezimmertür hinter mir ab und hole die neuen Klamotten aus meiner Tasche heraus. Ich entscheide mich für eine schwarze Leggins, einen schwarzen Minirock aus Baumwolle und ein ebenso schwarzes Top. Ja, ich bin nicht besonders farbenfroh veranlagt, aber was soll's? Schwarz kann auch fröhlich sein, außerdem habe ich knallrote Haare, die reichen als Farbklecks aus.

Als ich mit meinem Aussehen zufrieden bin, ziehe ich mein Beanie wieder auf und verlasse das Bad mit den Taschen, die ich ein wenig umgepackt habe, damit meine getragene Wäsche die frischen Sachen nicht vollstinkt. Ich bin extrem empfindlich, was Körpergerüche betrifft, so auch bei meinem eigenen, obwohl meine Klamotten von gestern nicht nach Schweiß gestunken haben.

Anny grinst mich an, als ich in die Küche komme. »Da bist du ja wieder.«

Ich nicke ihr zu, stelle die Taschen neben der Tür ab und nähere mich dem Esstisch.

»Setz dich doch, Sin.«

»Danke.« Gegenüber von Dax setze ich mich auf den Stuhl.

Er betrachtet mich, wobei er abwesend wirkt.

»Kuchen?«, fragt Anny, woraufhin er blinzelt.

»Äh ja, bitte.«

Sie legt ihm ein großes Stück auf den Teller, mir ebenfalls, sich selbst nimmt sie nur ein kleines.

»Das ist etwas groß«, sage ich entschuldigend.

Dax, der schon isst, sieht mich mit großen Augen an. »Kein Thema, ich helf dir gleich«, erwidert er mit vollem Mund und schaufelt sein Stück regelrecht in den Mund.

Nun bin ich diejenige, die ihn dabei beobachtet. Ich hätte nicht gedacht, dass er so scharf auf Kuchen ist. Dabei vergesse ich sogar, mein eigenes Stück zu essen.

»Magst du keinen Erdbeerkuchen?«, erkundigt sich Anny, als ich immer noch nicht angefangen habe.

Ich schüttle den Kopf. »Doch, sicher. Ich war nur so davon eingenommen, dass Dax so reinhaut.«

Sie kichert. »Das ist immer so.«

»Ich stehe eben auf Kuchen«, sagt er mit vollem Mund.

Schmunzelnd steche ich ein Stück samt kleiner Erdbeere ab und nehme es in den Mund. O Gott, das ist so lecker. Ich weiß gar nicht, ob ich Dax den Rest abgeben oder mich so vollstopfen soll, dass mir schlecht wird.

Ein paar Minuten später muss ich doch kapitulieren. Dieser Erdbeerkuchen stopft dermaßen, dass ich nicht einmal die Hälfte geschafft habe und mir schon schlecht ist. Ich hätte nicht so viel frühstücken sollen.

»Willst du das noch?«, fragt Dax, der inzwischen zwei Stücke Kuchen verdrückt hat.

»Nein.«

»Okay.« Er nimmt den Teller vor mir weg und macht sich über mein übrig gebliebenes Stück her.

»Was machst du so, Sin?«, wendet sich Anny an mich.

»Hm?«

»Beruflich oder eben nicht beruflich, du musst doch irgendeine Beschäftigung haben.«

Ich lehne mich zurück und sehe sie nachdenklich an. »Ich arbeite für meinen Bruder. Er ist Unternehmer und ich mache Botengänge für ihn.«

»Und davon kannst du leben?«

»Na ja, davon kann ich mir zumindest meine Kleidung und so kaufen, aber zum Leben reicht es nicht ganz.«

»Und wo wohnst du, wenn es nicht zum Leben reicht?«

»Bei meinem Dad, aber der interessiert sich nicht wirklich für das, was ich tue«, erwidere ich.

»Was ist mit der Schule?«

»Was soll damit sein?«

Anny legt den Kopf schief. »Laut Dax bist du 18 Jahre alt, hast du schon deinen Abschluss?«

Ich schlucke. »Nein, habe ich nicht.«

Daraufhin hebt sie eine Augenbraue, sogar Dax unterbricht sein Kuchenmassaker und sieht mich interessiert an. »Willst du den Abschluss denn noch machen?«

Ich beiße auf meine Unterlippe. »Nein.«

»Wieso nicht?«

Ich hole tief Luft. »Ich war nicht gut in der Schule, wurde ständig suspendiert, und da ich für meinen Bruder arbeite, brauche ich keinen Abschluss.«

»Denkst du, dein Bruder wird ewig erfolgreich sein?«, hakt sie nach.

»Ich denke, dass man als Kurier nicht wirklich einen Schulabschluss braucht.« Ich klinge schnippisch, was hoffentlich nachvollziehbar ist, denn ich lasse nicht gern meine Entscheidungen infrage stellen. Ich bin die Einzige, die für mich verantwortlich ist, niemand sonst. Aus dem Grund hat auch niemand das Recht, mich zu verurteilen.

»Aber für bessere Jobs«, hält sie dagegen.

Ich sehe Dax an, danach sie. »Ich denke, wenn wir hier über meinen Werdegang reden, will ich nicht länger bleiben.« Ich erhebe mich und verlasse die Küche.

»Ja super, danke, Anny«, vernehme ich Dax, dann wird ein Stuhl zurückgeschoben, doch ich gehe weiterhin zielstrebig zur Tür.

Ich will bloß weg.

»Sin?« Er steht hinter mir, das spüre ich.

Ich hingegen starre seinen Wagen an. »Was?«

»Es tut mir leid, dass Anny so neugierig ist.«

»Hm, mir auch. Mir tut es aber auch leid, dass du dich nicht einmal eingemischt hast. Es war doch offensichtlich, dass ich mich unwohl fühle«, entgegne ich, als ich mich zu ihm umdrehe.

Er kommt langsam auf mich zu und legt seine Hände an meine Schultern. »Es ist mir egal, ob du einen Schulabschluss hast. Wenn du mit deinem Leben glücklich bist, so wie es ist, dann mische ich mich nicht ein. Nur du bist für dich verantwortlich.« Seine raue Stimme jagt mir einen Schauer über den Rücken.

»Aber wieso hast du sie nicht aufgehalten?«

»Ich hab es gar nicht gecheckt, wenn ich ehrlich bin. Sobald ich Kuchen sehe und bekomme, setzt alles bei mir aus.« Schuldbewusst verzieht er das Gesicht.

Ich kichere leise. »Du bist ein Zuckerjunkie.«

»Stimmt.«

»Vielleicht solltest du auf Entzug gesetzt werden«, sinniere ich amüsiert.

»Bloß nicht!«, ruft er aus und zieht mich an sich.

»Wieso nicht?«

»Weil ich dich dann nicht mehr küssen dürfte.« Er legt seine Daumen- und Zeigefingerkuppe unter mein Kinn und drückt es hoch. »Daran würde ich zugrunde gehen.« Danach haucht er einen Kuss auf meine Lippen. »Sei nicht sauer, Anny meint es eigentlich nur gut, auch wenn sie sich in Dinge einmischt, die sie einen Scheiß angehen.«

Ich halte seinen Blick, hefte meinen regelrecht an seine Augen und seufze. »Ich bin nicht sauer, ich wollte mir das nur nicht länger geben.«

»Kann ich verstehen, aber du hättest es ihr einfach sagen können.«

»Du hättest sie auch bremsen können«, erwidere ich grinsend.

»Das ist sie jetzt und wenn sie noch mal darauf anspielt, sagst du ihr, dass es dein Ding ist, okay?«

Ich nicke ihm zu. »Alles klar.«

»Sehr gut.« Noch einmal beugt er sich zu mir runter und haucht einen Kuss auf meine Lippen. »Hast du vielleicht Lust, mit mir ins Schwitzen zu geraten?«

Irritiert hebe ich eine Augenbraue. »Hm?«

»Ich bin hergekommen, um mit Anny die Sachen von ihrem Ex auszusortieren. Der Kerl sitzt im Knast und na ja, sie will nichts mehr mit ihm zu tun haben.«

»Und wo kommen die Sachen hin?«

»Werden auf Staatskosten eingelagert, weil er keinen festen Wohnsitz mehr hat, nachdem Anny ihn hier abgemeldet hat. Glücklicherweise steht nur sie im Grundbuch, also kann er nicht mal behaupten, dass das Haus zur Hälfte ihm gehört«, erklärt er mir.

»Okay, ich helfe dir. Was muss denn alles raus?«

»Eigentlich nur Kisten und sein Trainingskram. Falls du etwas nicht heben kannst, rufe ich Chase an, damit er herkommt, um zu helfen«, antwortet Dax lächelnd.

»Wieso hast du ihn nicht gleich hergebracht?«

»Weil die Pfeife arbeiten muss?«, erwidert er mit einer Gegenfrage.

»Und du nicht?«

»Nein, ich bin bei Thorn angestellt und habe heute freibekommen.«

»Bei Thorn angestellt?«

»Ich werde dir keine Details verraten«, sagt er und zwinkert mir zu. »Aber keine Sorge, es ist nichts Illegales.« Ein weiterer Kuss, doch diesmal trifft er meinen Mundwinkel.

»Lass uns anfangen«, entgegne ich, löse mich von ihm und gehe zurück zum Haus.

»Sicher, dass du das im Minirock machen willst?«, ruft er mir hinterher.

Als ich auf der Veranda stehe, drehe ich mich zu ihm um. »Ich trage eine Leggins drunter, also alles gut, niemand wird meinen Hintern sehen.« Dann gehe ich kichernd zurück ins Haus.

Anny kommt mir entgegen, weshalb mein Lächeln sofort gefriert und mein Kichern erstickt. »Sin, es … tut mir leid, dass ich dich bedrängt habe.«

»Schon okay«, winke ich ab, in der Hoffnung, dass ich ihr so aus dem Weg gehen kann.

»Ich wollte dich keinesfalls damit angreifen.«

Ich seufze. »Es ist schon gut. Ich mag es nur nicht, wenn man meine Entscheidungen infrage stellt, das konntest du nicht wissen«, versuche ich, sie zu beruhigen.

Anny sieht wirklich so aus, als hätte sie ein furchtbar schlechtes Gewissen. »Ich möchte nur nicht, dass du dich deshalb mit Dax streitest.«

»Wir haben uns nicht gestritten«, kommt er mir zuvor, als er zu uns stößt. »Sin brauchte bloß einen Moment zum Durchatmen.«

»Stimmt«, pflichte ich ihm bei und lehne mich an ihn, als er von hinten die Arme um mich legt.

»Wir sollten anfangen, sonst sind wir ewig beschäftigt«, sagt er, drückt einen Kuss auf die Stelle unter meinem Ohr und löst sich von mir.

Anny nickt. »Ich habe alles schon so weit in die Garage geräumt, wir müssen es nur noch in den Wagen schaffen, aber vorher müssen die verschiedenen Möbel noch raus.«

»Welche Möbel?«, erkundigt er sich.

»Die Einrichtung aus dem Gästezimmer, das gehört fast alles ihm.«

»Also die Couch und die Kommoden«, stellt er fest.

»Genau.«

»Dann sollte ich mal rumtelefonieren, ob einer der Jungs Zeit hat.«

»Du wolltest doch Chase anrufen«, erwidere ich irritiert.

»Ja, aber der ist arbeiten, ich muss mich an Thorn, Misha, Trace oder Oren wenden, da Ridge in der Uni sitzt.«

Dass Ridge studiert, ist für mich immer noch irrwitzig, da es überhaupt nicht zu ihm passt, aber gut, er muss ein Kind versorgen, da sollte er eine gute Ausbildung machen, um dem Kleinen eine gute Kindheit zu ermöglichen.

»Dann ruf deine Freunde an, ich hole schon mal die Kleinteile.«

»Ich helfe dir«, wende ich mich an sie.

Wir lassen Dax stehen und gehen nach oben. Dort angekommen sehe ich noch mal zu ihm runter. Er hat sein Handy am Ohr, schaut zu mir hoch und zwinkert mir zu. Anschließend folge ich Anny in das Gästezimmer und sehe mich um. »Was muss nach unten?«

»So ziemlich alles, was du hier siehst«, antwortet sie.

Ich reiße die Augen auf. »Ooookay. Erst mal die Kisten?«

Sie nickt knapp. »Ja, außer die unter dem Fenster, das sind Sachen von unseren Eltern.«

»Alles klar.« Ich nehme den ersten Karton hoch und mache mich damit auf den Weg nach unten. Ich frage mich, wieso sie die Sachen überhaupt einlagern lässt, denn ich an ihrer Stelle hätte das ganze Zeug zerstört.

»Alles klar, danke, Thorn.« Dax steckt sein Handy weg und kommt zu mir. »Ich nehme dir das ab.« Schon bin ich die Kiste los.

»Danke. Ich hole die nächste.«

»Mach das.« Er geht nach draußen.

Ich mache auf dem Absatz kehrt und warte am Fuß der Treppe darauf, dass Anny unten ankommt.

* * *

Anny und ich sitzen in Gartenstühlen im Vorgarten und sehen Dax und Thorn dabei zu, wie sie die Möbel aus dem Gästezimmer nach unten bringen. Sie hat Eistee gemacht, den wir währenddessen genießen. »Ich weiß nicht, wie es dir geht, aber ich finde es toll, Männern bei der Arbeit zuzusehen«, kichert sie plötzlich, als die beiden sich mit der Couch abmühen.

Ich lache auf. »Mir gefällt es auch.«

»Gott, Dax, hör auf, deine Freundin anzustarren und pack mit an!«, brüllt Thorn genervt, während Trace, Misha und Oren sich einen Ast ablachen. Sie sind alle drei gekommen, damit es schneller geht.

»Ich packe doch an, du bist stehengeblieben, also habe ich einen Blick riskiert, du Vollidiot!«, herrscht Dax zurück.

Anny und ich tauschen vielsagende Blicke aus, bevor wir in Gelächter ausbrechen.

»Das ist nicht lustig!«, ruft Thorn rüber.

»Doch, ist es«, kontert Anny, die sich kaum mehr vor Lachen halten kann.

»Braucht ihr Hilfe?«, möchte ich hingegen wissen, auch wenn ich mich noch nicht ganz beruhigt habe.

Thorn stellt seine Hälfte der Couch ab und zeigt ins Haus. »Ja, geh ins Haus, damit du Dax nicht ablenkst.«

»Alter!«, ruft Dax sichtlich empört aus.

»Was? Dann guck sie eben nicht mehr an, damit wir fertig werden!«

Anny erhebt sich und sieht mich grinsend an. »Komm, wir gehen rein, die haben sicher Hunger, wenn sie fertig sind. Dax kann sowieso immer essen und die Jungs eigentlich auch.«

»Was möchtest du ihnen machen?«

»Sandwiches. Würde ich irgendwas für diese Vielfraße kochen, würde ich pleite gehen.«

Diesmal verkneife ich mir das Lachen und folge ihr schweigend, dennoch kann ich mir ein Grinsen nicht verkneifen.

»Meine Fresse, ich will nicht wissen, wie sehr du meine Knie demoliert hast, du grenzdebiler Penner«, schimpft Thorn, als er Dax eine Stunde später in die Küche folgt.

»Beruhig dich, du Diva«, kontert Dax und setzt sich zu mir an den Tisch.

»Habt ihr alles rausgeschafft?«, möchte Anny wissen.

Thorn schaut zu ihr. »Ja, ist alles im Umzugswagen, auch die Kisten aus der Garage.«

»Und wo sind die anderen drei?«, fragt sie weiter.

»Die kommen jetzt, die wollten die letzten Kartons in den Wagen stellen«, antwortet Dax.

Daraufhin lächelt sie und stellt die Platte mit den Sandwiches auf den Tisch. Allerdings haut sie Dax auf die Finger, als er zugreifen will. »Zuerst geht ihr euch die Hände waschen, und wenn alle da sind, kannst du reinhauen.«

»Ist das alles für mich?«, fragt er mit leuchtenden Augen.

»Nein, für euch alle, du hirnlose Fressmaschine«, lacht Anny, während ich von der Anrichte rutsche, auf der ich die ganze Zeit gesessen habe.

Brummend steht Dax auf und geht mit Thorn aus der Küche.

»Sollen wir ihnen Teller hinstellen?«, möchte ich wissen.

»Nein, Servietten reichen, die Teller benutzen sie eh nicht«, schmunzelt sie und reicht mir ein Paket Servietten.

»Soll ich sie verteilen?«

»Nein, reiß es auf und leg es einfach neben die Sandwiches, die werden sich schon welche nehmen, wenn sie sie brauchen.«

»Okay.« Wie geheißen reiße ich das Paket auf und lege den Stapel Papierservietten auf den Tisch.

»So, alles verstaut«, sagt Trace, als er und die anderen beiden zurück in die Küche kommen.

Sie setzen sich sofort hin und wollen zugreifen, doch Anny räuspert sich gespielt heftig. »Trace, Oren, Misha, Hände waschen, sonst verprügle ich euch mit dem Kochlöffel.«

»Uh, die Chefin hat gesprochen.« Die drei Männer stehen auf und verlassen die Küche, während Dax und Thorn wieder hereinkommen, dabei quetschen sie sich mehr oder weniger aneinander vorbei und es wundert mich, dass sie die Tür nicht verstopfen.

»Gott, wieso wartet ihr nicht, bis die anderen durch sind?«, frage ich verwundert.

Dax' Mundwinkel zuckt in Belustigung. »Weil wir Hunger haben.«

»Deshalb müsst ihr doch nicht ...«

»Doch, müssen wir«, fährt er mir amüsiert über den Mund.

Thorn und er setzen sich an den Tisch und bedienen sich an den Sandwiches.

»Also, falls du hungrig bist, solltest du jetzt zugreifen, Sin«, wendet Anny sich schmunzelnd an mich.

»Ich habe keinen Hunger, mir liegt der Kuchen noch schwer im Magen«, entgegne ich lächelnd und setze mich zu Dax.

Unter dem Tisch ergreift er meine Hand, die er sanft mit seinem Daumen streichelt. Ich betrachte ihn aus dem Augenwinkel.

»Was ist das mit euch?«, unterbricht Thorn meine Gedanken.

Dax lässt meine Hand los, dann fährt er sich durchs Haar. »Was soll's sein?«

»Zusammen oder nicht?«

Eine vernünftige Fragestellung sieht für mich definitiv anders aus, aber ich werde das garantiert nicht laut aussprechen.

Daraufhin sieht Dax zu mir. »Was sagst du?«

»Auf dem Weg dahin, denke ich.«

Dax widmet seine Aufmerksamkeit wieder seinem Freund. »Zufrieden damit?«

»Halbwegs.«

»Anny, ich will ja nicht hetzen, aber die Jungs haben dein Bad zum Schlachtfeld gemacht und es geflutet«, sagt Trace, als er gefolgt von Misha und Oren wieder in die Küche kommt.

»Das ist nicht dein Ernst!«, stößt sie empört aus und geht an einen Wandschrank. »Was ihr verursacht, beseitigt ihr auch.« Dann geht sie mit Eimer und Wischmopp zu den beiden Übeltätern, die sich immer noch vor Lachen kringeln. »Jetzt geht's saubermachen!«, herrscht sie Misha und Oren an, während Trace ebenfalls Platz nimmt, gleich neben mir.

Auch er bedient sich an den Sandwiches und beginnt zu essen.

»Hast du wirklich keinen Hunger, Sin?«, möchte Thorn wissen.

»Nein, ich habe vorhin schon den Kampf gegen ein monströses Stück Kuchen verloren«, erwidere ich freundlich, obwohl es mir schwerfällt, diesem Kerl gegenüber nett zu bleiben. Acid und er rivalisieren schon seit einer Weile. Eigentlich wollte Thorn Millers Revier haben, doch mein Bruder kam ihm zuvor, dennoch hört Davenport nicht auf, Acid in die Quere zu kommen. Wahrscheinlich ist der Deal, bei dem ich angeschossen wurde, auch seinetwegen schiefgegangen. Na ja, gut, ich will ihn nicht von vornherein verurteilen, sondern sollte mir unbedingt ein eigenes Bild machen, da ich gemerkt habe, dass Acid nicht unbedingt der Mensch ist, dem ich mein vollstes Vertrauen schenken darf. Immerhin hat mein eigener Bruder mich zweimal heftig geschlagen, was ich ihm nie verzeihen werde. Sicher bedeute ich ihm nichts, denn bisher hat er nicht versucht, mich anzurufen, aber vielleicht sucht er nach mir. Ich weiß es nicht, will es auch nicht wissen, sondern ihm aus dem Weg gehen. Womöglich bin ich bei Dax am sichersten, obwohl ich ihn ausnutze, damit mein Bruder mich nicht findet.

»Wo bist du mit deinen Gedanken, Sin?«, reißt Dax mich ins Hier und Jetzt zurück.

Ich blinzle schnell. »Sorry, ich habe darüber nachgedacht, meinen Bruder anzurufen.«

»Warum?«

»Er sollte wissen, warum ich heute nicht zur Arbeit gekommen bin«, erwidere ich und hoffe, dass sie mir meine Lüge nicht an der Nasenspitze ansehen.

Dax nickt langsam, verstehend. »Ach so, soll ich dir mein Handy geben?«

Ich schüttle den Kopf. »Nein, ich habe mein Handy dabei.« Anschließend erhebe ich mich. »Ich bin gleich wieder da.« Dann verlasse ich die Küche und gehe ins Wohnzimmer, um Acid anzurufen. Ich sehe mich um, damit ich mir sicher bin, dass mir niemand gefolgt ist. Ich möchte nicht, dass sie wissen, wessen Schwester ich bin. Sie sollen mich für ein einfaches Mädchen aus beschissenen Verhältnissen halten und nicht für die Schwester eines Schwerkriminellen, die auch schon den einen oder anderen Eintrag in ihrem Strafregister hat. Ja, ich bin kein unbeschriebenes Blatt, aber es ist auch wirklich langweilig, ein Mauerblümchen zu sein.

»Wo steckst du?«, herrscht Acid mich an, als er das Gespräch annimmt.

Ich halte das Handy etwas von meinem Ohr weg. »Hallo, Bruder, ich wollte dir nur Bescheid sagen, dass ich bei Freunden bin, um dir aus dem Weg zu gehen«, antworte ich ruhig.

»Bei Freunden? Du hast doch gar keine Freunde außer meinen!«, schnauzt er mich weiter an.

Ich zucke zusammen. Stimmt, ich habe wirklich keine eigenen Freunde, lediglich ein paar gemeinsame Bekannte. Früher hatte ich Freundinnen, aber die sitzen inzwischen im Knast, und nachdem Giverney und Co kriminell geworden waren, habe ich mich nicht mehr mit ihnen abgegeben. Vor gut einem Jahr hatte ich noch so etwas wie Stolz, doch als der Kontakt zwischen mir und Acid wieder intensiver wurde, habe ich den Mädels den Rücken zugekehrt. Manchmal wollten sie mich noch rekrutieren, doch das habe ich nicht zugelassen. Ich wollte nichts mehr mit ihnen zu tun haben und habe so meine einzigen Freundinnen vergrault. Wahrscheinlich war es besser so, immerhin ist Giverney so durchgedreht, dass sie einen kleinen Jungen niedergeschossen hat. Es geschieht ihr ganz recht, dass sie im Knast sitzt. Außerdem bin ich froh, dass ich mich seither extrem verändert habe, sonst hätte Ridge Cavendish mich sicher wiedererkannt. Er kennt mich nämlich nur unter meinem richtigen Namen. Na ja, gut, unter meinem alten Spitznamen, mit Pickeln im Gesicht, wesentlich blasser und dicker, außerdem waren meine Haare damals noch braun und nicht knallrot.

»Doch, ich habe Freunde«, entgegne ich schnippisch. »Ich wollte dir auch nur Bescheid sagen, damit du nicht nach mir suchst.«

»Ich suche nicht nach dir, aber Beast und die anderen.«

»Das interessiert mich nicht, du kannst sie zurückpfeifen, ihr findet mich sowieso nicht.«

»Woher willst du das wissen? Ich muss nur dein Scheißhandy orten und glaub mir, du solltest besser nach Hause kommen, sonst wirst du es bereuen.«

»Wenn das GPS aktiviert wäre, würde es dir sogar gelingen, aber da ich es deaktiviert habe, kannst du dich blöd suchen und wirst mich trotzdem nicht finden, Acid«, sage ich ruhig, und als ich mich umdrehe, sehe ich Misha in der Tür stehen. Ich erstarre. Verfickte Scheiße!

»Komm nach Hause, Sin!«

»Nein.«

»Sin, zwing mich nicht, selbst nach dir zu suchen.«

»Bye.« Ich beende das Gespräch und schalte mein Handy aus.

»Was hast du mit Acid zu schaffen?«, hakt Misha leise nach.

»Der Kerl bedroht mich«, wispere ich und senke meinen Blick.

Misha kommt näher und baut sich vor mir auf, dann legt er seine flache Hand unter mein Kinn, drückt es hoch, womit er mich zwingt, ihn anzusehen. »Das solltest du Thorn oder Dax sagen.«

Daraufhin schüttle ich den Kopf. »Nein, ich will niemanden in die Sache hineinziehen, auch Dax nicht.«

»Aber Acid bedroht dich!«

»Ja und? Ich kam bisher ganz gut allein mit ihm klar, ich brauche keine Hilfe.«

»War er es, der dir eine verpasst hat?«

»Woher willst du das wissen?« Ich kann mich nicht daran erinnern, dass Dax jemandem erzählt hat, dass ich zusammengeschlagen wurde beziehungsweise eins auf die Nase bekommen habe.

»Deine Nase ist geschwollen. Vielleicht hast du ihm ja nicht geliefert, was er will. Ich schätze den Scheißkerl so ein, dass er nicht vor Frauen Halt macht«, erklärt Misha geduldig.

Ich trete einen Schritt zurück, da es mir unangenehm ist, dass er so nah vor mir steht, vor allem aber kotzt es mich an, dass er immer noch mein Gesicht festhielt.

»Also war er es?«

»Ja, aber ich will nicht, dass einer deiner Freunde davon erfährt, okay?« Fuck verdammt! Ich hoffe, Misha hält dicht. Er ist mir nichts schuldig, aber von mir wird er sicher etwas für seine Verschwiegenheit verlangen.

»Das kostet dich etwas.«

Ich wusste es! »Und was?«

»Du wirst mir einen Gefallen tun, sobald ich dich darum bitte.«

Ich nicke langsam. »Okay.«

»Gut, dann halte ich dicht.« Er wendet sich ab und ist im Begriff, das Wohnzimmer zu verlassen.

»Danke, Misha«, sage ich kleinlaut, als ich ihm folge.

Nachdem er sich zwei Sandwiches genommen hat, setzt er sich auf die Anrichte, während ich mich zu Dax geselle.

Dax sieht mich an. »Was sagt er?«

»Alles okay«, erwidere ich und fange mir sofort einen finsteren Blick von Misha ein. Ich versuche, keinerlei Reaktion darauf zu zeigen, damit meine Lüge nicht auffliegt.

* * *

»Anny kriegt es wirklich hin, die Sachen aus dem Wagen zu laden?«, fragt Thorn Dax.

»Ja, sie muss den Wagen nur zu den Lagerhäusern bringen, dann kümmern sich irgendwelche Leute darum, hab nicht so genau nachgefragt«, erwidert er gelassen, als wir zu den Autos gehen. Dax öffnet seinen schließlich und lässt mich einsteigen, nachdem ich meine Taschen auf den Rücksitz gelegt habe, während er und Thorn sich noch mit den anderen Männern unterhalten.

Ich weiß nicht, worum es geht, lausche auch nicht, sondern lese meine SMS, die ich in den letzten Stunden bekommen habe. Eine ist von Beast. ›Wo steckst du? Ist dir klar, dass wir alle nach dir suchen?‹ Ich lösche sie, statt ihm zu antworten, und lese die nächste.

Sie ist von Max. ›Sin, ich weiß, dein Bruder kann ein blöder Wichser sein, aber wo bist du? Ich mache mir wirklich Sorgen und notfalls kannst du ein paar Tage bei mir unterkommen, bevor du wieder auf irgendeinem Dach pennst. Meld dich bitte. Max‹

Ich antworte ihm, dass ich keine Hilfe brauche, da ich bei Freunden bin, und nicht will, dass sie nach mir suchen. Sie sollen mich einfach in Ruhe lassen, statt sich ständig darum zu kümmern, was ich treibe. Ja, ich bin das jüngste Gangmitglied, jedoch kein vollwertiges, also sollen sie sich nicht wie Pussys verhalten. Schließlich schalte ich mein Handy aus, damit sie nicht auf die Idee kommen, mich über andere Wege zu orten, denn ich weiß, dass Acid einen Kumpel bei den Cops hat, der ihm bestimmt helfen würde, mich aufzuspüren.

***

Kapitel 5

Nach einer gefühlten Ewigkeit löst sich die kleine Männerversammlung auf und Dax steigt in den Wagen. »Alles okay bei dir?«

»Ja, alles gut«, entgegne ich seufzend und schnalle mich an.

»Du klingst nicht so.«

»Es ist schon okay, ich bin nur ein bisschen müde.«

Er schnaubt amüsiert. »Dabei hast du doch gar nicht so viel getan.«

Ich hebe eine Augenbraue, taxiere ihn skeptisch. »Ich habe recht viele Kisten nach unten getragen.«

»Es waren keine zehn Stück.«

Daraufhin verdrehe ich die Augen. »Für jemanden, der erst aus dem Krankenhaus entlassen wurde, sind das viele.«

»Stimmt, sorry.« Er startet den Motor und rangiert den Wagen aus der Parklücke.

»Was habt ihr besprochen?«

»Die Abendplanung, wir wollten zu Hood und dann noch irgendwo feiern gehen«, erzählt er. »Hast du Lust, mit uns zu kommen?«

»Nein, ich denke, ich lasse dich später allein.«

Dax hält an einer Kreuzung und schaut mich an. »Du klingst frustriert.«

Das war mir nicht bewusst. »Ehm ...«

»Du willst nicht nach Hause zu deinem Dad, stimmt's?«

Ich stoße ein Seufzen aus, das herzzerreißender nicht sein könnte. »Stimmt, aber man kann sich seine Familie nicht aussuchen, oder?«

»Richtig.« Er fährt weiter. »Wenn du willst, kannst du bei mir bleiben, bis du wieder nach Hause möchtest oder einen anderen Schlafplatz gefunden hast.«

»Das ist lieb, Dax, aber ich will dir nicht auf die Nüsse gehen.«

Er stößt ein angestrengtes Lachen aus. »Du gehst mir nicht auf die Nüsse. Ich bin froh, wenn ich ein wenig Gesellschaft habe, die mich nicht so nervt, wie meine Freunde es momentan tun.«

Wieso nerven ihn seine Freunde? Ich denke ein wenig darüber nach, doch finde ich keine Antwort, weshalb ich ihm schließlich dieselbe Frage stelle.

»In letzter Zeit war extrem viel los und ich brauche einfach ein wenig Ruhe, bloß ist das in unserer ›Branche‹ kaum möglich.«

»In welcher Branche?«

Daraufhin beißt er sich auf die Unterlippe. »Ist besser, wenn du nicht so genau Bescheid weißt. Ich will nicht schuld an den Flecken auf deiner weißen Weste sein.«

»Glaub mir, dafür habe ich schon ganz allein gesorgt«, erwidere ich amüsiert, da er mich für so unschuldig hält.

»Echt jetzt?«, hakt er überrascht nach.

»Ja, aber ich werde nicht ins Detail gehen, es reicht, dass sie nicht mehr blütenweiß ist.«

»Okay, gut zu wissen, dass du keine Maria bist«, gluckst er.

»Was soll das heißen?«

»Maria? Jesus' Mutter?«

»Oh«, stoße ich aus. »Jetzt hat es Klick gemacht«, kichere ich dann und sehe wieder aus dem Fenster. Wir fahren zurück in die Stadt und ich hoffe, dass wir weder Beast noch Acid noch sonst wem aus der Clique über den Weg laufen ... Besser gesagt: fahren.

* * *

»Und es macht dir wirklich nichts aus, dass ich hierbleibe, wenn du mit deinen Freunden um die Häuser ziehst?«, frage ich noch einmal, um sicherzugehen, dass Dax sich wirklich mit dem Gedanken, mich in seiner Wohnung allein zu lassen, angefreundet hat.

»Klar!«, ruft er aus dem Badezimmer, in dem er seit einer Viertelstunde seine Haare stylt.

Allerdings fühle ich mich mit dem Gedanken nicht wohl. Ich will raus, über Dächer rennen und Häuserschluchten überspringen. Ich will mich frei fühlen.

»Ich kann dir auch den Zweitschlüssel geben, falls du raus möchtest«, bietet Dax an, als er zu mir ins Wohnzimmer kommt. Er setzt sich vor mich auf den Couchtisch, legt den Kopf schief und betrachtet mich. »Ich merke seit Stunden, dass du dich nicht wohlfühlst.«

»Das liegt aber nicht an dir«, erwidere ich sofort, damit er sich keine unnötigen Gedanken darüber macht, dass er schuld daran sein könnte.

»Es liegt daran, dass du dich eingesperrt fühlst, obwohl du es nicht bist, hm?«

Diesmal nicke ich langsam. »Ja, aber ich weiß, dass es falsch wäre, mich draußen herumzutreiben, da die Kerle auftauchen könnten.«

»Du bist doch schnell, lauf ihnen davon und ruf mich an, ich werde sofort kommen, um dir zu helfen.«

Mein Mundwinkel zuckt hoch, doch verkneife ich mir gerade noch das Lächeln. »Ich bin alt genug, um nicht wegzulaufen.«

»Dann musst du dich wehren. Ich kann dir eine … Nein, lassen wir das.«

Ich hebe eine Augenbraue. »Eine Waffe geben? Wolltest du das sagen?«

Daraufhin schüttelt er den Kopf. »Das war eine blöde Idee, sorry.«

»Ich möchte sowieso keine Unschuldigen töten.«

»Wenn dich jemand angreift, ist er alles, aber sicher nicht unschuldig, Sin.«

Ich hole tief Luft. »Denkst du, es ist besser, wenn ich bewaffnet bin?«

»Na ja, ich finde, dass du dich verteidigen solltest. Wenn du wegrennst, wirst du gejagt, und wenn sie dich dann haben, hast du gegebenenfalls die Arschkarte gezogen«, erwidert er nachdenklich. »Ehrlich gesagt, will ich dich nicht noch mal mit geschwollenem Gesicht vor meinem Fenster vorfinden.«

»Ich habe auch nicht vor, es noch mal passieren zu lassen, dass ich in dem Zustand bei dir auftauche.«

Dax nickt verstehend. »Also ich kann dir meinen Schlagring geben, damit kannst du jemandem höchstens Nase, Kiefer oder Jochbein brechen, aber auch nur, wenn du mit voller Möhre zuschlägst.«

Unsicher reibe ich meinen Nacken. »Ich habe sicher nicht die Kraft dazu, mit oder ohne Waffe.«

Er erhebt sich und geht an eine Kommode. Aus der obersten Schublade holt er etwas heraus. Dax kommt zu mir zurück und ich sehe den Schlagring in seiner Hand. »Ich habe den mal von Trace zum Geburtstag bekommen und möchte, dass du ihn nimmst. Ich kann dich verteidigen, auch gegen mehrere Kerle, aber du wohl eher nicht.«

Ich sehe ihn skeptisch an.

Abwehrend hebt er beide Hände und drückt quasi die Luft nach unten. »Sieh mich nicht so an, ich zweifle nicht daran, dass du dich verteidigen kannst, nur daran, dass du dich gegen mehrere durchsetzen kannst«, beruhigt er mich und ich zeige ihm ein Lächeln, damit er nicht denkt, dass ich ihm bei nächster Gelegenheit den Kopf abreiße. »Du bist hoffentlich nicht sauer?«

»Nein, sollte ich sauer sein?«

Dax schüttelt den Kopf. »Nein.«

»Gut, dann mach dir keinen Kopf.«

Er atmet sichtlich auf und beugt sich zu mir. »Aber versprich mir, dass du dich meldest, wenn du dich verfolgt fühlst.«

»Versprochen«, seufze ich, neige meinen Oberkörper nach vorn und küsse seine Lippen.

Dax erwidert den Kuss flüchtig, dann steht er auf. »Ich muss jetzt los, sonst schickt Thorn noch das Überwachungsschwadron, was ich definitiv nicht haben muss.«

»Okay.« Ich erhebe mich ebenfalls und ziehe meine Schuhe an. »Ich komme mit raus und haue an der nächstbesten Feuerleiter ab.«

»Du kommst aber wieder, oder?«

Ich nicke ihm zu. »Ja, außer du willst es nicht, dann geh ich nach Hause.«

Dax holt tief Luft. »Zu deinem alkoholkranken Vater? Nein, lieber nicht.«

Nur kurz beiße ich auf meine Unterlippe. »Ich müsste mich in den nächsten Tagen mal bei ihm blicken lassen, aber noch muss es nicht sein.«

»Wieso musst du dich bei ihm blicken lassen?«

Ich atme durch. »Er mag ein Säufer und mir gegenüber gewalttätig gewesen sein, aber er ist immer noch mein Vater.«

»Er hat dich geschlagen?«

»Mehr als einmal, aber das ist lange her. Ich will bloß meinen Frieden mit ihm schließen, bevor ich für immer aus seinem Leben verschwinde«, erkläre ich. Eigentlich sollte es nur eine Ausrede sein, doch je mehr ich an meinen Dad denke, desto mehr will ich ihn sehen, um sicherzugehen, dass er sich noch nicht ins Koma gesoffen oder im betrunkenen Zustand verletzt hat. Es ist beides schon passiert und mit seiner Verletzung ging er damals nicht zum Arzt, was eine schwere Infektion nach sich zog. In der Zeit behandelte er mich wie eine Leibeigene und schmiss immer wieder seine leeren Bierflaschen nach mir, wenn ich nicht so spurte, wie er wollte. Einmal traf er mich am Kopf, andere Male glücklicherweise nur meinen Körper, dennoch hinterblieben tief in meiner Seele Narben. Ich weiß nicht, wieso mein Vater nicht dazu imstande ist, anderen seine Liebe zu zeigen. Mom sagte immer, dass er kein glückliches Leben hatte, bis sie sich kennenlernten. Eigentlich dachte sie, dass Acid ihre Erfüllung gewesen wäre, doch nach der Geburt meines Bruders fing er an, meine Mutter zu schlagen. Sie ertrug es, bis sie mich mit elf Jahren für alt genug hielt, dann haute sie ab. Ich würde sie gern wiedersehen, doch eine Frau, die mich im Stich ließ, ist es nicht wert, dass ich auch nur einen weiteren Gedanken oder einen Funken Sehnsucht an sie verschwende.

»Was für ein mieses Schwein«, reißt Dax mich aus meinen Erinnerungen.

Kopfschüttelnd vertreibe ich die Bilder vor meinem inneren Auge und sehe ihn an. »Na ja, es ist geschehen, ändern kann ich es nicht mehr.«

»Schon, aber ein Mann sollte niemals eine Frau schlagen. Ich habe Thorn eine reingehauen, nachdem ihm Snow gegenüber die Hand ausgerutscht war.«

»Du hast Thorn Davenport eine reingehauen?«, hake ich verdutzt nach.

Dax nickt knapp. »Ja, hat zwar etwas gedauert, weil ich sie vorher zu meiner Schwester brachte, um sie dort vor ihrem Dad zu verstecken, aber dann hatte Thorn meine Faust im Gesicht.« Er grinst. »Seitdem nennt Trace ihn liebevoll Fist Face.«

Ich lache auf. »Das ist ein besserer Spitzname als The Storm.«

»Woher kennst du Thorns Spitznamen?«, fragt Dax überrascht.

Ich schlucke. »Na ja, ich war mal bei einem seiner Kämpfe, da wurde er so genannt.«

Daraufhin hebt Dax eine Augenbraue. »Wundert mich, dass ich dich dort nicht gesehen habe, mir fallen die hübschesten Frauen sofort auf.«

Nur für einen Moment beiße ich mir auf die Unterlippe. »Vielleicht war ich ja keine der Hübschesten an diesem Abend.«

»Möglich, aber meiner Meinung nach stellst du sie alle in den Schatten.« Dax zwinkert mir zu, dann klingelt sein Handy. Er nimmt das Gespräch augenrollend an. »Ja, Hope?« Ein genervtes Schnauben entfährt ihm. »Ich komme ja schon. Man könnte meinen, ihr seid meine Fans, so sehr, wie ihr mich immer dabei haben wollt.« Anschließend lacht er auf. »Ja, sag ihm, dass ich mich jetzt auf den Weg mache … Nein, ich bringe Sin nicht mit … Weil sie keine Lust hat … Sie will trainieren … Tanzen ist kein Training für eine Traceur, außerdem kann man bei Hood nicht tanzen … Ich weiß, dass er Musik auflegt, wenn man ihn darum bittet, dennoch ist der Laden keine Disco und man tanzt dort nicht, man wippt höchstens mit dem Kopf oder dem Fuß … Yo, bis später.« Dax beendet das Telefonat und sieht mich an. »Die Kavallerie verlangt meine Anwesenheit, soll ich dich wenigstens noch ein Stück mitnehmen?«

»Ja, das wäre nett. Ich trenne mich einfach vor Hoods Bar von dir und wir treffen uns später wieder hier, wenn du willst«, antworte ich nachdenklich.

»Alles klar. Dann komm.«

Wir verlassen seine Wohnung, in der Dax das Licht brennen lässt, und machen uns auf den Weg zu seinem Auto. Ich würde ja gern mit ihnen feiern gehen, doch bei Hood ist die Gefahr zu groß, dass ich meinem Bruder oder einem seiner Leute über den Weg laufe. Und Beast will ich genauso wenig begegnen wie Acid. Seine Freunde sind mir egal, mit einem netten Augenaufschlag konnte ich sie bisher immer auf meine Seite ziehen. Ich kenne nur die Namen von Miles und Max sowie Acids, weder Screws noch Beasts richtiger Vorname wurde mir je mitgeteilt. Manchmal frage ich mich, ob sie mich nicht für vertrauenswürdig genug halten, was ich immer wieder schnell verwerfe. Es sind die Gedanken, die ich mir mache, wenn ich mich langweile, aber dann frage ich mich auch, ob das

Hirn nach dem Tod noch ein wenig weiterarbeitet. Ich bin zu faul zum Googeln, weshalb ich selten mal eine Antwort auf meine Fragen bekomme. Ich weiß, dass ich noch an verschiedene Dinge gedacht habe, nachdem ich von der Kugel getroffen wurde, wie weit oder wie lange diese Gedankengänge gingen, habe ich allerdings vergessen.

»Du bist so still.«

Ich seufze. »Manchmal habe ich halt nichts zu sagen.«

»Wow.«

»Was denn?«

Dax schmunzelt, als wir seinen Wagen erreichen. »Ich erlebe es nur selten, dass eine Frau nichts zu sagen hat. Hope hält nie die Klappe.«

»Und was ist mit dieser Snow?«

»Ist ein recht ruhiges Wesen, sie spricht nur, wenn sie etwas zu sagen hat. Aber andere Frauen, die ich kenne, schnattern in einer Tour, als wären sie wild gewordene Enten«, erzählt er amüsiert.

Grinsend steige ich in seinen Wagen und schlage die Beine übereinander. Der Beifahrersitz ist so weit nach hinten gestellt, dass es problemlos möglich ist.

»Anschnallen«, doziert Dax, als er den Wagen schon aus der Parklücke manövriert.

»Du bist selbst nicht angeschnallt.«

»Hole ich jetzt nach«, erwidert er, als er auf der Straße steht, und schnallt sich an.

Ich tue es ihm gleich und lehne mich zurück.

»Du hast echt keine Lust auf Party?«

»Nein, ich bin nicht gern bei Hood.«

»Ach so? Ich finde die Bar ganz okay, aber zum Feiern gehe ich lieber in Clubs.«

»In die komme ich nicht rein, weil ich zu jung bin.«

»Ich besorge dir was, womit es kein Problem mehr sein wird.«

»Einen gefälschten Ausweis?«

»Wenn du willst.«

»Ich habe einen«, lasse ich ihn wissen. »Allerdings habe ich den selten mit.«

»Ach so.«

»Ja.«

»Dann solltest du ihn in dein Portemonnaie stecken, wir hauen manchmal recht spontan auf die Kacke und machen Party.«

»Na dann.« Wer hat denn gesagt, dass ich irgendwann mal mit ihnen in einen Club gehe? Momentan sind sicher Acids Drohnen – seine Freunde – unterwegs und suchen nach mir, weshalb es schon riskant ist, dass ich mich überhaupt draußen aufhalte. Sicher werden sie mich sehen, aber glücklicherweise bin ich schnell genug, um sie abzuhängen. Meine alte Fitness habe ich noch nicht ganz zurück, dennoch kann ich einen mit Anabolika verseuchten Körper schlagen. Und die Körper von Acids Leuten stinken schon förmlich danach. Ich habe schon öfter überlegt, ihnen meine Anti-Baby-Pille in ihre Pillen zu mischen, um die Reaktion ihrer Körper darauf zu sehen, aber das war mir dann zu blöd, außerdem kostet dieses scheiß Verhütungsmittel eine Menge Asche, die ich mir hart erarbeiten muss.

»Da wären wir«, stellt Dax fest, als er vor Hoods Bar parkt.

»Kaum zu glauben«, antworte ich sarkastisch und löse den Gurt. »Wir sehen uns später.«

Er nickt mir zu, anschließend steigen wir beide aus. Dax kommt zu mir, kaum, dass er das Auto verriegelt hat. »Pass auf dich auf, okay?«

Ich schaue zu ihm hoch und schenke ihm ein Lächeln. »Ich werde mein Bestes geben.«

»Damit gebe ich mich zufrieden.« Danach beugt er sich zu mir runter und drückt einen sanften Kuss auf meine Stirn. »Bis später. Warte am besten nicht auf mich, wenn du vor mir zu Hause bist.«

»Alles klar.«

Dax streichelt meine Wange, dann macht er auf dem Absatz kehrt und geht in Hoods Bar.

Ich wende mich ebenfalls von seinem Auto ab und mache mich auf den Weg, Chicagos Dächer zu erkunden.

* * *

Ich habe mich auf einem Dach in der Nähe der Bar niedergelassen. Mein Blick ist auf die Sterne über mir gerichtet und ich muss an meine Mom denken. Wo ist sie nun? Lebt sie überhaupt noch? Ich habe keine Ahnung, da sie sich nie wieder gemeldet hat, nachdem sie gegangen war.

Jemand räuspert sich, weshalb ich aufschrecke.

»Was machst du denn hier?«, frage ich erschreckt.

Beast sieht mich vernichtend an. »Wo hast du dich versteckt?«

»Das werde ich dir nicht sagen«, erwidere ich, als er auf mich zukommt und ich automatisch zurückgehe.

»Sin, du weißt, dass du mir vertrauen kannst«, sagt er ruhig, doch ich sehe, dass er innerlich tobt. Deshalb will ich ihm keinesfalls zu nah kommen.

»Du bist der beste Freund meines Bruders. Ich dachte, ihm könnte ich auch vertrauen, und er schlug mich mehrmals, weshalb ich nicht mehr weiß, wer überhaupt vertrauenswürdig ist«, entgegne ich überfordert.

Beast hört nicht auf, auf mich zuzukommen. »Sin, Baby, er sucht nach dir, weil er es bereut, dich geschlagen zu haben. Komm mit mir, rede mit Acid, dann kannst du meinetwegen wieder abhauen.«

Ich bleibe stehen. »Unter einer Bedingung.«

Er hebt eine Augenbraue. »Welcher?«

»Du wirst persönlich dafür sorgen, dass er mich wieder gehen lässt.« Ich weiß, dass ich mit dem Feuer spiele, denn Beast hält immer zu Acid. Er wird mir diese Bedingung sicher nicht erfüllen.

»Gut, ich fahre dich danach wieder her, aber jetzt komm.« Beast streckt mir seine Hand entgegen, doch gehe ich an ihm vorbei, als ich die zwei Meter Distanz zwischen uns überwunden habe.

Ich will vermeiden, dass er mich packt und nicht mehr loslässt. »Wo ist er?«

»Bei Hood.«

Sofort bleibe ich stehen. »Ich werde mich nicht bei Hood mit ihm treffen.«

»Warum pisst du dich ein? Ihr habt euch ständig bei Hood getroffen.« Beast klingt genervt, doch ist mir das egal.

»Ich pisse mich nicht ein, sondern will mich nicht mit Acid in einer Bar treffen!«

»Dann bestelle ich ihn her.«

Ich schüttle den Kopf. »Nein, musst du nicht. Ich treffe mich gern auf dem Parkplatz mit ihm.«

»In Ordnung. Ich sage ihm Bescheid, dass er rauskommen soll«, erwidert er ungeduldig und zückt sein Handy. Er wählt die

Nummer meines Bruders. »Yo, ich hab sie. Komm auf den Parkplatz vor Hoods Bar, sie wird mit dir reden … Bis gleich.« Beast beendet das Telefonat und treibt mich plötzlich zur Feuerleiter. »Los, runter.«

Ich verdrehe die Augen. »Das geht auch freundlich, du Pisser.« Anschließend klettere ich auf die Brüstung und die Leiter nach unten. Was denken die sich eigentlich? Bloß, weil sie ziemlich viele Leute in der Hand haben, meinen sie, die Könige der Stadt zu sein. Ich könnte kotzen, dass ich in diesen Strudel hineingeraten bin, nur weil ich von meinem Dad weg wollte. Zu ihm zurück werde ich nicht können. Er hat mich gehasst, tut es sicher immer noch und ich habe nie auch nur ein nettes Wort von ihm gehört, nachdem meine Mom gegangen war.

»Du hättest nicht abhauen sollen«, sagt Beast, als er ebenfalls unten ankommt.

»Sagt wer?«

»Sage ich.«

»Schön, dass deine Meinung weltbewegend ist«, stoße ich sarkastisch aus und wende mich von ihm ab.

»Nicht weltbewegend, aber sie interessiert genug Leute.«

»Zu denen ich nicht gehöre«, mosere ich und gehe los.

»Seit wann nicht mehr?«

»Seit du mich anwiderst und scheiße behandelt hast, als wir zuletzt bei Hood waren.«

»Hat das was mit Dax van Houten zu tun?«

»Wer soll das sein?«, gebe ich mich absichtlich unwissend. Beast ist der Letzte, der wissen muss, dass ich Dax kenne. Ich muss sowieso vorsichtig sein, immerhin hat schon einer von Dax' Freunden mitbekommen, dass ich Acid kenne.

»Einer aus Davenports Gang.«

»Aha. Seit wann sollen die mich interessieren?«, hake ich gespielt übellaunig nach.

»Keine Ahnung, ich hatte nur daran gedacht, weil er dich von mir wegholte, als ich ein wenig auf Tuchfühlung ging«, antwortet er genervt.

Ich glaube, von der Stimmung her nehmen Beast und ich uns nicht viel. Ich bin scheiße drauf, er genervt, es passt also gerade. »Das war keine Tuchfühlung, das war Nötigung.«

Er lacht auf. »Früher hast du es gemocht, wenn ich etwas herrischer war.«

»Zeiten ändern sich.«

»Menschen auch und du hast dich seit deinem Unfall sehr verändert«, meint er überzeugt.

Einmal mehr verdrehe ich die Augen. »Was wohl daran liegt, dass ich für meinen verdammten Bruder beinahe verreckt wäre.«

»Du standest zu nah am Rand des Containers.«

»Acid hätte mit dem Kerl nicht um die Waffe ringen sollen.«

»Acid wollte nicht sterben.«

»Oh, aber ich habe hier gebrüllt, oder was?«

»Nein, du warst unvorsichtig und dafür wurdest du bestraft. Hör auf rumzuheulen wie ein Mädchen.«

Ich hole tief Luft. »Ich bin ein Mädchen, du Arsch!«

»Und was für eins«, brummt er.

Schnaubend beschleunige ich meine Schritte. Es ist besser so, denn ich würde ihm zweifellos eine reinhauen, wenn er mich noch einmal blöd anmacht.

»Hast du es auf einmal eilig?«

»Ja.«

»Warum?«

»Weil ich kurz davor bin, dir die Scheiße aus dem Leib zu prügeln, du blöder Wichser!«, schnauze ich ihn an. Mann, was bin ich froh, wenn ich das Gespräch mit Acid hinter mir habe und mich wieder um meine Angelegenheiten kümmern kann.

Daraufhin lacht er lauthals auf. »Du willst mir die Scheiße aus dem Leib prügeln? Du würdest nicht mal so nah an mich rankommen, um ausholen zu können.«

»Täusch dich da mal nicht«, sage ich knurrend und beschleunige meine Schritte ein weiteres Mal. Ich weiß, dass ich Beast abhängen kann, wenn ich losrenne, was ich vielleicht tun sollte. Es wäre besser, denn ich vertraue meinem Bruder nicht mehr, seit er mich geschlagen hat.

»Nun renn doch nicht so«, mault er hinter mir und plötzlich merke ich nichts mehr von seiner harten Schale.

Ja, es ist definitiv das Beste, das ich tun kann. Ich hole tief Luft, warte auf die nächste Abzweigung, und als wir sie erreicht haben, renne ich, als würde mich der Teufel verfolgen.

»Sin!«, donnert Beasts Stimme hinter mir durch die Gasse, doch ich reagiere nicht.

Ich laufe weiter, immer weiter und lasse mich auch nicht von Seitenstichen aufhalten.

»Fuck, Weib, warte!«, brüllt er mir hinterher und ich weiß, dass er mich verfolgt. Seine Schritte hallen von den Hauswänden wider, meine eher nicht, aber ich wiege auch locker fünfzig Kilo weniger als er. Beast ist ein Hüne, ein Berg von einem Mann. Ich hatte bei ihm immer das Gefühl von Sicherheit, doch nun wird es von Angst vertrieben.

Schneller, ich muss noch schneller werden, doch meine Füße können meine Schritte nicht noch einmal beschleunigen.

»Sin, es bringt nichts wegzulaufen!«, schreit er mir in den Rücken. »Wir finden dich sowieso!«

Er hat recht, doch einen Versuch ist es allemal wert. Ich will nicht auf meinen Bruder treffen, noch weniger jetzt. Irgendwann, wenn ich ihn nicht mehr fürchte, werde ich ihn vielleicht wiedersehen, doch jetzt kann ich es nicht. Eine weitere Kreuzung und ich weiß, dass ich zu nah bei Hood bin, um Acid, Screw und Konsorten nun noch aus dem Weg zu gehen. Aus diesem Grund laufe ich sofort auf den Parkplatz.

»Hast du es eilig?«, fragt Acid angepisst, als ich stehenbleibe.

»Meine Fresse, warum rennst du los, als würde dich der Teufel persönlich verfolgen?«, schnauzt Beast mich an, als er uns erreicht.

Ich ignoriere ihn und sehe meinen Bruder an. »Was willst du von mir?«

»Ich will reden und wissen, wo du warst.«

Ich schüttle den Kopf. »Das werde ich dir nicht sagen.«

Acid macht einen Schritt auf mich zu, sieht mich drohend an. »Du sagst mir, wo du gesteckt hast.«

»Das werde ich nicht.« Ich bleibe absichtlich auf der Stelle stehen, da ich ihm keine Angst zeigen will. Würde ich es, hätte er mich unweigerlich in der Hand.

Plötzlich packt er mich am Hals und drückt leicht zu. »Sag es mir.« Sein Knurren sorgt dafür, dass sich meine Nackenhaare aufstellen, doch ich zeige keine bewusste Reaktion.

»Ich war bei Freunden.«

»Du hast keine Freunde.«

»Denkst du«, krächze ich, als er fester zudrückt.

»Weiß ich«, knurrt er wieder und sein Blick wird gefährlich. »Du wirst mir jetzt sagen, wo du gewesen bist, sonst lernst du mich kennen.« Anschließend lässt er mich los.

»Du hast Dad immer dafür verurteilt, dass er Mom und auch mich geschlagen hat, nun stellt sich heraus, dass du nicht besser bist als er«, sage ich stattdessen verächtlich. »Ich will dich niemals wieder sehen oder hören, Acid.«

»Du weißt, dass ich dich in der Hand habe, Sin.«

Ich ziehe eine Augenbraue in die Höhe. »Womit denn bitte?«

»Das weißt du genau.«

Ich schüttle den Kopf. »Das wirst du nicht tun.«

»Ich werde.«

»Acid!«, herrsche ich ihn an. »Das kannst du nicht machen!«

»Ich kann und ich werde, Sin, das weißt du.«

O Gott, er wird es wirklich fertigbringen, mein Leben völlig zu zerstören. »Du wirst ihm nichts antun!«

»Doch, wenn du mir nicht sagst, wo du warst, werde ich Dad ein paar Haare krümmen!«

Seine laute Stimme erschreckt mich. Mein Dad und ich sind zwar nicht besonders eng, aber ich will nicht, dass Acid ihm etwas antut. »Ich war bei Freunden. Okay?«

»Wie heißen sie?«

»Sarah und Marvin«, lüge ich, doch wird er es sicher nicht durchschauen, weil meine Antwort zu schnell kam.

»Und weiter?«

»Walker.« Hoffentlich gibt's kein Pärchen in der Stadt, zu dem diese Namen passen, sonst bin ich dran.

»Okay.« Acid sieht zu Screw. »Finde raus, wo die Leute wohnen.«

Screw nickt ihm zu, anschließend entfernt er sich von uns.

»War's das?«, hake ich nach, da ich unbedingt weg will. Ich kann es nicht brauchen, dass Dax oder seine Freunde aus der Bar kommen und mich sehen.

»Nein, das war es noch nicht. Du wirst heute nach Hause kommen, anderenfalls hole ich dich bei deinen Freunden ab.«

»Du glaubst doch nicht ernsthaft, dass ich noch einmal zu ihnen gehe, jetzt, da du weißt, wo ich war«, erwidere ich genervt.

»Du wirst nach Hause kommen, Sin, du weißt, dass ich dich überall finden werde.«

»Wir sehen uns, Acid.« Anschließend wende ich mich von ihm ab, dann will ich losgehen, doch Beast stellt sich mir in den Weg.

»Lass sie gehen. Sie weiß, was passiert, wenn sie nicht nach Hause kommt«, sagt Acid hinter mir und mir läuft es eiskalt den Rücken hinab.

***

Nachdem mich Acid und seine Freunde gehen gelassen hatten, bin ich sofort abgehauen. Ich bin über einen gewaltigen Umweg zurück in Dax' Wohnung gelangt, um mich dort zu verstecken. Sicher werde ich eine ganze Weile nicht rausgehen können, da Acid wahrscheinlich die Straßen im Auge behalten lässt. Schon gar nicht mit Dax, es würde ihn in Gefahr bringen und das will und muss ich um jeden Preis vermeiden. Er wollte mir bloß helfen und ich kann nichts dafür, dass mein Herz höher schlägt, wenn ich ihn sehe. Ich will mich keinesfalls verlieben, weshalb es vielleicht besser wäre, ihm aus dem Weg zu gehen. Ich sollte abhauen und mich allein durchschlagen, um alle zu beschützen – na ja, um Dax zu beschützen.

Ich werfe einen Blick auf mein Handy. Es ist drei Uhr, mitten in der Nacht, und ich bin hundemüde, doch Dax ist noch nicht nach Hause gekommen. Ich weiß nicht, ob ich mich in sein Bett oder auf die Couch legen soll, aber wahrscheinlich wäre die zweite Option die bessere. Da ich keine Klamotten bei ihm habe, gehe ich ins Schlafzimmer und sehe mich nach dem Shirt um, in dem ich letzte Nacht geschlafen habe. Es liegt auf dem Bett. Ich hole es mir eilig, dann gehe ich ins Bad. Zum Glück hatte er noch eine zweite Zahnbürste – unbenutzt versteht sich – und hat mich sein Duschgel benutzen lassen, sodass ich nicht das Gefühl hatte, wie ein totgefahrenes Stinktier zu riechen. Da er dann noch mit mir zum Shoppen fuhr, habe ich nun eigenes Waschzeug und eigene Kleidung hier, dennoch möchte ich sein T-Shirt zum Schlafen tragen.

Als ich mich gewaschen und umgezogen habe, lege ich mich auf die Couch. Um mich zuzudecken, nehme ich die Wolldecke, die auf der Armlehne liegt. Sie riecht, als wäre sie frisch gewaschen, was es möglicherweise erleichtert einzuschlafen. Dieser Duft erinnert mich an meine Mutter. Sehr sogar und er schmerzt mich.

***

»Sin?«, fragt Dax leise und stupst meinen Arm an.

»Hm.« Ich drehe mich weg und ziehe die Decke höher, um meine Ruhe zu haben. Ich will doch nur schlafen!

»Hey, Kleines«, wiederholt er etwas lauter.

Daraufhin schlage ich die Augen auf und drehe mich zurück. »Was denn?«, möchte ich verschlafen wissen.

»Warum schläfst du auf der Couch?«

»Ich wusste nicht, ob ich mich ins Bett legen darf«, gebe ich kleinlaut zu.

Irritiert hebt er eine Augenbraue. »Komm mit.«

»Lass mich doch einfach hier schlafen«, maule ich und möchte mich wieder wegdrehen, doch er kommt mir zuvor und hebt mich auf seine Arme.

»Ich bringe dich ins Bett. Wenn du mich nicht bei dir haben willst, lege ich mich eben auf die Couch, statt dich auf dem unbequemen Teil schlafen zu lassen.«

»Du bist mindestens zwei Köpfe größer als ich. Du solltest im Bett schlafen.«

Er schüttelt den Kopf. »Nein, du bist mein Gast.«

»Dann schlaf auch im Bett.«

Dax sieht mich an. »Nur, wenn du es wirklich willst.«

Daraufhin nicke ich hektisch. »Es wäre mir lieber, als das Wissen, dass du dich meinetwegen auf der Couch verrenkst.«

»Gut.« Er bringt mich ins Schlafzimmer und legt mich vorsichtig ins Bett. »Ich gehe schnell duschen, dann komme ich zu dir.«

»Alles klar.«

Als er zur Tür geht, mustere ich seine Rückansicht, insbesondere seinen Hintern. Es ist eine Schande, dass er Baggypants trägt, die kaum einen Blick auf ihn zulassen. Na ja, so baggy sind seine Hosen nun nicht, aber eng auch nicht, wobei ihm enge Hosen sicher nicht stehen würden. An einem muskulösen Mann wie ihm sehen enge Kleider in der Regel nicht gut aus. Während ich nachdenke und Dax längst das Schlafzimmer verlassen hat, nimmt meine Müdigkeit mich immer schneller in Beschlag. Ich sollte schlafen und darauf hoffen, dass Acid die Lust daran verliert, mich zu schikanieren. Immerhin stirbt die Hoffnung zuletzt.

***

Kapitel 6

Am nächsten Morgen weckt mich die Wärme von Dax' Körper. Ich schlage die Augen auf, dann zucke ich zusammen, denn er hält mich im Arm und betrachtet mich lächelnd.

»Guten Morgen«, raunt er mir zu, anschließend bekomme ich einen sanften Kuss auf die Wange. Ich dachte immer, dass Thorn Davenport sich ausschließlich mit harten Kerlen umgibt, aber bei Dax erkenne ich so gar keine Spur von dem undurchschaubaren Bad Boy. Ich weiß nicht, was er an sich hat, das mich so anzieht, aber es ist stark.

»Hi«, sage ich leise und schmiege mich enger an ihn.

»Wie hast du geschlafen?«

»Wie ein Stein.« Ich gähne leicht. »Und du?«

Dax schmunzelt. »Wenn Steine schnarchen, dann warst du eine Gerölllawine.« Er stupst meine Nasenspitze mit seiner an, was nur möglich ist, weil wir uns gegenüber liegen. »Ich habe gut geschlafen.«

Ich verziehe meine Lippen zu einem Lächeln. »Immerhin hat dich die Gerölllawine nicht wach gehalten.« Ich zwinkere ihm zu, bevor ich mir die Decke über den Kopf ziehe.

»Du bist eine Langschläferin, Sin.«

»Ich weiß.«

»Das könnte zu Schwierigkeiten führen. Ich bin Frühaufsteher.«

»Wieso zu Schwierigkeiten?«, frage ich, als ich die Decke zurückschlage und ihn ansehe.

»Na ja, wenn ich früh aufstehe und du dann noch munter vor dich hin schnarchst, was soll ich dann die ganze Zeit machen, bis du aufstehst?«, fragt er interessiert und einmal mehr sehe ich den Schalk in seinen Augen blitzen.

Ich hebe eine Augenbraue, doch entspanne ich sie schnell wieder. »Dax, ich dachte … das wäre nur ...«

»Ja?«

Um mir Mut zu machen, hole ich tief Luft. »Ich ging davon aus, dass ich nur übergangsweise hierbleibe.«

Nun ist er derjenige, der mich skeptisch ansieht. »Ooookay.« Dax räuspert sich. »Aber warum?«

»Wir sind weder ein Paar noch irgendwie gut befreundet, ich will dir nicht allzu lange auf den Sack gehen.« Als ich seinen Blick bemerke, beiße ich mir auf die Unterlippe. Offensichtlich war das genau der falsche Weg.

»Ich dachte, ich hätte von dir schon den Korb meines Lebens bekommen, aber nein, gerade hast du mich vom Gegenteil überzeugt.«

»Dax«, sage ich leise und lege meine Hand auf seinen Oberarm. Seine Haut ist warm, weich und seine Muskeln sind so verdammt hart.

Er zieht seinen Arm weg, richtet sich auf, dann stützt er seinen Kopf in seine Hände. »Ich dachte, es würde mehr werden.«

»Dax, ich … dachte, du … wir … ich ...«, stammle ich, doch finde ich nicht die richtigen Worte.

»Was?«, fährt er mich an, als er zu mir schaut.

»Ich dachte nur, dass du mich nicht willst. Nicht auf … diese Weise«, gebe ich kleinlaut und gedämpft zu.

Daraufhin sieht er mich an, als hätte ich ihm eins mit einer Keule übergezogen. »Ich will dich, Sin. Am liebsten würde ich dich gar nicht mehr gehen lassen, aber dann halte ich mich wieder für bescheuert, weil wir uns gar nicht wirklich kennen. Ich bin vielleicht kein Traumtyp, aber ich weiß, was Liebe und Zuneigung ist, beides fühle ich, wenn ich dich ansehe.«

Geknickt senke ich meinen Blick.

»Ich mag dich, Sin, gern sogar, aber wenn du mich nicht willst, werde ich dich nicht mehr belästigen.« Anschließend steht er auf und verlässt das Schlafzimmer.

»Dax!«, rufe ich ihm hinterher, bevor ich ihm seufzend folge.

Mitten im Wohnzimmer ist er stehengeblieben, nun dreht er sich zu mir um. »Was ist denn noch? Kriege ich noch einen Spruch reingedrückt, damit ich buchstäblich ganz am Boden liege?«

Hektisch schüttle ich den Kopf, gehe auf ihn zu. »Ich mag dich auch, aber ich dachte nicht daran, dass wir dasselbe fühlen könnten. Ich bin auch keine Traumfrau, aber ...«

»Oh doch, das bist du«, unterbricht er mich, verschließt allerdings die Lippen, als ich ihn skeptisch ansehe.

»Aber ich weiß auch, wann ich mehr für jemanden empfinde, und das tue ich bei dir. Ich weiß auch, dass das vollkommen irrational ist, weil wir uns nicht kennen, aber wir können uns kennenlernen und vielleicht lernen wir auch, uns zu lieben«, erkläre ich überfordert. Ich weiß nicht, ob ich die richtigen Worte gefunden habe, um ihm zu erklären, was ich fühle, aber wenn ich mir sein Lächeln so ansehe, waren sie nicht ganz verkehrt.

Plötzlich zieht er mich an sich heran und nimmt mein Gesicht in seine Hände. »Du weißt, dass ich keine weiße Weste habe, oder?«

»Die habe ich auch nicht.«

»Du weißt, dass ich viel unterwegs bin und auch gefährliche Sachen unternehme, hm?«

Ich nicke knapp.

»Und trotzdem willst du einen Versuch wagen?«

Wieder nur ein Nicken, denn sein leuchtender Blick raubt mir den Atem.

»Ich kann dir die Welt und deine Träume schenken, aber ich weiß, dass ich verdammt bin«, raunt er mir zu, als er mir in die Augen sieht.

»Wie gut, dass wir beide in der Hölle landen werden«, wispere ich, bevor Dax meine Lippen mit seinen verschließt. Dieser Kuss reißt mir buchstäblich den Boden unter den Füßen weg.

Er schiebt mich zur Couch, ohne sich dabei von mir zu lösen, und legt mich hin, auch dabei trennt er sich nicht von mir. Dax legt sich zwischen meine Beine und ich spüre seinen Schwanz, der hart gegen meine Mitte drückt. Ein Blitz fährt durch meinen Körper, der dafür sorgt, dass meine Nippel sich aufrichten. Sie werden so steif, dass es wehtut.

Als er so wild wird, dass es mir den Atem raubt, löse ich mich von Dax' Lippen. »Gib mir einen Moment Zeit«, keuche ich, woraufhin er seinen Kopf neigt und anfängt, an meinem Ohrläppchen zu knabbern. Ich seufze genießend und schließe die Augen, während er seine Lippen zu meinem Hals bewegt und mich dort neckt. Ich hebe regelrecht ab, so sehr gefällt mir, was er mit mir macht. »Dax«, sage ich leise und seufze.

»Hm?«

Ich habe keine Ahnung, was ich eigentlich sagen wollte, weshalb ich schweige.

»Was ist denn?«, fragt er gedämpft und rutscht wieder zu mir hoch. Er sieht mir in die Augen, lächelt mich an.

»Ich weiß es nicht mehr«, gebe ich peinlich berührt zu.

Daraufhin zucken seine Mundwinkel, doch ein Lachen stiehlt sich nicht aus seiner Brust. »Dann kann ich ja weitermachen.«

»Nein, nein, nein«, erwidere ich und halte ihn auf.

Nun schaut er mich fragend an. »Du hast jetzt keine Lust, was?«

»Doch schon ...«

»Aber?«

»Kein Aber«, entgegne ich und lege meine Lippen auf seine.

Dax schiebt seine linke Hand in meinen Nacken, während seine rechte meine Seite streichelt. Er scheint, mich nicht mehr loslassen zu wollen. Ich schlinge meine Beine um ihn, woraufhin die Beule in seinen Shorts über meine Pussy reibt. Ich stöhne in unseren Kuss, weil er mich sowieso schon erregt hat, dränge mich gegen seinen Körper und hoffe, dass er meine Zeichen versteht. Kurz darauf löst er sich von meinen Lippen, richtet sich auf und zieht mich ebenfalls hoch. Er befreit mich von dem störenden Shirt, dann stößt er mich wieder auf den Rücken. Ich grinse ihn an, als er sich über mich beugt, und lege meine Hände an den Bund seiner Shorts. Entschlossen schiebe ich sie runter, was Dax dazu veranlasst, meinen Slip herunterzuziehen. Ich richte meine Beine in die Höhe, um es ihm zu erleichtern, dann, kaum dass er mein Höschen über meine Knöchel gezogen hat, schlinge ich sie um ihn. Dax lässt sich nicht viel Zeit, sondern dringt sofort in mich ein, was uns beide laut aufstöhnen lässt. Ich schließe die Augen, während er mich so harsch dehnt. Seine Stöße sind fest, sein Becken trifft geräuschvoll auf meines, es ist perfekt, so wie ich es nun mal mag.

Als er die Position wechseln will, rollen wir von der Couch und ich lande auf ihm. »Oh fuck, daran hätte ich denken sollen«, stößt er aus und ich sehe ihn mit großen Augen an.

»Habe ich dir wehgetan?«, frage ich besorgt, denn meine Erregung ist schlagartig verflogen.

Lächelnd schüttelt er den Kopf. »Nein, geht schon.« Einmal mehr schiebt er seine Hand in meinen Nacken und zieht mich für einen Kuss zu sich heran.

Unsere Lippen treffen hart aufeinander und ich spüre seine Lust in diesem Kuss. Seine Zunge spaltet schnell meine Lippen, dringt in meinen Mund ein und fordert meine zu einem heißen Duell heraus. Dax legt seine Hände an meine Hüfte, gibt mir ein Tempo vor, in dem ich ihn reite. Ich genieße es, wie er in mir reibt, mich zu neuen Höhen führt. Ich werde schneller auf ihm und Dax' Schwanz trifft diesen einen rauen Punkt in mir, der meine Erregung ins Unermessliche steigert. Ich habe das Gefühl, dass Farbpunkte vor meinen Augen tanzen. Würde ich es nicht besser wissen, würde ich sagen, dass ich ohnmächtig bin, aber nein, es ist der Sex mit ihm, der mir beinahe die Besinnung raubt.

Sein leises Stöhnen ist wie ein Summen in meinen Ohren. Es treibt mich weiter an. Ich lasse mein Becken auf ihm kreisen, während er mich nach oben stößt. Meine Hände, mit denen ich mich auf seiner Brust abstütze, verkrampfen und ich vergrabe meine Fingernägel in seiner Haut.

Dax zischt. »Gott noch.« Dann greift er ebenfalls fest zu, sodass seine Nägel sich in mein Fleisch bohren. Ich spüre, wie er seinen ganzen Körper anspannt. Ein weiteres Mal stößt er in mich und treibt mich so über die Klippe meiner Erregung.

Schreiend komme ich zum Höhepunkt und erschrecke mich vor mir selbst. So was ist noch nie passiert und es überrascht mich.

Kurz nach mir kommt auch Dax. Er entlädt sich in mir, während er noch ein paar Mal in mich stößt.

Geschafft lasse ich mich auf ihn sinken.

Er schließt die Arme um mich und küsst meine Stirn. »Wie fühlst du dich?«

»Wach«, antworte ich atemlos. »Und du dich?«

»Belebt«, erwidert er und gluckst.

Gerade, als ich etwas sagen will, unterbricht mich das Klingeln seines Handys, das neben uns auf dem Couchtisch liegt. »Willst du nicht rangehen?«

Er schüttelt den Kopf. »Nein, das kann warten.«

»Sicher?«

Es hört kurz auf und fängt sofort wieder an zu klingeln. »Scheinbar nicht«, brummt er und ich richte mich auf.

Ich reiche ihm sein Handy, nachdem ich einen Blick aufs Display geworfen habe. Es ist Ridge Cavendish. »Nimm das Telefonat an.«

Dax schnaubt, bevor er den Anruf entgegennimmt. »Was ist?«

»Du musst herkommen.« Es ist so laut eingestellt, dass ich jedes Wort mithören kann.

»Warum?«, hakt Dax nach.

»Wegen deiner kleinen Freundin.«

Daraufhin sieht Dax mich mit gehobenen Augenbrauen an. »Wegen Sin?«

»Ja.«

»Was hat sie verbrochen?«

»Sie ist Thorn nicht ganz geheuer. Komm einfach her.«

»Wohin?«

»Zu Chase.«

»Ich komme gleich, aber wehe, das ist nicht wichtig«, knurrt er und ich sehe, wie Dax' Laune gen Nullpunkt fährt.

»Bis dann, beeil dich.«

»Yo, bye.« Dax legt auf und wirft das Handy auf die Couch, anschließend nimmt er mich wieder in die Arme.

»Du musst los?«, frage ich leise.

»Das hat noch ein wenig Zeit«, erwidert er, küsst meine Stirn und streichelt meinen Rücken.

»Sicher? Es klang irgendwie dringend«, sage ich nachdenklich.

»Thorn will irgendwas mit mir besprechen. Das kann warten.«

Okay, er sagt mir nicht, dass ich Thorn Davenport nicht ganz geheuer bin. Warum bin ich es nicht? Hat Misha etwa geplaudert? Bin ich nun gebrandmarkt? Ich habe keine Lust, mich bald für irgendwas rechtfertigen zu müssen. Insbesondere kann ich es ja nicht wegen meiner Verwandtschaft. Die Familie sucht man sich doch nicht aus, das hat schon meine Mutter immer gesagt. Es ist mit das Einzige, woran ich mich erinnern kann. Sie ging eben viel zu früh in meiner Kindheit, aber es war ihre Entscheidung und ich habe ihr nie einen Vorwurf gemacht, dass sie vor meinem Dad geflohen ist. »Na dann.« Ich befreie mich vorsichtig aus seiner Umklammerung. »Ich gehe jetzt unter die Dusche.« Danach stehe ich auf.

»Nimmst du mich mit?«, fragt er schelmisch grinsend.

Ich tue so, als würde ich einen Moment lang nachdenken. »Na gut.« Ich strecke meine Hand aus, Dax ergreift sie und ich ziehe ihn mit Mühe hoch. »Phew, du bist ganz schön schwer.«

Er sieht mich entsetzt an. »Was soll das denn heißen?«, fragt er tussihaft und gestikuliert wild mit seinen Händen.

Ich lache auf. »Dass Muskeln schwerer sind als Babyspeck.«

»Okay, damit gebe ich mich halbwegs zufrieden.«

Amüsiert drehe ich mich von ihm weg und gehe nackt ins Bad.

***

Beim Duschen konnte Dax kaum die Hände bei sich lassen und ich hatte arge Probleme, ihn in Schach zu halten. Ich habe so was noch nicht erlebt. Es war kein aufdringliches Fummeln oder Grapschen, er streichelte mich bloß an allen möglichen Stellen.

Nun durchsuche ich seine Küchenschränke nach etwas Essbarem, weil ich vor Hunger fast sterbe.

»Sollen wir irgendwo essen gehen?«, fragt Dax interessiert. Seit ich angefangen habe zu suchen, steht er an der Küchentheke, hat sich mit den Ellenbogen darauf abgestützt und sieht mir interessiert zu.

Ich drehe mich zu ihm um. »Ich finde schon was.«

»Bezweifle ich, immerhin war ich nicht einkaufen.«

Frustriert stoße ich die Luft aus. »Könnten wir das später nachholen?«

»Einkaufen?«

Ich nicke ihm zu.

»Klar. Ich komme dich dann später hier abholen.«

»Super.«

Dax richtet sich auf. »Wollen wir dann?«

Ich gehe um die Küchentheke herum. »Ich muss nur meine Schuhe und die Jacke anziehen.«

»Kein Stress, geht mir nicht anders.«

Nachdem wir uns beide angezogen haben, machen wir uns auf den Weg zu einem Bistro. Dax meinte, hier würde es das beste Buffet zum Brunch geben. Mir ist das vollkommen egal, solange ich etwas Essbares bekomme, denn ich habe das Gefühl, dass mein Magen sich jeden Moment selbst verdaut.

»Was möchtest du frühstücken? Vom Buffet oder von der Karte?«

»Buffet«, erwidere ich und schaue mich ungeduldig nach einer Bedienung um.

»Okay, nehme ich auch.«

Normalerweise frühstücke ich fast nie, es kommt höchstens einmal im Monat vor, dass ich morgens doch etwas esse.

»Hallo, was darf ich Ihnen bringen?«, fragt eine Kellnerin, die sich endlich mal zu uns bemüht hat.

Ich schaue hoch. »Ich bekomme eine Cola und nehme was vom Buffet.«

Sie nickt und sieht Dax an. »Und Sie?«

»Dasselbe plus einen Kaffee.«

»Alles klar. Die Getränke bringe ich Ihnen gleich. Sie können sich am Buffet bedienen.«

Daraufhin springe ich fast auf und gehe eilig auf das Buffet zu. Ich habe so abartig großen Hunger. Ich sehe mir die Auswahl an und entscheide mich spontan für Rührei, Bacon und Brötchen. Ich hoffe, dass es nicht matschig ist.

»Meine Güte, du hast ja Hunger für zwei«, stellt Dax erstaunt fest, als er neben mir auftaucht.

»Und ich wette, ich hole mir noch eine Portion«, erwidere ich grinsend.

Mit großen Augen betrachtet er mich. »Ich frage mich, wo du das alles hinsteckst.«

»Wahrscheinlich erst mal in meinen Bauch«, kichere ich und schaue mich weiter um. Ich nehme mir noch Tomaten und Mozzarella und bin dankbar, dass hier keine kleinen Teller rumstehen, ich außerdem für die Brötchen ein kleines Körbchen habe.

Als ich finde, dass ich erst mal genug Auswahl auf meinem Frühstücksteller habe, gehe ich zu unserem Tisch. Ich warte mit dem Essen auf Dax, da ich es unhöflich finde, einfach allein anzufangen.

Glücklicherweise kommt er einen Moment später auch dazu. »Lass es dir schmecken«, sagt er lächelnd und greift zu seinem Besteck.

»Du dir auch, danke.« Ich fange an zu essen und spüre, wie mein Magen sich sofort beruhigt.

Als mein Teller leer ist und seiner noch halbvoll, sieht er mich überrascht an. »Du bist ein lebendiger Staubsauger.«

Ich erröte und senke meinen Blick. »Und habe immer noch Hunger.«

Daraufhin lacht er. »Dann hol dir noch was. Zum Glück ist das ein All you can eat Buffet.«

Ich kichere. »Okay.« Anschließend stehe ich auf und hole mir noch einmal dieselbe Auswahl, bloß etwas weniger, da ich nicht sicher bin, ob ich noch mal so eine große Portion schaffe. Als ich zurück an den Tisch komme, wird Dax gerade fertig. »Bist du satt?«

»Nein, ich gehe auch noch mal.« Er erhebt sich und lässt mich allein, doch diesmal warte ich nicht auf ihn. Ich höre seinen Klingelton erschallen und drehe mich um. Dax ist zu weit weg, als dass ich etwas mithören könnte. Es ist sicher einer seiner Freunde, der fragt, wo er bleibt. Ein Frühstück kann einem allerdings niemand verwehren, finde ich, weshalb ich mir keine weiteren Gedanken mache.

Er kommt schließlich mit einem halbwegs vollgeladenen Teller zurück und setzt sich. Sein Gesichtsausdruck spiegelt Wut wider.

»Was ist los?«, frage ich vorsichtig. Ich kenne diesen Blick an Männern und meistens ist es besser, sie dann nicht anzusprechen, dennoch wage ich es. Ich möchte eben wissen, was ihn so wütend gemacht hat.

»Alles okay.«

Skeptisch betrachte ich ihn. »So siehst du nicht aus.«

Dax seufzt, trinkt einen Schluck, dann lehnt er sich zurück. »Thorn hat mich unter Druck setzen wollen, weil ich noch nicht da bin.«

»Lässt du dich unter Druck setzen?«, möchte ich wissen, dabei lege ich den Kopf schief.

Daraufhin schüttelt er den Kopf. »Eben nicht, was er auch weiß.«

»Warum versucht er es dann überhaupt?«

Dax zuckt mit den Schultern. »Vielleicht, weil er ein Ego von der Größe des Universums hat.«

Ich pruste, doch das Auflachen verkneife ich mir. »Sorry«, sage ich auf seinen irritierten Blick. »Ich kenne solche Männer zur Genüge, aber vielleicht ist Thorn einfach ungeduldig.«

»Kann sein, aber er soll nicht das abgefuckte Arschloch rauslassen.«

Ich nicke knapp. »Na ja, lass uns essen, danach kannst du los und ich mache mich zu Fuß auf den Weg zu dir.«

»Ich werde mich wegen denen nicht hetzen.«

»Das habe ich doch auch nicht verlangt«, entgegne ich, bevor ich mir eine weitere Gabel voll Rührei in den Mund schiebe. Ich lasse es mir auf der Zunge zergehen, während er genervt ein Eiermassaker auf seinem Teller verursacht. Ich senke meinen Blick und überlasse ihn seinen Gedanken, ich muss seine Laune nicht unbedingt noch verschlechtern, indem ich etwas Unüberlegtes sage.

Als wir beide fertig sind, möchte Dax aufbrechen. Er bezahlt schnell und sieht mich dann erwartungsvoll an. »Möchtest du mich begleiten?«

Das überrascht mich nun, denn so viel ich mitbekommen habe, wird es bei Thorn um mich gehen. Vielleicht sollte ich mitgehen, um zu erfahren, was er eigentlich über mich loswerden will. »Ja«, antworte ich schließlich.

Wir verlassen das Bistro und er bietet mir seine Hand an, die ich zu gern ergreife. Unsere Finger verschränken wir miteinander, sodass uns nichts trennen kann, als wir zu seinem Auto gehen. Das Hochgefühl soll nicht lange anhalten, denn hinter uns vernehme ich einen mir nur zu bekannten Laut.

»Ein Uhu mitten in Chicago?«, fragt Dax irritiert, bleibt stehen und sieht sich um.

»Wahrscheinlich hast du es dir nur eingebildet«, gebe ich zurück und versuche, mir meine Angst nicht anmerken zu lassen. Ich werfe einen Blick über meine Schulter und da sehe ich ihn. Beast. Fuck!

»Kann gut sein. Lass uns fahren.« Wir erreichen seinen Wagen nur wenig später und er entriegelt die Türen.

Nachdem wir eingestiegen und angeschnallt sind, fährt er los. Ich schaue auf die Gehwege, suche sie nach Beast ab, doch inzwischen ist er verschwunden. Scheiße! Hoffentlich verschweigt er es Acid, andererseits bezweifle ich meine Hoffnung sofort, denn sie sind seit Jahren die besten Freunde.

»Du wirkst, als hättest du einen Geist gesehen«, stellt Dax fest, als ich mich auch fünf Minuten später noch nach Beast umschaue.

Ich sehe ihn an. »Sorry, ich dachte, ich hätte jemanden gesehen, den ich kenne.«

»Und wen?«

»Einen alten Bekannten.« Soll ich Dax die Wahrheit darüber sagen, wer ich bin? Ich weiß, dass er und seine Leute nicht begeistert von meinem Bruder sind, allerdings weiß ich nicht, ob Acid oder seine Freunde wissen, wo Dax wohnt. Wenn nicht, habe ich noch genug Zeit, wenn doch, habe ich die Arschkarte gezogen. Die Goldene, die Schlimmste von allen.

»Und das ist schlimm?«

»Nein, ich habe ihn nur lange nicht mehr gesehen, deshalb bin ich überrascht«, rede ich mich heraus. Oh scheiße, warum lüge ich ständig? Ich sollte mir die Zunge herausschneiden, um nicht mehr in Versuchung zu gelangen, die Unwahrheit zu sprechen. Wer einmal lügt, dem glaubt man nicht, oder wie ging noch der Spruch? Fuck!

»Ach so. Soll ich anhalten und du gehst nach ihm suchen?«

»So ein guter Bekannter ist er dann doch nicht.«

Dax nickt knapp, konzentriert sich auf die Straße und bringt uns durch den zähen Stadtverkehr schließlich zu seinem Freund.

***

»Da bist du ja endlich«, sagt Thorn genervt, als wir Chase' Wohnung betreten.

Dax atmet durch. »Tut mir leid, dass ich ein Mensch bin, der auch mal was essen muss. Was gibt's so Dringendes, dass ihr nicht warten könnt?«

Ich trete neben ihn und nicke Thorn wie auch den anderen zu.

»Warum hast du sie mitgebracht?«, möchte Davenport daraufhin wissen.

Dax fährt sich durch die Haare. »Weil sie eine Freundin ist.«

»Gibt es meinetwegen ein Problem?«, mische ich mich ein, dabei bemühe ich mich, nicht allzu schnippisch zu klingen.

»Kein Problem, bloß Bedenken«, meint Thorn.

»Ach ja?«, hake ich nach.

Er nickt. »Sin ist doch sicher nicht dein richtiger Name, oder?«

»Nein, es ist mein Spitzname, da ich meinen richtigen Namen nicht leiden kann.«

Thorn hebt eine Augenbraue. »Wie lautet der?«

Ich schnaube. »Geht dich ’nen Scheiß an.«

»Es geht mich was an, wenn du meine Leute in Gefahr bringst.«

Daraufhin klappt mir die Kinnlade runter. »Wen soll ich bitte in Gefahr gebracht haben?«

»Es könnte sein, dass es noch passiert.«

Dax schnalzt genervt mit der Zunge, verengt die Augen zu Schlitzen und schüttelt den Kopf. »Alter, mach dich nicht lächerlich. Sin ist für keinen ’ne Gefahr, du siehst Gespenster, Mann.«

Thorn verschränkt die Arme vor der Brust. »Weißt du, wer sie ist? Weißt du, woher sie kommt? Was weißt du über deine Freundin?«

Dax winkt ab. »Scheiße, Thorn, wenn du nicht damit klarkommst, dass ich dir nicht mehr den Fiffi spiele, weil ich weniger Zeit habe, dann sag es, aber verdächtige nicht meine Freundin, dass sie irgendjemanden in Gefahr bringen könnte«, verlangt er, mit jedem Wort lauter werdend.

»Dax!«, brüllt Thorn ihn an.

»Was?«

»Es geht nicht darum, dass sie deine Freundin ist, es geht darum, dass wir nichts über sie wissen!«

»Was wusstest du über Snow? Was wusste Ridge über Hope?«

»Recht viel«, mischt Ridge sich ein.

»Du wusstest vielleicht viel über Hope, aber der Penner hier«, er deutet auf Thorn, »wusste ’nen Scheiß über Snow, außer dass sie eine Nonne war.«

»Novizin«, korrigiert sie ihn leise.

Ich beiße mir auf die Unterlippe, bevor ich den Mut fasse, mich in den Streit einzumischen. »Gut, was willst du von mir, Davenport? Soll ich dir irgendeinen Beweis bringen, dass ich keine Gefahr für dich und deine Leute bin?«

»Ja.«

»Welchen?«

»Fang mit deinem Namen an, Sin.«

Ich verdrehe die Augen. »Mein Name tut für dich nichts zur Sache!«

»Also hast du etwas zu verbergen«, stellt er fest und scheint sich seine Meinung gebildet zu haben.

»Ach, leck mich, du Spinner.« Ich schaue hoch zu Dax. »Ich haue ab. Wir reden, wenn du den Scheiß hier geregelt hast.« Anschließend wende ich mich ab und gehe zur Tür, doch Hope stellt sich mir in den Weg.

»Wohin willst du?«

»Raus, jetzt geh mir aus dem Weg, sonst mache ich mir Platz«, antworte ich angepisst.

»Ich werde dir sicher nicht aus dem Weg gehen, Bitch«, erwidert sie patzig.

»Hope!«

»New York! Seid ihr denn langsam alle bescheuert, oder was?«, will Dax wissen.

Ich sehe Hope abschätzig an, dann packe ich sie an den Oberarmen, ziehe sie aus der Tür und schubse sie neben mir weg.

»Das hast du dich jetzt nicht gewagt!«, zetert sie und kommt auf mich zu, doch ich verlasse die Wohnung und mache mich auf den Weg nach unten. Wenn sie mir folgt oder mich angreift, werde ich mich wehren. Ja, ich habe sie zuerst angefasst, doch nur, weil sie sich mir in den Weg gestellt hat. Ich hasse es, wenn Leute sich mir in den Weg stellen und meinen, sie haben irgendein Recht dazu. Ich habe keine Lust mehr, mich ständig vor allen rechtfertigen zu müssen, insbesondere nicht vor diesem aufgeblasenen Fatzke Thorn Davenport. Der tickt doch nicht sauber, mich so anzumachen! Er hat ja nicht ganz unrecht, aber er hätte es direkt mit mir statt mit Dax klären sollen. Ich komme mir vor, als wäre ich im Kindergarten.

»Lass sie in Ruhe, New York!«, ertönt Dax' wütende Stimme.

»Sie hat mich geschubst!«

»Du wolltest sie nicht durchlassen«, hält er dagegen.

»Würdet ihr euch bitte alle mal beruhigen?«, vernehme ich Ridges Stimme dazwischen.

Kopfschüttelnd laufe ich weiter, bis ich die Haustür erreiche, und verlasse das Treppenhaus schließlich. Ich habe keine Lust, diesen Streit anzuhören oder mich wieder vor Thorn rechtfertigen zu müssen. Ich sollte ihnen und Dax besser aus dem Weg gehen, damit sie alle wieder ihre Ruhe haben.

***

Kapitel 7

Eine Weile später sitze ich auf dem Dach, auf dem Dax und ich unser erstes Date – oder wie auch immer man das nennen kann – hatten. Neben mir steht eine kleine Coke, die ich mir auf dem Weg hierher geholt habe, und mein Handy spielt leise Musik. Ich denke darüber nach, was nun meine beste Möglichkeit ist, meinen Kopf aus der Schlinge zu ziehen. Ich möchte niemandem schaden, doch über kurz oder lang werde ich das, wenn ich bei Dax bleibe. Irgendjemand wird zu Schaden kommen, da bin ich mir sicher.

Die Musik wird von meinem Klingelton unterbrochen. »Hallo?«, melde ich mich, nachdem ich mein Handy an mich und das Gespräch angenommen habe.

»Hey, ich bin's, wo steckst du?«, fragt Dax, der müde klingt.

»Ich bin dort, wo wir unsere erste Verabredung hatten.«

»Auf dem Dach?«

»Ja, aber ich werde gleich wieder aufbrechen. Wo bist du?«

»Auf dem Weg nach Hause«, erwidert er ruhig.

Ich seufze leise. »Soll ich zu dir kommen oder willst du mich nicht sehen?«

»Wenn du willst, komm.«

Das hört sich nicht besonders überzeugend an, doch ich will jetzt nicht infrage stellen, dass er mich eventuell nicht bei sich haben will. »Ich mache mich auf den Weg.«

»Bis gleich.«

»Eher bis später, ich weiß nicht, wie lange ich brauche«, gebe ich zurück.

»Soll ich dich abholen?«, erkundigt er sich.

»Bist du in der Nähe?«

»Ich könnte in zehn Minuten da sein, dann müsstest du den Weg nicht laufen.«

»Okay, ich warte dann an der Feuerleiter auf dich«, antworte ich. Meine Laune ist ebenfalls angeschlagen, aber ich kann Dax nicht dafür verantwortlich machen. Es waren in erster Linie Hope und Thorn, die für die Talfahrt meiner Stimmung gesorgt haben, niemand sonst. Na gut, Beasts Auftauchen heute Morgen ist auch mit dafür verantwortlich. Ich bin gespannt, ob Dax mir erzählen wird, worüber er und seine Freunde noch gesprochen haben.

Gerade, als ich von der Feuerleiter steige, hält Dax neben mir. »So pünktlich war ich noch nie irgendwo«, sagt er amüsiert, nachdem ich in sein Auto gestiegen bin.

Ich beuge mich zu ihm, um einen Kuss auf seine Wange zu drücken, doch dreht er den Kopf, weshalb ich seine Lippen erwische. »Hi.«

»Hi«, erwidert er lächelnd.

»Du wirkst gar nicht mehr so brummig wie vorhin noch.«

Er schaut zu mir, bevor er den Wagen zurück auf die Straße lenkt. »Weil ich mich beim Fahren immer abreagiere.«

Daraufhin nicke ich knapp. »Achso.«

»Hast du dich beruhigt?«

Nun sehe ich ihn irritiert an. »Warum?«

»Na ja, ich dachte, du würdest New York die Fresse polieren, wenn du sie nicht aus dem Weg bekommen hättest«, erwidert er grinsend. »Allerdings hätten Thorn und Ridge dich dann in die Mangel genommen, fürchte ich.«

»Sie hätten mich geschlagen?«

»Ridge nicht, aber bei Thorn bin ich mir nie sicher, immerhin hat er Snow auch mal geohrfeigt.«

»Und sie ist noch bei ihm?«

»Die Frau hat Vergebung im Blut, aber ist wohl normal, wenn man in einem Kloster aufgewachsen ist.«

Ich reiße die Augen auf. »Dann war das mit der Nonne ernst gemeint?«

»Ja, wobei sie keine direkte Nonne, sondern nur eine Novizin war. Ist 'ne Story wie aus 'nem bekloppten Buch«, sagt er lachend.

»Heißt?«

»Snow ist die Tochter einer Ex-Prostituierten und eines Zuhälters. Er wollte sie als Baby verkaufen, ihre Mom nicht und hat sie deshalb vor einem Kloster abgelegt«, erzählt er. »Lange Rede kurzer Sinn, Thorn ist beinahe draufgegangen, als er sie retten wollte; Snows Vater wurde von ihrer Mutter erschossen und alle leben glücklich bis an ihr Ende, oder ähnlich kitschig, wobei Thorn seitdem noch despotischer geworden ist.«

»Wow«, stoße ich aus und lehne mich zurück. »Klingt ziemlich abgespaced.«

»War es auch.«

»Wann ist das passiert?«

»Der Showdown?«

Ich nicke.

»Da dürftest du im Koma gelegen haben«, erwidert er nachdenklich. »Ist jedenfalls noch nicht so lange her. Snow erholt sich nur langsam von dieser ganzen Geschichte, aber sie wird wieder.«

Ich lege den Kopf schief, dann betrachte ich ihn. »Du magst sie, hm?«

»Als Freundin, ja. Genauso mag ich New York, aber die Kleine schlägt öfter mal über die Strenge als normale Menschen.«

»Ja, mir fiel auch auf, dass sie ziemlich abgedreht ist.«

»Was würdest du machen beziehungsweise, wie wärst du, wenn sich dein halbes Leben lang keiner für dich interessiert und du dann wegen eines Streichs zu deinem verhassten Dad nach Chicago geschickt wirst?«, möchte er wissen.

Ich hole tief Luft. »Na ja, für mich hat sich immer nur meine Mom interessiert und die ist recht früh abgehauen. Mein Bruder hat sich dann um mich gekümmert, aber auch nicht wirklich gut, und meinem Dad war es immer wichtiger zu wissen, wo er das nächste Bier und einen Schnaps bekommt, statt sich um meine Gesundheit zu sorgen.«

»Krass«, stößt er aus. »Aber mit deinem Bruder verstehst du dich gut, oder? Du sagtest doch, dass du für ihn arbeitest.«

»Na ja, ich habe mich immer gut mit ihm verstanden, bis ich den Querschläger abbekam.«

»Was soll das heißen?«

»Seit ich aus dem Krankenhaus entlassen wurde, ist er ziemlich crazy.«

»Heißt?«

Ich schnaube. »Er versucht, mich zu überwachen und mir Vorschriften zu machen.«

Dax räuspert sich. »Vielleicht macht er das nur, weil er sich sorgt.«

»Nein, das macht er, weil er ein herrschsüchtiges Arschloch ist«, entgegne ich trocken, aber meine Laune schafft es, noch eine Etage weiter Richtung Mittelpunkt der Erde.

»Oh man, du hast es echt nicht leicht und jetzt hast du auch noch mich an der Backe«, murmelt er, doch kann ich trotzdem jedes Wort deutlich verstehen.

Ich lege meine Hand auf seinen Oberschenkel. »Eher hast du mich an der Backe. Ich bin gern in deiner Nähe, Dax. Bei dir habe ich das Gefühl, dass ich mich nicht verstellen oder jemandem in den Arsch kriechen muss, um nicht unterzugehen.«

»Okay«, sagt er leise und schaut zu mir. »Du bist wirklich eine Klasse für sich, Sin.«

Ich zucke mit den Schultern, komme jedoch nicht umhin, ihn anzugrinsen.

»Und mir fällt ein, dass ich deinen richtigen Namen auch nicht kenne.«

Daraufhin schnaube ich. »Hat Thorn dir gesagt, du sollst ihn aus mir rauslocken?«

»Nein, ich interessiere mich nur dafür, weil ich gern etwas mehr von dir wüsste als bloß deinen Spitznamen.«

Ich hole tief Luft. »Du wirst nicht lachen, okay?«

»Werde ich nicht. Versprochen!«

»Mein richtiger Name ist Veronica. Meine Mom hat mich damals nach meiner Grandma benannt, die an Krebs gestorben ist. Allerdings hat sie mich immer Ronny gerufen«, erkläre ich.

»Veronica ist doch ein schöner Name.«

»Na ja, wie man's nimmt. Auf der Straße kommt er nicht so gut an und irgendwann hat mir jemand den Namen Sin gegeben, der mir so gut gefiel, dass ich ihn quasi als Vornamen angenommen habe. Sogar mein Dad nennt mich so, weil ich nicht reagiere, wenn man mich Veronica nennt«, erzähle ich amüsiert.

»Dax und Sin klingt auch wesentlich besser als Dax und Veronica«, gluckst er.

Ich lache auf. »Du wolltest doch nicht lachen.«

»Habe ich doch gar nicht!«, echauffiert er sich gespielt, weshalb ich nur noch lauter werde.

»Hast du.«

»Das war ein Glucksen, weil ich unsere Namen kombiniert habe.«

»Natürlich«, entgegne ich langgezogen, aber es amüsiert mich trotzdem tierisch.

»Wirklich«, beharrt er und ich sehe, dass er langsam Panik bekommt, weil ich es zu ernst nehmen könnte.

»Schon gut«, kichere ich nur noch. »Ich glaube dir ja.«

* * *

Dax und ich liegen auf seiner Couch, dabei liege ich mehr auf ihm als auf dem Möbelstück, da der Platz für uns beide nicht reicht. »Möchtest du heute noch irgendwas machen?«, erkundigt er sich mit rauer Stimme.

»Es ist nichts Essbares in deinem Kühlschrank und ich stehe nicht so drauf, Ketchup oder Mayonnaise zu schlürfen«, kichere ich.

Er lacht auf. »Nicht? Ich habe noch Strohhalme da, du könntest einen davon in die Flasche stecken und losschlürfen.«

Daraufhin verziehe ich das Gesicht. »Du kannst dir das ja schmecken lassen, aber ich bevorzuge etwas zum Beißen.«

Er seufzt theatralisch. »Sollen wir einkaufen gehen?«

»Das wäre toll, sonst verhungere ich dir noch«, kichere ich. »Aber lass uns noch ein wenig liegen bleiben.«

»Okay, hätte mich auch gewundert, wenn du wieder Hunger hättest.«

»Was soll das denn heißen?«, hake ich amüsiert nach.

»Du hast reingehauen, als wärst du ein fleischgewordener Mähdrescher, da kann man doch nicht so schnell wieder hungrig werden«, erwidert er gut gelaunt.

Ich ziehe meine Augenbrauen in die Höhe, dennoch ziert ein Grinsen meine Lippen. »Du wärst erstaunt, wenn du wüsstest, wie viel ich essen kann.«

»Da geht noch mehr?«

Mehr als ein Nicken zeige ich ihm nicht.

»Wahnsinn. Du musst mir unbedingt verraten, wie du es schaffst, nicht durch die Gegend zu rollen.«

Daraufhin reiße ich die Augen auf. »Wie bitte?«

»Na ja, du bist schlank, aber als ich dich getragen habe, dachte ich, du hättest Backsteine gefuttert. Du musst ja irgendein Geheimnis haben.«

»Ja, es nennt sich Sport.«

»Du bist doch noch gar nicht so aktiv, oder?«

»Hm, ich trainiere, aber nicht extrem, da meine Muskeln sich erst wieder richtig aufbauen müssen.«

»Du machst Krankengymnastik?«

Ich schüttle den Kopf.

»Wurde das nicht verordnet?«

»Doch schon, aber ...«

»Aber?«

»Ich kam noch nicht dazu, mir einen Physiotherapeuten auszusuchen, außerdem passt es in der aktuellen Situation nicht, dass ich meine Zeit damit verbringe, mir von einem anderen irgendwelche Bewegungen zeigen zu lassen, wenn ich das quasi alleine kann«, antworte ich nachdenklich.

»Er oder sie würde dir beim Muskelaufbautraining helfen.«

Desinteressiert zucke ich mit den Schultern. »Das kann ich auch allein.«

»Nicht in dem Ausmaß, denke ich.«

»Stimmt, in einem größeren, als es jeder Physiotherapeut einmal die Woche mit mir machen könnte«, halte ich überzeugt dagegen. Was soll das werden? Möchte er mich zur Physiotherapie überreden? Ich habe keine Lust, dass er nun anfängt, sich als mein Vormund aufzuführen. Acid ließ ich es auch nicht durchgehen, dafür bekam ich zwar aufs Maul, aber ihm bin ich danach davongelaufen. Ich will nicht vor Dax weglaufen.

»Das sehe ich anders.«

»Ich weiß.«

Er seufzt resigniert. »Sin, ich möchte nur, dass es dir gut geht.«

»Es geht mir gut, wenn ich es in meinem eigenen Tempo machen kann.«

»Ja, ich habe es daran gesehen, wie du über die Häuserschlucht gesprungen bist und dir den Fuß verknackst hast«, hält er entschieden dagegen.

Ich richte mich auf, anschließend klettere ich von ihm runter. »Überlass es mir, okay? Ich lasse mich nicht gern bevormunden,

Dax.« Meine Stimme lässt eigentlich keinen Widerspruch mehr zu, dennoch habe ich das Gefühl, dass er mir mit einem kommen wird.

»Ich mache mir nur Sorgen um dich, Sin!«

»So weit sind wir schon?«, frage ich irritiert.

Er sieht mich so an, wie ich geklungen habe. »Wie weit?«

»Dass du dir Sorgen um mich machst?«

Dax nickt knapp. »Ist das schlimm?«

Ich atme tief durch. »Nein, aber … es überrascht mich, dass du dir Sorgen um mich machst, du kennst mich ja kaum.«

»Ich kenne dich so gut, dass ich zweimal Sex mit dir hatte, und nehme mir raus zu sagen, dass ich dich sehr gern habe, das geht mit den Sorgen einher.«

»O Gott«, stoße ich aus und laufe im Wohnzimmer auf und ab.

»Was ist denn los?«, fragt er verdutzt, nachdem er sich aufgesetzt hat.

»Dax, das klingt so … ernst.«

Nun steht er auf und kommt zu mir. Er stellt sich vor mich, verhindert so, dass ich weiter den Raum durchquere. »Ist es schlimm, dass ich dabei bin, mich in dich zu verlieben?«

Ich senke den Blick. »Nein.«

»Warum dann die Bedenken?«

Hilflos zucke ich mit den Schultern. Soll ich ihm gestehen, dass es mir genauso geht?

»Sin?«

Ich drehe mich von ihm weg und gehe ans Fenster. Überfordert schaue ich auf die Straße, die ein paar Stockwerke unter uns liegt. »Schon gut«, sage ich schließlich.

»Ich glaube dir nicht«, erwidert er, nachdem er seine Hände an meine Oberarme gelegt hat. »Ich will dich ja nicht verdächtigen, aber so, wie du dich gerade gibst, scheint es dir nicht anders zu gehen.«

Ich verspanne.

»Habe ich recht?«

»Keine Ahnung«, rede ich mich heraus und winde mich aus seinem sanften Griff.

»Ich denke schon, dass du eine Ahnung hast.«

Seufzend drehe ich mich zu ihm um. »Ich mag dich, aber ich weiß nicht, ob ich schon verliebt bin.«

Dax sieht mich skeptisch an, das spüre ich, ohne ihn eines Blickes zu würdigen. »Ich bekomme mit, wie du mich ansiehst.«

»Wir kennen uns kaum, ich habe mich sicher nicht in dich verliebt«, verteidige ich mich. Ja, ich bin etwas zu schnippisch, aber ich hasse das Gefühl, in die Ecke gedrängt zu werden.

»Sin, sei ehrlich.«

Meine Kiefer mahlen, als ich zu ihm hochschaue. »Na schön, es könnte sein, dass ich gerade dabei bin, aber bewusst ist es nicht. Ich mag dich sehr, der Sex macht Spaß, du bist ein toller Typ, aber kann man nicht einfach mal ficken oder so, ohne dass man direkt ineinander verliebt ist?«

Er reißt die Augen auf. »Wow.«

»Was?«, herrsche ich ihn an.

»Deine Einstellung. Ich dachte, du bist eher der Herzchen und Blümchen Typ, aber du scheinst dafür gar nichts übrig zu haben«, entgegnet er gelassen.

Ich schnaube. »Ich bin auch nicht dieser Typ Frau, aber ich weiß, wie ich mich fühle, wenn ich mich verliebt habe.«

»Und wie fühlst du dich jetzt?«

Ich schaue zur Seite. »In die Ecke gedrängt.«

»Warum?«, möchte er wissen und ich würde ihm am liebsten an die Gurgel gehen.

»Weil du mich ausfragst. Ich bin momentan verwirrt und weiß eben nicht, was ich für dich empfinde, also hör doch einfach auf, darauf herumzureiten. Bitte!«

Daraufhin zieht er mich in eine feste Umarmung. »Es tut mir leid, okay?«

»Okay.«

Schon lässt er mich wieder los. »Ich hatte dieses Gefühl länger nicht, das du in mir auslöst, vielleicht bin ich einfach eingerostet oder so.«

»Wahrscheinlich.«

»Sorry, Sin, ich hab einfach 'ne scheiß Zeit hinter mir. Ich will dich nicht bedrängen«, entschuldigt er sich.

Ich hebe eine Augenbraue. »Seit wann bist du so ein Softie?«

Dax verzieht seine Lippen zu einem charmanten und dennoch peinlich berührten Grinsen, das mich schwach werden lässt. Gott, ist dieser Kerl heiß, süß, niedlich, was auch immer! »Heute. Ausnahmsweise.«

Ich lege meine Hände an den Kragen seines Shirts und ziehe ihn zu mir herunter. »Damit kann ich leben«, hauche ich, dann küsse ich ihn auf die Lippen, allerdings bin ich nicht sanft, sondern fordernd, so wie er es sonst ist.

Dax schiebt seine Hände auf meinen Po, dann wandern sie noch ein wenig weiter und er hebt mich hoch. Ich schlinge meine Beine um seine Hüften, verschränke meine Füße in seinem Rücken. Er macht einen Schritt, einen weiteren, dann spüre ich die Wand in meinem Rücken. Ruckartig beendet er den Kuss und sieht mich atemlos an. »Wir wollten einkaufen gehen.«

Mein Mundwinkel zuckt, ohne dass ich es beeinflussen könnte. »Ich weiß, aber dann solltest du mich runterlassen.«

Grinsend setzt er mich ab, drückt mir noch einen Kuss auf die Stirn und richtet sich auf. »Ich hätte jetzt echt Bock auf etwas Anderes.«

Nur einen Moment presse ich meine Lippen zusammen, dann nicke ich. »Ich auch, aber … Geduld ist eine Tugend.«

»Stimmt, ist sie, aber ich bin so gar nicht tugendhaft.« Dax zwinkert mir zu, doch zieht er sich auch zurück.

»Ich weiß«, kontere ich, erwidere das Zwinkern, dann gehe ich um ihn herum. Mein Herz pocht wie wild in meiner Brust – ich spüre es sogar in den Zehen schlagen –, dennoch möchte ich den Einkauf erledigen.

***

»Ich schwöre, ich habe noch nie so viel eingekauft«, sagt er, als wir die Lebensmittel in seine Wohnung tragen.

Ich sehe irritiert auf seinen Rücken. »Na ja, für einen allein braucht man auch nur halb so viel.«

Dax dreht sich zu mir um und schaut mich mit großen Augen an. »Ich brauchte nicht mal ein Viertel von dem.«

Nun hebe ich eine Augenbraue. »Es sind doch nur fünf Tüten.«

»Ja, fünf! Das ist ein Einkauf für eine vierköpfige Familie.«

»Quatsch«, erwidere ich und würde abwinken, wenn ich die Hände frei hätte. Dax war schon im Supermarkt ständig irritiert, weil ich so viel in den Wagen geladen habe, aber sorry, dieser

Mann hat nichts. Nicht einmal Gewürze, so was braucht man eben, wenn man kochen möchte.

»Das ist kein Quatsch«, verteidigt er sich gespielt eingeschnappt und stellt seine drei Tüten auf die Küchenzeile.

Ich stelle meine beiden daneben ab, anschließend wende ich mich ihm zu, um zu ihm hochzuschauen. »Doch ist es, außerdem ist das ein Wocheneinkauf plus der ganze Kram, der in deiner Küche einfach fehlt.«

Dax hebt eine Augenbraue. »Was fehlt denn?«

»Deine Gewürze beschränken sich auf Pfeffer und Salz. Um vernünftig zu kochen, braucht man schon etwas mehr.«

Nun lacht er auf. »Ich koche nicht.«

Ich reiße die Augen auf. »Nie?«

»Nein.«

»Aber ich«, sage ich noch immer irritiert.

»Du? Du willst allen Ernstes hier kochen?«

»Ja, wieso nicht?«, frage ich mit gehobenen Augenbrauen.

»Weil hier noch nie jemand gekocht hat, na ja, gut, Snow hat sich hier mal ein Fertiggericht gemacht, aber das war's dann auch schon«, antwortet er, dabei legt er seine Hände an meine Seiten.

»Hast du überhaupt Kochgeschirr und -besteck?«

Er nickt knapp. »Habe ich. Waren Geschenke meiner Schwester und so, als ich hier eingezogen bin, aber ich habe die Sachen noch gar nicht aus den Kartons geholt.«

Daraufhin verdrehe ich die Augen. »Okay. Du packst das Kochgeschirr aus und wäschst es ab, ich räume die Einkäufe aus und sortiere sie in die Schränke.«

»Alles klar.« Dax beugt sich zu mir runter, gibt mir einen flüchtigen Kuss, dann lässt er mich stehen.

Als ich eine Viertelstunde später die letzte Konservendose weggeräumt habe, beginnt Dax mit dem Spülen der Töpfe. »Brauchst du Hilfe?«, erkundige ich mich.

Er sieht über seine Schulter zu mir. »Nein, geht schon.«

»Okay.«

»Willst du heute kochen?«

»Ja, aber ich dachte nur an etwas Kleines.«

»Und was?«

»Wie wäre es mit …« Ich beende den Satz nicht, da hier nun so viel Auswahl ist, dass ich ernsthaft Schwierigkeiten habe, mich für ein Gericht zu entscheiden.

»Ja?«, fragt er interessiert.

»Ich bin überfordert, weil so viel Auswahl vorhanden ist«, gebe ich grinsend zu.

Er schaut wieder auf die Töpfe vor sich. »Wie wäre es mit einer Gemüselasagne?«

»So was kann ich nicht.«

»Im Internet finden wir sicher ein Rezept dafür oder wir machen irgendwas mit Nudeln.«

»Ich könnte einen Nudelsalat machen.«

»Und als Beilage?«

Ich gehe neben ihn und setze mich auf die Anrichte. »Fleischbällchen?«

Er verzieht das Gesicht.

»Okay, keine Fleischbällchen.«

Noch einmal schaut Dax mich an. »Brauchen wir überhaupt eine Beilage? Die Nudelsalate, die ich kenne, sind alle mit Wursteinlage, also ich muss nicht zwingend eine haben.«

»Meinetwegen nicht, aber Männer brauchen doch zu allem Fleisch, oder nicht?«

Sein Mundwinkel zuckt, doch es kommt kein Lächeln zustande. »Nicht zwangsweise.«

»Na gut, dann den Nudelsalat?«, frage ich noch einmal, aber das nur, um sicherzugehen, dass er ihn auch möchte.

»Ja, aber bitte ohne Ei.«

»Ich mache den immer auf meine Weise, der ist mit Paprika, Zwiebeln, Käse und etwas Wurst«, erkläre ich amüsiert.

»Dann ist ja alles gut.«

»Könntest du mir einen großen Topf spülen?«

»Sicher.« Er nimmt den größten Topf, der bei seinem Kochgeschirr dabei ist, und stellt ihn in die Spüle. Kleinere hat er bereits abgewaschen, nun warte ich auf jenen großen, damit ich die Nudeln aufsetzen kann. »Soll ich ihn danach direkt mit Wasser füllen?«

Ich nicke ihm zu. »Nach dem Abtrocknen.«

»Alles klar.«

Ein paar Minuten später steht der Wassertopf auf dem Herd und ich sitze auf einem Hocker an der Küchentheke. Ich schneide das Gemüse für den Salat, während er das Kochgeschirr abtrocknet.

»Das Kochbesteck ist schon sauber. Du brauchst gleich noch das Sieb, oder?«

»Ja, brauche ich«, erwidere ich, während ich die Paprika von dem weißen Zeug und den Kernen befreie. Ich hasse diese Kleinstarbeit. Ich hoffe, dass ihm der Nudelsalat schmeckt. Ich habe ihn irgendwann einfach mal ausprobiert und mochte ihn, aber niemand anders. Meinem Dad schmeckte er nicht, Acid genauso wenig, deshalb wünsche ich mir, dass Dax ihn mag. Ich bin keine begnadete Köchin, aber immerhin kann ich mich mit meinen Kochkünsten am Leben halten.

* * *

Der Nudelsalat ist fertig und ein wenig abgekühlt. Dax und ich haben, um uns die Zeit zu vertreiben, einen Film angesehen. ›The last Witch Hunter‹, der mir überhaupt nicht gefällt. Wie konnte Vin Diesel sich nur auf so eine Rolle einlassen? In Fast and the Furious gefiel er mir wesentlich besser, aber ich bin auch nicht so ein Fantasy Fan wie Dax. »Hast du Hunger?«, möchte ich wissen, als der Film offensichtlich seinen Höhepunkt erreicht hat.

Dax drückt auf Pause und das Bild friert ein. Ich hatte gehofft, dass ich so dem Ende entgehe. »Ja, du auch?«

Ich nicke, als er mich ansieht. »Ich hole alles her. Schau ruhig weiter.«

»Gefällt dir der Film nicht?«

Mit verzogenem Gesicht schüttle ich den Kopf. »Nicht wirklich, aber schau ihn ruhig zu Ende.«

»Okay.« Er betätigt die Play-Taste und konzentriert sich auf den Bildschirm, während ich mich erhebe, um den Nudelsalat zu holen.

Nachdem ich Teller und Besteck an den Tisch gebracht habe, gehe ich noch mal in die Küche, um den Salat zu holen. Schließlich setze ich mich zu ihm und schaufle ihm Nudelsalat auf den Teller.

»Danke«, sagt er abgelenkt, tastet nach seinem Essen und einer Gabel, dann nimmt er beides an sich. Dax probiert und schließt einen Moment die Augen. »Also irgendwie …«

»Schmeckt es dir nicht«, beende ich seinen Satz überzeugt.

»Doch, es schmeckt, aber das ist ein ganz neues Geschmackserlebnis, finde ich. Ich habe noch nie Nudelsalat gegessen, in dem auch Käse drin ist.«

»Tja, es gibt immer ein erstes Mal«, schmunzle ich, als ich mir ebenfalls etwas nehme. Ich könnte schon wieder eine ganze Wagenladung Essen verdrücken, allerdings muss ich aufpassen, dass ich nicht auseinandergehe, indem ich zu viel esse und mich zu wenig bewege.

»Stimmt, das ist echt verdammt lecker.« Er schaufelt sich den Salat regelrecht in den Mund, was mich überrascht. Sonst war ich immer diejenige, die so viel verputzt hat, während er irritiert zusah. Okay, ich bin eine Frau und vielleicht kennt er nur solche, die essen wie Spatzen, aber ich habe noch nie jemanden so reinhauen sehen. Wirklich nicht.

»Freut mich, dass es dir schmeckt.« Gut gelaunt widme ich mich meiner Portion. Der Vorteil ist, dass der Salat verdammt schnell satt macht, wodurch ich sicher nicht mehr als eineinhalb Portionen schaffe, aber so wie Dax aussieht, wird er die ganze Schüssel leeren. Was nicht schlimm wäre, dann müsste nichts weggeworfen werden, sollten wir morgen auf etwas anderes Appetit haben.

»Ich könnte mich in die Schüssel setzen, aber da ich es lieber esse, lasse ich es«, sagt er amüsiert. Dax sieht weiterhin auf den Fernseher, um den Film zu verfolgen, von dem ich hoffe, dass er bald endet.

* * *

Nachdem wir gespült haben, kam Dax auf die Idee auszugehen, doch ich habe mich vehement geweigert. Ich will meinem Bruder und seinen Freunden nicht in die Arme laufen. Für sie wäre es ein gefundenes Fressen, wenn sie mich mit Dax sehen, denn Acid würde ausnutzen, dass er mir etwas bedeutet.

»Also willst du hierbleiben?«, fragt er noch einmal.

Ich seufze schwer. »Ja, ich bin ziemlich erledigt.«

»Okay. Couch oder Bett?«

Daraufhin werfe ich einen Blick auf mein Handy. »Es ist noch nicht mal acht.«

»Ich habe im Schlafzimmer auch einen Fernseher stehen. Es wäre bequemer, statt sich hier auf die Couch zu setzen.«

»Oh«, stoße ich aus und nicke. »Dann gehe ich jetzt duschen, danach können wir uns ins Bett legen.«

»Alles klar. Aber du warst schon heute Morgen duschen, willst du jetzt wirklich schon wieder?«, möchte er wissen.

»Oh«, entfährt es mir erneut. »Sorry, ich bin total neben der Spur heute.« Ich erröte. »Dann gehe ich mich waschen und umziehen.«

»In Ordnung«, sagt er amüsiert und schaltet den Fernseher im Wohnzimmer aus.

Als ich nur in Unterwäsche das Schlafzimmer betrete, zieht Dax sich gerade aus. »Willst du auch noch ins Bad?«

»Ja, ich gehe jetzt«, erwidert er, als er nur noch in Boxershorts vor mir steht. Dax kommt zu mir, küsst meine Stirn und verlässt den Raum.

Ich hingegen befreie mich von meinem BH und ziehe das Shirt an, das er mir zum Schlafen gegeben hat. Dann lege ich mich ins Bett. Nachdenklich schaue ich an die Decke. Mich lässt der Gedanke, dass Acid nun irgendeinen Scheiß plant, nicht los und das nur, weil Beast uns gesehen hat. Mein Handy ist inzwischen abgeschaltet, damit mich niemand erreicht. Momentan brauche ich keine neue SIM-Karte wie üblich, da ich keines ihrer Dinger mitdrehe. Ich sollte Dax warnen. Ja, das sollte ich.

»Da bin ich wieder«, verkündet er ein paar Minuten später und legt sich zu mir.

Ich drehe mich auf die Seite, um ihn anzusehen. »Dax?«

»Hm?«

»Würdest du mir etwas versprechen?«, frage ich leise.

Er schaut mich an, fragend. »Was denn?«

»Mein Bruder ist recht despotisch geworden und ich weiß nicht, ob er momentan nach mir sucht. Vielleicht hat er auch Leute auf mich angesetzt ...« Ich atme tief durch. »Wenn du draußen bist, pass bitte auf dich auf, ja?«

Er hebt eine Augenbraue. »Ich passe immer auf mich auf, aber willst du mir nicht mal sagen, wer dein Bruder ist?«

Daraufhin beiße ich die Zähne zusammen. »Er hängt mit ziemlich zwielichtigen Gestalten ab. Du wirst ihn erkennen, wenn du ihn siehst.«

Dax schnaubt. Scheinbar ärgert es ihn, dass ich keinen Namen nenne, aber wenn ich das tue, wird er mich augenblicklich rausschmeißen, das weiß ich. »Okay.«

Ich lege meinen Kopf auf seine Brust, er schließt seinen Arm um mich. »Ich nenne dir keinen Namen, weil ich nicht will, dass du nach ihm suchst.«

»Schon in Ordnung, Sin. Du musst mir keine Namen nennen.« Er seufzt. »Momentan frage ich mich nur, ob du mir überhaupt vertraust, weil du ziemlich spärlich mit Infos über dich umgehst.«

»Was möchtest du wissen?«

»Alles?«, erwidert er und wirkt besser gelaunt.

»Es gibt nicht so viel über mich zu erzählen und das Wichtigste weißt du, denke ich.«

»Erzähl mir von deinen Hobbys.«

»Ich mache nur Parcours, sonst ist da eigentlich nicht viel.«

»Was ist denn eigentlich nicht viel?«

»Na ja, ich schaue gern Filme oder verbringe auch gern mal einen Tag faul auf der Couch.«

»Und das ist alles?«

»So ziemlich.«

»Was isst du gern?«, fragt er interessiert.

»Brathähnchen und du?«

»Ich bin ein Pizzajunkie und sonst so ziemlich alles, das meine Schwester kocht. Anny beherrscht die ganzen Rezepte meiner Mutter perfekt.«

Ich verziehe meine Lippen zu einem Lächeln. »Ich wünschte, ich könnte so wie meine Mom kochen.«

»Du weißt nicht, wo sie steckt, oder?«

Diesmal schüttle ich den Kopf. »Leider nicht.«

»Hast du mal überlegt, sie zu suchen?«

Ich schnaube amüsiert. »Nein, ich will nichts mit ihr zu tun haben. Sie ließ mich bei einem prügelnden Alkoholiker, warum sollte ich mich auf die Suche nach ihr machen?« Ich spreche nicht schnippisch mit ihm, auch nicht unfreundlich, sondern klinge meiner Meinung nach neutral. Manchmal spielt einem das Schicksal nicht gut mit, in meinem Fall hatte es mir über Jahre einen fürsorglichen Bruder gegeben, der leider meinem Vater immer ähnlicher wurde. Ich bin so gar nicht wie die beiden, sondern denke, dass ich meiner Mom ähnle, vielleicht bin ich ja nicht mal die Tochter meines Vaters. Möglicherweise ist das der Grund, warum er mich abgrundtief hasst!

»Das verstehe ich«, sagt er verständnisvoll, während er meinen Rücken streichelt. »Dann sind wir wohl beide einsame Wölfe.«

»Du hast Anny.«

»Und du deinen Bruder.«

»Hmpf«, stoße ich aus. »Na ja, so ein gutes Verhältnis wie Anny und du haben wir nicht … nicht mehr.«

»Warum nicht?«

»Das habe ich dir doch erzählt, oder nicht? Nachdem ich aus dem Krankenhaus entlassen worden war, wurde er zum ultimativen Diktator, das hat mich recht schnell von ihm weggetrieben«, erkläre ich noch einmal im Schnelldurchlauf.

»Ach ja«, erwidert er. »Sorry, die ganze Aufregung wegen Thorn und Hope hat es mich vergessen lassen.«

»Schon okay.«

»Es ist scheiße, wenn ich vergesslich bin.«

Ich richte mich auf, drehe mich auf den Bauch und schaue ihn grinsend an. »Eigentlich finde ich es süß, wenn du verdutzt guckst.«

»Süß?«, stößt er empört aus. »Ich bin doch nicht süß!«

»Aber hallo«, entgegne ich im Brustton der Überzeugung und bemühe mich, nicht zu lachen.

»Du bist ein verdammtes Biest, Sin!« Dax zieht mich auf sich und umklammert mich mit seinen Armen. »Ein richtig fieses Biest.«

»Ich weiß«, kichere ich, anschließend lege ich meine Lippen auf seine. Da ich kaum Bewegungsfreiheit habe, kann ich mich nicht an ihm reiben, um ihm zu zeigen, dass ich das fortsetzen will, was wir heute Nachmittag im Wohnzimmer angefangen haben.

Als er sich von meinen Lippen löst, sieht er mir in die Augen. »Du bist voller Geheimnisse, weißt du das?«

Ich zucke mit den Schultern.

»Also weißt du es nicht?«

»Nein, das war mir bisher nicht klar«, gebe ich zu und lege meinen Kopf auf seine Brust.

Dax dreht sich mit mir, sodass ich unter ihm liege. »Jetzt ist es dir klar.«

»Stimmt«, nicke ich und betrachte ihn.

Er küsst mich und drängt seinen Schwanz gegen meine Mitte, was mich in seinen Mund stöhnen lässt. Vielleicht hatte er ja denselben Plan wie ich und wünscht sich eine Fortsetzung von heute Nachmittag.

Ich lege meine Hände in seinen Rücken, ertaste seine Muskeln, die unter meinen Fingerspitzen zucken. Seine Zunge streift meine Unterlippe, als wäre die Berührung nur ein Lufthauch, bevor sie in meinen Mund eindringt. Wild umspielen unsere Zungenspitzen einander, während wir uns aneinander reiben. Ich merke, wie meine Erregung steigt, und die Härte seiner spüre ich ebenfalls. O Gott, was für ein Kerl. Der Sex mit ihm ist großartig und ja, ich gebe es zu, ich werde schon bei der kleinsten Berührung von ihm scharf.

Dax schiebt eine Hand unter mein Shirt, bis seine Finger meine Brust erreichen. Er nimmt meinen Nippel zwischen Daumen und Zeigefinger, dann zwirbelt er ihn. Ich keuche, als sich alles in mir zusammenzieht. Es ist verdammt scheiße, wenn man sich schmerzlich danach verzehrt, von jemandem genommen zu werden.

Ich löse mich von seinen Lippen. »Dax …«

»Hm?«

Daraufhin schiebe ich ihn hoch, sodass er sich aufrichtet, und folge ihm. Ich befreie mich von meinem Shirt, anschließend klettere ich auf seine Beine und schlinge meine um ihn. Er legt eine Hand in meinen Rücken, mit der anderen umfasst er meine Brust. Sanft knetet er sie, während ich meine Hand zwischen uns schiebe. Ich lasse sie in seinen Boxershorts verschwinden, dann schließe ich sie um seine Härte. Langsam bewege ich meine Hand auf und ab, verteile mit dem Daumen den Tropfen seiner Lust auf seiner Eichel und höre, wie er seufzt. Dann senkt Dax den Kopf und küsst meine Brust. Meinen Nippel nimmt er schließlich zwischen seine Lippen, saugt an ihm, was mir ein Stöhnen entlockt.

Es dauert nicht lang, bis sein Schwanz in meiner Hand noch härter wird. Ich weiß, dass ich nun aufhören sollte, ihn zu reiben, sonst kommt er vermutlich noch, bevor wir überhaupt richtig angefangen haben. Dax stößt mich schließlich von sich, sodass ich auf dem Rücken lange, und befreit mich von meinem Slip. Anschließend steht er auf, um seine Shorts auszuziehen. Ich drehe mich auf den Bauch, schaue ihm zu, dann kommt er hinter mich.

Er zieht mich hoch, was damit endet, dass ich auf allen Vieren vor ihm hocke, dann schiebt er seine Finger über meinen Bauch in meine Spalte. »Großer Gott, bist du feucht«, stößt er atemlos aus, dann verteilt er meine Feuchtigkeit mit den Fingern, bis sie an meiner Klit innehalten und sie sanft reiben.

Ich stöhne auf, während ich mein Becken kreisen lasse. Dax bringt seine Eichel an meine Öffnung, im nächsten Moment stößt er beinahe unbarmherzig zu.

»Dax!«, schreie ich auf, nicht nur, weil es unerwartet kam, sondern auch so hart war. Aber genau so mag ich es.

Ohne von meinem Kitzler abzulassen, stößt er in mich, stimuliert mich so über zwei Wege und lässt mich alle Gedanken loslassen. Vor allem aber dringt er so tief in mich ein, dass ich fürchte, den Verstand zu verlieren. Ich lasse mein Becken weiter kreisen, bringe meine Lust laut zum Ausdruck und kneife die Augen zu, um mich darauf zu konzentrieren, nicht zu schnell zu kommen, doch glaube ich, dass er genau das erreichen will.

Auch er stöhnt laut, während sein Becken fest gegen meinen Hinter klatscht. Ich spüre die Spasmen, die meinen Unterleib schütteln, im ganzen Körper, sodass ich Mühe habe, mich weiterhin auf meinen zitternden Armen abzustützen.

»Dax … Ich … DAX!«, kreische ich, als ich gleich einer aufschlagenden Welle zum Höhepunkt komme.

Er hört nicht auf, sondern stößt weiter in mich, bloß reibt er nun nicht mehr meine Klit. »Fuck, wie du mich melkst!«, ruft er stöhnend aus. Langsam wird er schwerfälliger, bis er sich schließlich ein letztes Mal fest in mich drängt und ich spüre, wie er sich in mir entlädt. Geschafft sinkt er auf mich. Sein warmer Atem fühlt sich kalt auf meiner erhitzten Haut an. Wir zittern beide, sind atemlos und ich wette, er hat auch die Augen geschlossen.

»Oh man«, sage ich leise.

»Ja, oh man«, stimmt er mir heiser zu, küsst die Stelle zwischen meinen Schulterblättern und löst sich von mir. Dax legt sich neben mich und zieht mich in seinen Arm. »Ich liebe dich, Sin«, raunt er, als ich mich eng an ihn gekuschelt habe.

Ich versteife mich für einen kurzen Moment. Hat er wirklich gesagt, dass er mich liebt, oder habe ich es mir vielleicht eingebildet? O Gott, hilf mir, was soll ich nur tun? Ich atme tief durch. »Ich dich auch«, erwidere ich schließlich und ja, in dem Moment – so erschrocken ich auch bin – meine ich es so.

* * *

Kapitel 8

Eine Woche später

Seit Dax und ich uns sagten, dass wir uns lieben, ist einiges passiert. Seine Freunde akzeptieren mich endlich als die Frau an seiner Seite, auch wenn ich ihre Abneigung deutlich spüre, doch wird das vielleicht auch noch nachlassen.

Von Acid und seinen Leuten habe ich auch nichts mehr gesehen. Vielleicht respektiert mein Bruder endlich meine Entscheidung, dass ich mich von ihm zurückgezogen habe. Ich will nicht mehr sein Schoßhündchen sein, das er herumscheuchen kann, wann es ihm passt. Ich bin meine eigene Frau, will meine Ruhe vor ihm und seinen Leuten und mein Leben leben. Das kann und darf mir niemand verweigern, denn ich bin 18 Jahre alt. Ja, noch nicht ganz erwachsen und ich darf noch nicht in Clubs oder Alkohol kaufen, aber nun kann ich zumindest meine eigenen Entscheidungen treffen.

Dax ist unterwegs, mich hat er vor Hoods Bar abgesetzt, weil Snow sich hier mit mir treffen wollte. Ich habe keine Ahnung, was sie von mir will, aber Dax meinte, wenn ich ihr Vertrauen gewinne, würde gerade Thorn mir schneller seines schenken. Ich bin gespannt, ob es etwas wird.

»Hallo, Kleines«, vernehme ich eine Stimme hinter mir, die ganz sicher nicht Snow gehört.

Ich drehe mich um. »Beast«, stoße ich mit aufgerissenen Augen aus.

»Du lässt dich also von Dax van Houten vögeln«, stellt er fest und ich sehe, wie sehr es seinem Ego schadet, dass ich ihn für Dax sitzen ließ.

»Was interessiert es dich?«, frage ich patzig, dabei entferne ich mich um einige Schritte von ihm.

»Mich interessiert es nicht mehr, aber deinen Bruder.«

Ich schüttle den Kopf. »Acid hat nichts mehr zu interessieren, was mich betrifft. Das kannst du ihm gern ausrichten.«

»Sag es ihm selbst!«, erwidert er entschieden, kommt schneller auf mich zu, doch ich weiche zurück.

Schließlich packt mich jemand an den Schultern, weshalb ich aufschreie. »Sorry, Sin, aber dein Bruder ist mein Boss«, sagt Screw und umklammert mich von hinten mit seinen Armen.

»Lass mich los!«, schreie ich ihn an, doch nichts passiert, ebenso wenig, als ich mich wehre.

Beast kommt näher und versucht, meine Beine zu packen, doch ich nutze Screws Körper, ziehe sie hoch und trete meiner Ex-Affäre ins Gesicht.

Beast strauchelt. »Scheiße, Weib!«, brüllt er mich an, nachdem er sich gefangen hat. Das Blut strömt nur so aus seiner Nase, tropft auf sein Shirt und ich muss mich beherrschen, mich nicht vollzukotzen. Ich kann kein Blut sehen!

»Bring sie in den Van!«, ruft Spade, ebenfalls ein Handlanger Acids.

Beast packt meine Beine. »Halt still jetzt!«

Doch ich wehre mich weiter, obwohl es nicht mehr viel bringt.

Sie verfrachten mich in einen Van, dessen Rückbänke ausgebaut und Scheiben getönt wurden. Sie werfen mich regelrecht hinein und ich lande unvorteilhaft auf dem Boden. »Fuck«, stoße ich aus, als der Schmerz durch meine linke Körperhälfte strahlt. Dennoch rapple ich mich auf und möchte hinaus, doch Beast hält mich auf.

»Du läufst so schnell nicht weg, Kleines.« Anschließend schlägt er mir mit der Faust in den Magen.

»Aah!« Ich weiß, dass man sich nicht krümmen soll, dennoch muss ich es tun. Ich kann mich einfach nicht gerade halten.

»Sin!«, höre ich Snow rufen, doch da schubst Beast mich schon weiter in den Wagen, steigt ebenfalls ein und zieht die Tür zu.

»Fahr los, Spade.«

Der Wagen setzt sich ruckartig in Bewegung und fährt mit quietschenden Reifen vom Parkplatz.

»Lasst mich gehen«, fordere ich, nachdem ich meine Stimme wiedergefunden habe.

Spade und Beast lachen. »Sicher nicht«, sagt Ersterer.

Ich werfe Screw einen Blick zu. Er sitzt in der Ecke des Vans und sieht mich mitleidig an, doch helfen wird er mir genauso wenig wie die anderen beiden. Sie haben zu viel Respekt – oder Schiss – vor meinem Bruder, als dass sie sich gegen ihn und seine Entscheidungen stellen würden. Verdammt, wo bin ich da nur reingeraten?

* * *

Dax

Mein Handy klingelt, während Trace und ich uns unterhalten. »Warte 'nen Moment.« Ich nehme das Gespräch an. »Was gibt's, Misha?«

»Yo, ich glaube, deine Freundin wurde gerade entführt.«

Ich versteife mich am ganzen Körper. »WAS?«

»Beast und Konsorten haben sie in einen Van gezerrt. Snow und ich kamen zu spät, sonst hätten wir versucht, ihr zu helfen«, erklärt er aufgebracht.

»Wo seid ihr?«

»Hoods Bar. Snow ist völlig durch den Wind. Thorn und die anderen sind schon auf dem Weg hierher. Trace und du sollten auch kommen.«

»Wir kommen sofort.« Ich beende das Gespräch. »Wir müssen los. Sin wurde entführt«, sage ich mechanisch, stehe auf und renne zur Tür. Ich verlasse Traces Wohnung schneller, als er mir wahrscheinlich folgen kann, doch nur Sekunden später höre ich, wie die Tür hinter mir ins Schloss kracht und er mir folgt.

* * *

Mit einer Vollbremsung bringe ich mein Auto vor Hoods Bar zum Stehen. Sofort springe ich raus, werfe die Tür zu und verriegle die Türen mit einem Knopf an meinem Schlüssel, nachdem Trace ebenfalls ausgestiegen ist. Auf dem Weg habe ich ihm das gesagt, was ich weiß, und das ist definitiv nicht viel.

»Was ist passiert?«, frage ich, als ich Hoods Bar regelrecht stürme.

»Na ja, mehr als ich dir bereits sagte, weiß ich auch nicht«, erwidert Misha.

Kurz nach mir kommen meine anderen Freunde herein, Thorn lässt sich von Misha alles erklären. Es sind zu wenig Infos, das sehe nicht nur ich so.

»Wieso entführt Beast sie?«, fragt Thorn irritiert.

Misha sieht mich an.

»Beast und sie hatten eine Affäre, aber Sin hat das schon vor Monaten beendet«, antworte ich.

Misha räuspert sich. »Als wir bei Anny waren, um die Sachen von ihrem Ex aus dem Haus zu schaffen, habe ich mitbekommen, dass Sin mit ihrem Bruder telefoniert hat.«

»Und?«, hake ich nach. »Mann, sag, was du weißt!«

»Er schien nicht begeistert von ihrem Verschwinden zu sein und dann hörte ich, dass sie ihn Acid nannte. Sin merkte, dass ich es gehört hatte, und bat mich, euch nicht zu sagen, dass sie Acids kleine Schwester ist«, erzählt er.

Ich sehe ihn mit aufgerissenen Augen an. »Sin ist Acids jüngere Schwester?« Wow. Ich fahre mir durchs Haar und lasse mich auf einem Hocker nieder.

»Hat sie dir nichts davon gesagt?«, fragt Thorn.

»Ich frage mich gerade, warum Misha mich nicht eingeweiht hat. Es gibt nur eine Regel und die lautet: Bruder vor Luder, du Arschloch!«, wende ich mich an meinen anderen Kumpel.

»Sorry, sie sagte, sie wolle es dir noch sagen, aber hatte Schiss, dass du sie in den Wind schießen würdest. Ich denke mal, dass sie den richtigen Moment abwarten wollte«, verteidigt Misha sich.

»Fakt ist: Du hättest es uns sagen müssen«, sagt Thorn. »Der andere Fakt ist: Da Sin es dir nicht gesagt hat, solltest du dich ’nen Scheiß drum kümmern, was sie betrifft.«

Ich schnaube. »Du Arschloch, ich liebe sie. Wir haben dich auch unterstützt, als Snow von ihrem Vater bedroht wurde. Passiert es anderen, ist es scheißegal? Tickst du noch sauber?«

Thorn lässt seine Oberarmmuskeln zucken. »Du solltest überdenken, wie du mit mir sprichst.«

»Fick dich, du Penner. Ich gehe jetzt meine Freundin suchen!« Anschließend stoße ich mich vom Hocker ab und verlasse die Bar.

»Wir sollten mit ihm fahren«, sagt Ridge entschieden.

»Wir wissen nicht, wohin sie Sin bringen«, erwidert Thorn genervt. »Wir sollten warten, bis sie sich melden.«

Dass sie sich mit Sicherheit nicht melden werden, wenn Sin wirklich Acids Schwester ist, scheinen sie nicht berücksichtigen zu wollen. Es nervt mich extrem, dass Thorn sich wieder als der große Anführer aufspielt, obwohl wir alle den gleichen Stellenwert haben – angeblich. Mir ist so was von klar, dass Thorn und nach ihm

Ridge die Machtposition innehabt, denn alle tun, was die beiden sagen. Außer mir. Ich habe schon immer lieber mein eigenes Ding gemacht, auch wenn die sechs mit Abstand meine besten Freunde sind. Doch jetzt brauche ich sie und Thorn will abwarten. Abwarten! Ich könnte im hohen Bogen kotzen!

»Dax, warte!«, ruft Ridge mir hinterher.

Ich drehe mich um. »Warum? Willst du mir auch sagen, dass wir warten sollten, bis Acid oder einer seiner Idioten sich meldet?«

»Nein, ich werde dich begleiten. Ich weiß, wo Acid sein kleines Versteck hat und wo er wohnt«, erwidert er und holt seine Autoschlüssel aus der Tasche seiner Baggypants.

Schnaubend nicke ich. »Was ist mit den anderen?«

»Stehen auf Abruf, falls wir sie brauchen.«

»Und Thorn?«

»Beruhigt Snow, sie ist völlig neben der Spur.«

»War ja klar, dass er bei ihr bleibt«, brumme ich und wende mich ab.

»Sie ist seine Freundin und du weißt, dass die Sache mit ihrem Vater noch nicht so lange her ist. Wahrscheinlich hat es einen Trigger ausgelöst, dass sie mitansehen musste, wie die Spastis Sin wegschleppen«, nimmt Ridge sie in Schutz.

»Wir haben alle unsere Ärsche für sie riskiert und Thorn zieht es vor, bei ihr zu bleiben, statt mir zu helfen. Darüber sollte er mal nachdenken!«, herrsche ich meinen Kumpel an. Im nächsten Moment ist mir schon bewusst, dass es ein Fehler war. »Sorry, Alter.«

Ridge winkt ab und zeigt mir ein knappes Lächeln – zu mehr ist er seit Fynns Unfall selten fähig. Aber gut, wäre mein kleiner Sohn angeschossen worden und hätte um sein Leben gekämpft, wäre mir auch nicht mehr nach lachen zumute. »Kein Problem, du bist durch den Wind, dann darf man schon mal unfair werden.«

»Hm«, gebe ich von mir. »Fährst du vor?«

»Mache ich.«

Wir steigen in unsere Autos und ich warte darauf, dass er vom Parkplatz fährt, damit ich ihm folgen kann. Hoffentlich verliere ich ihn nicht im dichten Stadtverkehr. Ich will nicht riskieren, gegebenenfalls zu spät zu kommen.

***

Sin

»Da ist ja unsere kleine Verräterin«, sagt Acid abfällig, als Screw und Beast mich vor ihn zerren.

Ich habe mich die ganze Zeit gewehrt, doch bekam ich dafür mehrere Hiebe in den Magen. Am liebsten hätte ich Beast vollgekotzt, weil dieser Wichser mich geschlagen hat. »Warum lässt du mich von deinen Lemmingen verschleppen?« Ich klinge patzig, aber ich habe ja auch allen Grund dazu. Wie kann man bitte seine eigene Schwester entführen lassen?

»Du wurdest mit Dax gesehen.«

»Ich weiß«, erwidere ich übellaunig.

Acid hebt eine Augenbraue, als er langsam auf mich zukommt.

Ich fühle mich wie die Beute eines Raubtiers, so langsam – und anmutig – bewegt er sich.

»Und du hast nichts dazu zu sagen?«, hakt er nach und nickt Beast und Screw zu, damit sie mir etwas Freiraum geben.

Nachdem sie mich endlich losgelassen haben, zucke ich mit den Schultern. »Was sollte ich dazu sagen?«

»Was der Scheiß soll, wäre ein Beispiel!«, herrscht er mich an.

Ich verdrehe die Augen. »Acid, ich habe mich in ihn verliebt, deshalb wurde ich mit ihm gesehen. Er hat mich aufgenommen, nachdem du mir die Fresse poliert hattest, ich habe allen Grund, bei ihm zu bleiben, statt mich weiter von dir oder deinen Freunden verprügeln zu lassen!«

Mein Bruder steht schließlich vor mir, baut sich zu seiner vollen Größe auf und jetzt wird mir erst einmal bewusst, wie lächerlich er eigentlich wirkt. »Du hast zwei Möglichkeiten.«

»Welche?«

»Entweder brichst du sofort den Kontakt ab und tust, was ich dir sage ...«

»Oder?«

»Oder Dax van Houten überlebt nicht, dass du ihn liebst.«

Ich schnappe nach Luft. »Erst bedrohst du Dad, dann ihn? Wie krank bist du eigentlich?«

Ein Knall und es reißt meinen Kopf herum. Es dauert einen Moment, bis sich der brennende Schmerz auf meiner Wange ausbreitet. »Sei nicht so respektlos!« Sein Schrei geht mir durch Mark und Bein.

Ich bringe wieder etwas Abstand zwischen uns, um mich sicherer zu fühlen. »Du bist so ein kaltblütiges Drecksschwein!« Tränen fließen, doch hindere ich sie nicht an dem Weg, den sie sich über meine Wangen bahnen. Ich war so dumm, dass ich Acid mein ganzes Leben lang bedingungslos vertraut und gehorcht habe. Ich hätte wissen müssen, dass es wieder und wieder schiefgeht, sobald ich mich verliebe.

»Ich weiß, aber es stört mich nicht«, sagt er mit rauer Stimme, die mir einen Schauer über den Rücken jagt.

Herrgott, was hat ihn nur so abstumpfen lassen? »Ich hau ab.« Kopfschüttelnd wende ich mich ab und gehe auf die Tür von Spades Apartment zu, doch stellen er und Beast sich mir gleich in den Weg. »Lasst mich durch«, verlange ich entschieden, doch sie bewegen sich keinen Millimeter.

»Sicher nicht«, erwidert Spade ungerührt und sieht zu Acid, anschließend nickt er. Er packt mich erneut und dreht mich um, sodass mein Rücken an seiner Brust liegt. Spade umklammert mich so fest, dass es mir die Luft aus den Lungen treibt.

»Ich gebe dir noch einmal die Möglichkeit, Sin, entweder du beendest diese lächerliche Beziehung zu Dax oder ich beende sein Leben«, sagt mein Bruder kaltblütig.

»Ich werde nie wieder tun, was du von mir verlangst!«, schreie ich ihn an. »Mein Leben geht dich eine Scheißdreck an!«

Mein Bruder kommt wieder auf mich zu, bis er so dicht vor mir steht, dass ich seinen Atem auf meiner Haut spüre. Acid greift in mein Haar und reißt meinen Kopf daran hoch. »Es wäre besser für ihn, wenn du es beendest.«

»Es wäre besser für dich und deine verschissenen Freunde, wenn du mich gehen lässt!«

»Warum? Weil er dich suchen wird?«

»Das wird er und er wird seine Freunde mitbringen, du weißt, was sie mit dem Zuhälter gemacht haben!«

Er lässt meinen Kopf los, ballt die Faust und im nächsten Augenblick schmecke ich Blut. Ich habe mir nicht nur auf die Zunge gebissen, auch meine Lippe ist aufgeplatzt. »Du drohst mir?«

»Ich sage dir, was auf dich zukommt!« Dann spucke ich ihm mein Blut ins Gesicht. »Ich hasse dich!«

Acid ohrfeigt mich erst mit der Vorhand und zieht auch noch mal mit der Rückhand durch. Mein Schädel brummt, doch ich werde keine Schwäche zeigen. »Pass auf, wie du mit mir sprichst!«

»Verreck doch!«

»Leute, bringt sie in den Raum, den wir vorbereitet haben.«

»In die Kammer?«, fragt Screw überrascht.

»Wohin sonst?«, erwidert Acid über seine Schulter hinweg, als er seinen Freund ansieht.

Ich werfe Screw ebenfalls einen Blick zu, allerdings ist meiner Hilfe suchend.

Er nickt bloß meinem Bruder zu, mich ignoriert er.

Spade zerrt mich weg, doch wehre ich mich wieder heftig gegen ihn, weshalb Beast ihm zur Hilfe kommt.

»Ich hasse euch!«, kreische ich den Tränen nahe. Sie bedrohen Dax und ich kann ihn nicht einmal warnen, wenn sie mir mein Handy wegnehmen. Hoffentlich passiert es nicht.

Kaum habe ich daran gedacht, fängt es an zu klingeln.

»Fuck«, stoße ich aus und winde mich, als Beast versucht, es aus meiner Hosentasche zu holen. »Nimm die Finger weg.«

»Wer ist das?«, möchte Acid wissen, als Beast mein Smartphone in der Hand hält.

»Dax.«

»Gib mir das Ding.« Acid kommt näher, lässt sich mein Handy geben und nimmt das Gespräch an, woraufhin Spade mir den Mund zuhält. »Hallo, Dax.« Eine kleine Pause entsteht und Acid schaltet den Lautsprecher ein.

»Wo. Ist. Sin?« Dax klingt aufgebracht, wütend, als könnte er jeden Moment einen Mord begehen. Sein Ton macht mir Angst, obwohl er sonst nicht furchteinflößend auf mich wirkte.

»Bei mir.«

»Lass mich mit ihr sprechen, Acid!«

»Ich denke nicht daran.«

Ich fange an zu kreischen und beiße Spade in die Hand. »Dax, egal, was er sagt, geh nicht darauf ein!«

»Du Drecksstück!« Beast verpasst mir eine Ohrfeige, weshalb ich schmerzverzerrt aufschreie. Habe ich heute nicht schon genug eingesteckt?

»Wenn ihr sie noch einmal anfasst, bringe ich euch eigenhändig um!«, droht Dax, was Acid nur ein müdes Lachen entlockt.

»Wenn du sie wiedersehen willst, komm morgen Abend zu den Docks. Allein. Ich werde ebenfalls dort sein. Bringst du deine Leute mit, wirst du Sin nie wiedersehen, verstanden?«

»Wann morgen Abend?«, fragt Dax sofort.

»Gegen neun und denk dran, komm allein.« Acid schnaubt. »Du musst gar nicht erst nach ihr suchen, du wirst Sin sowieso nicht finden.«

»Du verdammter ...« Dax Hasstirade wird unterbrochen, als mein Bruder das Gespräch beendet.

»Wenn du ihm etwas antust, werde ich dir dein Leben zur Hölle machen«, speie ich Acid entgegen.

Diesmal lacht er amüsiert auf. »Sin, Kleines, hast du noch nicht festgestellt, dass wir uns bereits mitten in der Hölle befinden?« Er schaut Beast und Spade an. »Bringt sie weg.«

Sofort zerren sie mich weiter, was mich dazu veranlasst, sie mehr als wüst zu beschimpfen, sogar ihre Mütter zu beleidigen, doch beeindruckt es sie nicht.

Nachdem sie mich durch den Flur gezogen haben, schubsen sie mich in eines der Zimmer, allerdings unterscheidet sich dieses von einem normalen Schlafzimmer. Sie haben eine Holzplatte vor dem Fenster angebracht, sodass ich nicht fliehen kann. Die Wände wurden mit irgendwas isoliert, weshalb niemand meine Schreie hören wird. Verdammt! Diese Schweine haben echt an alles gedacht.

* * *

Kapitel 9

Seit gestern Abend sitze ich auf der unbequemen Matratze, die ich in dem Raum gefunden habe. Ich frage mich, ob das schon immer Spades kleine Folterkammer war oder ob sie es erst so verändert haben, um mich einzusperren. Hoffentlich trifft Dax sich nicht mit meinem Bruder, ich weiß genau, dass er seine Leute mitnimmt. Das würde für Dax nicht gut enden. Ich will hier raus, nein, ich muss es sogar.

Die Tür, die Spade hinter mir abgeschlossen hat, wird entriegelt. Beast kommt rein. »Hunger?«

»Fick dich«, antworte ich schlecht gelaunt.

Er zuckt mit den Schultern und geht zu einem kleinen Tisch, an dem ein Stuhl steht, dort stellt er den Teller ab. »Na ja, falls du es trotzdem willst.«

Ich hingegen laufe zur Tür, doch Spade packt mich. »Fuck!«

»Wo willst du denn hin?« Er bringt mich zurück ins Zimmer. »Pass das nächste Mal besser auf, Alter.«

Beast dreht sich um. »Sie wäre sowieso nicht weit gekommen.«

»Du weißt, wie schnell sie aus einem Fenster verschwinden kann.«

Daraufhin zuckt er mit den Schultern, geht an mir vorbei und verlässt den Raum. Spade tut es ihm gleich, nachdem er mich zurück zur Matratze bugsiert hat.

Scheiße, Mann, wie soll ich hier nur rauskommen? Ich könnte noch mal versuchen, das Brett zu lösen, allerdings habe ich schon beim ersten Mal einige Fingernägel eingebüßt. Niedergeschlagen setze ich mich auf die Matratze und denke nach. Vielleicht liegt Besteck beim Essen. Mithilfe einer Gabel oder einem Messer könnte ich die kleinen Nägel sicher lösen.

Ich stehe wieder auf und gehe zum Tisch. »Bingo, ihr Wichser«, sage ich leise und nehme das Besteck an mich. Mit Messer und Gabel bewaffnet, schleiche ich zum Fenster.

Mühsam schiebe ich die Gabel unter das Brett und hoffe, dass die Zinken jeweils links und rechts eines Nagels sind, damit ich die Hebelwirkung ausnutzen kann. Die Jungs haben das Brett eher schlampig angebracht, sodass ich eine gute Chance habe, es zu lösen.

Nach einer gefühlten Ewigkeit ist es geschafft. Das Holzbrett fällt mir entgegen und nur mit Mühe kann ich es auffangen, damit es nicht auf den Boden kracht. Ich habe keine Uhr, aber ich wette, es ist bereits Abend, da die Sonne schon wieder untergeht. Vorsichtig schiebe ich das Fenster hoch und schaue raus. Unten stehen Mülltonnen und ich bin im ersten Stockwerk. Auch wenn ich nicht trainiert bin, muss ich den Versuch wagen und rausspringen. Sonst schaffe ich es nicht zu den Docks.

Ich atme tief durch, dann klettere ich aus dem Fenster. »Los, Sin, du schaffst das«, mache ich mir Mut, anschließend springe ich.

»Fuck«, stoße ich leise aus, weil ich beschissen aufkomme. Ich rapple mich auf, rutsche von der Mülltonne und schaue mich um. Nach rechts geht es aus der Gasse, nach links zu einem Zaun. Ich wende mich dem Maschendrahtzaun zu und renne los.

Schließlich erreiche ich ihn und klettere hoch, schwinge mich darüber, letztlich komme ich auf der anderen Seite auf dem Boden auf. Dann renne ich erneut los.

***

Dax

Inzwischen bin ich angepisst, weil Sin mir nicht vertraut hat. Sie hätte mir sagen müssen, dass Acid ihr Bruder ist, dann hätte ich Vorkehrungen treffen können. Ich hätte sie in Sicherheit gebracht, so wie Thorn damals Snow versteckte. Ich habe meinen Freunden nichts von dem Treffen mit Acid erzählt, obwohl es wahrscheinlich besser gewesen wäre, doch möchte ich Sin nicht gefährden. Ich weiß, dass der Spast zu allem fähig ist, sicher auch dazu, seiner Schwester zu schaden. Ich wünschte, ich hätte sie nicht getroffen, dann wäre uns das alles erspart geblieben. Andererseits habe ich mein Herz an sie verloren, sodass ich jetzt der Spinner bin, der sich in Gefahr begibt, um ihr zu helfen. Ich liebe sie. So habe ich bisher noch nie empfunden, so stark waren meine Gefühle für eine Frau noch nie.

Ich parke meinen Wagen in der Nähe der Docks. Es ist Viertel vor neun, gleich werde ich Acid treffen. Hoffentlich hat er Sin bei sich.

Das Vibrieren meines Handys reißt mich aus meinen Gedanken. »Was ist?«, melde ich mich ungehalten, nachdem ich den Anruf angenommen habe.

»Wo steckst du?«, fragt Ridge und mich wundert, dass er besorgt klingt.

»Ich treffe mich mit Acid.«

Er schnaubt. »Bist du wahnsinnig?«

»Nein, na ja, verliebt, aber nicht wahnsinnig, denke ich.«

»Dax, er und seine Spacken werden dich in der Luft zerreißen. Sag mir bitte, dass du eine Waffe dabei hast.«

»Ich habe keine Waffe am Körper, weil ich keinen Streit will«, erwidere ich gelassen. »Aber das übliche Arsenal ist im Kofferraum.«

»Wo trefft ihr euch?«

»Am Hafen.«

Ein neues Schnauben. »Ich komme mit den Jungs hin.«

»Lass es, Alter, okay?«

»Nein, wir kommen. Ich habe keine Lust, dich morgen Früh vom Asphalt zu kratzen, weil Acid und seine Leute dich in der Mangel hatten«, antwortet er. »Wir sehen uns später.«

»Wie auch immer. Bye.« Bevor er noch etwas sagen kann, beende ich das Telefonat. Ich habe ihm bewusst nicht gesagt, wo ich mich mit Acid treffe. Der Hafen ist groß. Bis meine Freunde an den Docks sind, wird es dauern, also ist genug Zeit, mit Sins Bruder zu verhandeln. Ich will sie nur befreien, mehr nicht. Sie hat mir nicht vertraut, ohne das kann ich keine Beziehung mit ihr aufbauen. Es würde nichts bringen, wenn sie mir misstraut und ich dadurch kein Vertrauen zu ihr entwickeln kann. Was habe ich denn getan, dass sie mir nichts erzählt hat? Dachte sie, ich würde sie zum Teufel jagen? Die Familie kann man sich nun mal nicht aussuchen, das hat meine verstorbene Mom schon gesagt. Freunde hingegen kann man wählen, sie können zur Familie werden.

***

Nachdem ich die ganzen scheiß Docks abgelaufen bin, taucht Acid endlich auf. Er ist allein. »Yo, Dax!«

Ich gehe auf ihn zu und bleibe schließlich mit einem guten Meter Abstand vor ihm stehen. »Wo ist sie?«

»Versteckt.«

»Warum hast du deine Schwester entführt?«, frage ich und spüre die Wut in mir aufkeimen.

»Weil sie von allein nicht nach Hause gekommen wäre. Wir beide, du und ich, wissen doch genau, dass ihr nicht zueinander passt. Sin muss das erst noch in ihren Kopf kriegen, dann kann sie hingehen, wo auch immer sie hin will«, erwidert er gelassen. »Allerdings bin ich dir keine Rechenschaft schuldig.«

»Du sagtest, wenn ich sie wiederhaben will, soll ich herkommen. Das habe ich getan, also sieh zu, dass Sin herkommt«, fordere ich ungehalten. Ich balle meine Rechte zur Faust, weil ich mich schwer zusammenreißen muss, um nicht auf ihn loszugehen.

»Ich werde sie nicht holen, Dax«, sagt er knurrend. »Sie ist meine Schwester und ich bestimme, was sie zu tun hat. Halt dich von ihr fern, sonst überlebst du es nicht. Du weißt, dass ich es ernst meine.«

Ich hebe eine Augenbraue. »Du weißt, dass deine Worte mich kein Stück beeindrucken.«

Acid kommt näher und baut sich vor mir auf, was ich lächerlich finde, da ich größer bin als er. »Du solltest dich von ihnen beeindrucken lassen, wenn dir deines und das Leben meiner Schwester wichtig sind.«

Ich kann mich nicht beherrschen und hole zu einem Schlag aus, doch bevor ich ihn landen kann, wird mir von hinten in den Rücken getreten. Acid geht rechtzeitig aus dem Weg, sodass ich auf alle Viere statt auf ihn falle. Ein weiterer Tritt, diesmal in die Nieren. Es treibt mir die Luft aus den Lungen und ich kann mich nicht einmal aufraffen.

»Du wolltest auf mich losgehen, du kleiner Wichser?«, fragt Acid übellaunig.

»Du … hast es provoziert«, entgegne ich zischend.

Er packt mich am Haar im Nacken und zieht meinen Kopf hoch. »Provoziert? Du hast provoziert, du Arschloch.« Im nächsten Moment kracht mir sein Knie ins Gesicht.

Ich schmecke Blut, eine ganze Menge davon, und spucke es aus. Scheiße, ich hätte wissen müssen, dass er nicht allein kommt.

»Prügelt die Scheiße aus ihm raus, Leute«, wendet er sich an seine Freunde.

Es geht viel schneller, als mir lieb ist. Vier Mann prügeln nun auf mich ein. Ich kann mich nicht gegen alle auf einmal wehren, dennoch schaffe ich es irgendwie, mich aufzurappeln. Allerdings bin ich schon so im Delirium, dass meine Schläge sie verfehlen.

»Hey!«, vernehme ich den Schrei einer nur zu bekannten Stimme, anschließend Warnschüsse.

Ridge und die anderen müssen mich gefunden haben.

Dennoch hören Acids Leute nicht auf, auf mich einzuschlagen.

»Acid, sieh zu, dass sie aufhören!«, ertönt nun auch Sins Schrei, als sie angerannt kommt. Sie hängt sich an Beasts Arm, doch er schüttelt sie ab, weshalb sie zu Boden geht. Während ich weiter Schläge von anderen Schergen einstecke, sehe ich, wie sie auf ihre Ex-Affäre losgeht, ihn anschreit und schubst, doch er scheint sich nicht daran zu stören, dass sie eine Frau ist, denn auch sie wird von seinen Schlägen getroffen.

»Sin!«, brülle ich auf und lande endlich einen Treffer. Ich kann mir vieles ansehen, aber nicht, wenn eine Frau geschlagen wird. Es bleibt bei einem Erfolgserlebnis, denn wieder werde ich getroffen. Jedoch wird mein Angreifer schon im nächsten Moment weggerissen. Meine Freunde haben endlich aufgeholt und helfen mir. Ich kann mich nicht mehr halten. Meine Rippen schmerzen, mein Gesicht sowieso und mir ist schwindelig von der Prügel, die ich eingesteckt habe. Ich gehe auf die Knie, spucke weiter Blut aus und atme unregelmäßig und schnell. Es ist kaum möglich, so einen klaren Gedanken zu fassen. Scheiße, was habe ich Idiot mir nur dabei gedacht? Ich hätte es wissen müssen.

»Pfeif deine Leute zurück, Acid, du weißt, dass ich Spade das Genick breche, wenn du es nicht tust«, vernehme ich Ridges Drohung. Er ist der für die unangenehmen Dinge und er ziert sich auch nicht, sich die Hände schmutzig zu machen.

»Los, lasst die Pussys in Ruhe, Jungs!«, ruft Acid, als er die aussichtslose Situation für sich und seine Freunde erkennt.

Beast lässt von Sin ab, die anderen von meinen Freunden und erst, als sie sich entfernt haben, schubst Ridge Spade weg. »Ihr solltet zusehen, dass ihr euch in nächster Zeit bedeckt haltet, sag das auch Davenport, Ridge«, verlangt Acid, anschließend wenden sie sich ab und gehen. »Und, Sin, ab heute bist du für mich gestorben.«

»Das beruht auf Gegenseitigkeit, du kleinschwänziges Arschloch!«, entgegnet Ridge.

Meine Freunde kommen zu mir und helfen mir hoch.

»Gott, scheiße, ich glaube … die haben … mir die … Rippen gebrochen«, stoße ich bemüht aus. Ich kann mich kaum auf den Beinen halten, weshalb Misha und Chase mich stützen.

»Wir bringen dich nach Hause«, sagt Ridge. »Ich rufe Thorn an, damit er mit Snow vorbeikommt. Sie wird mir helfen können, dich zu versorgen.«

»Deine Mom wäre mir lieber«, keuche ich, denn Mrs Cavendish ist immerhin Krankenschwester. Sie hat uns alle schon mal zusammengeflickt, zwar widerwillig, aber sie hat es wirklich drauf. Von so manchen Schnittwunden, die man mir zugefügt hat, sieht man heute kaum noch Narben.

»Dann bringen wir dich zu mir«, entscheidet er und wir machen uns auf den Weg.

»Dax?«, fragt Sin. Da ich sie nicht sehe, gehe ich davon aus, dass sie hinter uns steht.

»Du solltest ihn in Frieden lassen«, meint Chase und setzt sich mit Misha in Bewegung.

»Aber ...«

»Komm mit und mach dich nützlich«, wendet Ridge sich an sie.

* * *

»Herrgott, was ist denn mit dir passiert?«, fragt Ridges Mom, als sie mich sieht.

Ridge stellt sich zwischen uns. »Er wurde schwer in die Mangel genommen, kannst du ihm helfen?«

»Ja, bringt ihn ins Wohnzimmer. Ich hole den Verbandskasten.« Sie macht sich auf den Weg nach oben, während meine Freunde mich ins Wohnzimmer bringen. Sin scheint auch noch dabei zu sein, denn ich höre sie leise mit Misha sprechen, doch an mich wendet sie sich nicht. Warum nicht? Sie könnte sich wenigstens für ihr Misstrauen entschuldigen.

»So, da bin ich wieder«, sagt Ridges Mutter, als sie ins Wohnzimmer kommt.

Ich liege inzwischen auf der Couch und ächze vor Schmerz.

»Wo hast du Schmerzen, Dax?«, möchte sie von mir wissen.

»Mom! Du siehst doch, wie er aussieht«, mischt Ridge sich ein. »Es würde mich wundern, wenn er noch einen gesunden Knochen im Leib hat.«

»Ich kann ohne ein Röntgengerät und einen Arzt nicht rausfinden, ob er irgendwelche Brüche hat, Ridge! Entweder lässt du mich jetzt mit Dax in Ruhe sprechen oder du bringst deinen Freund in ein Krankenhaus!«, herrscht sie ihn an.

»Bin schon still«, brummt er und verlässt mit den anderen das Wohnzimmer.

»Du könntest mir gleich noch mal helfen!«, ruft sie ihm hinterher.

»Ja, sag Bescheid, wenn du mich brauchst.«

Mrs Cavendish – ich bin der Einzige von uns, der sie nicht beim Vornamen anspricht und auch nicht duzt, weil meine Mom mir immer eingetrichtert hat, Mütter zu respektieren – wischt mit einer Kompresse mein Gesicht ab. Der starke Geruch nach Alkohol brennt in meiner Nase und sorgt dafür, dass ich das Gefühl habe, dass mein Gesicht in Flammen steht. »Ich weiß, dass es wehtut, aber es muss sein, sonst könnten sich die Wunden entzünden.«

»Wie viele sind es denn?«

»Drei Platzwunden. Du hast ziemlich viel Blut im Gesicht.«

»Wo?«

»Lippe, Jochbein und Stirn«, antwortet sie. »Wer war das?«

»Definitiv keine Freunde von mir«, weiche ich aus, da Ridge nicht will, dass sie weiß, was wir treiben. Einiges wird sie sich denken können, doch es ist immer noch besser so, als sie mit der Wahrheit zu konfrontieren.

»Also hattest du Stress mit ein paar Männern?«

»Ja, Ma'am«, erwidere ich leise und kneife die Augen zu, als sie die Wunden reinigt.

Nach einer Weile hat sie mich versorgt, zumindest im Gesicht. Meine Hand hat sie auch verbunden. Währenddessen hatte ich ihr von meinen schmerzenden Rippen erzählt. Nun tastet sie sie ab.

»Ich fühle mindestens zwei Brüche«, sagt sie, als sie fertig ist. »Und jetzt wird es mir zu heikel. Ridge muss dich ins Krankenhaus bringen.«

»Kein Krankenhaus«, keuche ich. »Ich … hab keine Versicherung.«

Sie schnappt nach Luft. »Dax, du musst behandelt werden.«

»Ich kann es mir nicht leisten«, gebe ich unter Schmerzen zu.

Sie seufzt. »Okay, ich rufe einen Bekannten an, er ist niedergelassener Chirurg und kann dich zumindest röntgen. Ich muss wissen, ob sich die Bruchenden verschoben haben oder deine Organe verletzt sind, damit sollte man nicht spaßen, Dax.«

Ich nicke knapp. »Okay.«

»Ich bin gleich wieder da.« Sie erhebt sich und geht auf die Tür zu, dabei sehe ich, dass Sin dort steht. »Setzen Sie sich zu ihm, Gesellschaft tut ihm sicher gut.«

Sin sagt leise etwas, doch verstehe ich es nicht. Dann kommt sie näher. »Es tut mir leid, dass sie dich so zugerichtet haben.«

Ich verenge meine Augen zu Schlitzen. »Warum hast du mir nicht vertraut?«

Sie schluckt. »Ich hatte Angst, dass du mich dann nicht mehr willst.«

Daraufhin schüttle ich den Kopf. »Deinetwegen liege ich jetzt hier, habe verschissen extreme Schmerzen und fühle mich hintergangen.«

Sie zieht ihre Augenbrauen hoch.

»Von dir fühle ich mich hintergangen.«

»Dax, ich … ich wollte nicht, dass sie dich kriegen. Warum bist du denn darauf eingegangen, als mein Bruder dir dieses Treffen vorgeschlagen hat?«, möchte sie wissen.

»Weil ich dich nicht im Stich lassen wollte.«

»Aber …«

»Du hast mich angelogen, wahrscheinlich mit allem, was du je zu mir gesagt hast«, beginne ich, mich aufzuregen.

»Dax, komm runter«, sagt Ridge, der nun in der Tür steht.

»Nein, ich glaube dieser Frau nichts mehr … Verschwinde, Sin«, verlange ich dann von ihr. »Geh und tritt nie wieder in mein Leben!«

Sie nickt knapp und ich sehe Tränen in ihren Augen. »Okay, aber … es war die Wahrheit, dass ich mich in dich verliebt habe.«

»Das interessiert mich nicht mehr!«, herrsche ich sie an. »Verschwinde!«

Daraufhin wendet sie sich ab und geht auf die Tür zu.

Ridge hält sie am Oberarm fest. »Pass auf dich auf, Kleine.«

»Ich bemühe mich.«

»Weißt du, wohin du gehen kannst?«

Sie schüttelt den Kopf. »Aber ich komme schon klar. Bye, Ridge.« Im nächsten Augenblick ist sie aus meinem Sichtfeld verschwunden.

»Na bravo«, stößt Ridge aus. »Du lässt dich fast umbringen, um ihr zu helfen, und dann schmeißt du sie raus?«

»Sie hat mich angelogen.«

»Ich weiß, aber das tat sie aus Angst.«

»Du hättest es Hope auch nicht verziehen, wenn sie dir derart misstraut hätte.«

Ridge schnaubt. »Ich kenne bis heute nicht alle von Hopes Geheimnissen und sie interessieren mich auch nicht. Sin hatte Angst, dir die Wahrheit zu sagen, jetzt weiß sie nicht, wohin sie gehen soll. Du bist doch sonst nicht so ein Arsch, Dax.«

»Es ist an der Zeit, so ein Arsch zu werden«, erwidere ich und versuche durchzuatmen, doch die Schmerzen in meinem Brustkorb lassen mich diesen Entschluss bereuen, kaum dass ich ihn in die Tat umgesetzt habe.

»Es ist deine Sache, aber ich finde es nicht in Ordnung.«

»Mir ist egal, was du davon hältst.«

Ridge nickt knapp. »Okay, ich werde dich nicht mehr darauf ansprechen.«

»Vermutlich ist es besser so.«

»Wie du meinst.«

***

Kapitel 10

Sin

Okay, das mit Dax und mir scheint nun beendet zu sein. Ich habe geahnt, dass er mich zum Teufel jagen wird, wenn er rausfindet, dass ich ihn angelogen habe. Fuck, ich wollte ihn so doch nur beschützen, damit mein Bruder ihn nicht in die Finger kriegt. Acid und seine Freunde haben ihn verdammt schlimm zugerichtet und ich hoffe, dass er nicht allzu lange darunter leiden wird. Dax ist so ein toller Kerl, der wirklich tiefere Gefühle in mir geweckt hat, jetzt habe ich ihn verloren. Verloren, weil ich zu viel Angst vor der Wahrheit hatte. Er hat öfter betont, dass ihm Ehrlichkeit wichtig ist, ich habe es nicht ernst genommen. Jetzt stehe ich vor dem Nichts. Acid sagte, ich sei für ihn gestorben, und wenn er etwas sagt, dann meint er es auch so. Zu meinem Dad könnte ich gehen, aber dort habe ich nichts mehr. Acid und ich haben so ziemlich alles geholt, was mir wichtig war. Nun habe ich nichts mehr. Keine Fotos, keine Andenken, nichts. Vielleicht kann ich mein Zeug holen, wenn er unterwegs ist, dann hätte ich zumindest das wieder bei mir. Einen Unterschlupf finde ich bestimmt irgendwo, falls mein Dad mich zum Teufel jagt. Gott, ich bin absolut aufgeschmissen und selbst schuld.

Tränen nehmen mir die Sicht auf die Straße. Laternen, die leuchten, bilden nur noch Lichtflecken, die unwirsch durch die Gegend tanzen. Es ist zu viel auf einmal, dennoch muss ich weitergehen, ich kann nicht vor Ridges Haus herumlungern und darauf hoffen, dass Dax mir verzeiht. Denn er wird es nicht. Er wird es nicht tun.

Ich bringe ein gutes Stück hinter mich, was sich weinend als etwas schwer herausstellt, denn ständig stoße ich mit Hindernissen zusammen. Mal sind es Autos, mal andere Leute, doch wenn sie mich blöd anmachen, prallt es von mir ab. Es gibt Schlimmeres als deren Beleidigungen.

Ich habe Dax' Herz gebrochen, das habe ich ihm angesehen. Er sagte mal, dass er schon lange nicht mehr so gefühlt hätte wie für mich, das habe ich blöde Kuh mit Füßen getreten. Ich habe mich undankbar verhalten, obwohl er mir geholfen und beigestanden hat. Wäre ich von Anfang an ehrlich gewesen, hätte er sich womöglich nie auf mich eingelassen, aber dann hätte ich ihn nicht verloren. Wir wären vielleicht Freunde geworden, möglicherweise mehr, vielleicht auch nicht. Ich werde es nie herausfinden.

***

Ich habe irgendwann aufgehört, mich auf meinen Orientierungssinn zu verlassen, dennoch habe ich es geschafft, in die Innenstadt zu kommen. Ich sitze auf dem Dach eines Mehrfamilienhauses, es ist windgeschützt, sodass ich mir heute Nacht nicht ganz so extrem den Arsch abfrieren werde. Es wird kalt, aber sicher nicht so sehr, dass ich erfriere. Schon das ist mehr, als ich meiner Meinung nach verdient habe.

Ich ziehe meine Jacke enger um mich und schließe die Augen. Es ist unbequem, aber irgendwo muss ich ja schlafen. Vielleicht hätte Hood mich eine Nacht in der Bar oder bei sich übernachten lassen, aber ich bin mir sicher, dass Acid schon von seiner verräterischen Schwester erzählt hat. Diese Leute, alle, die ich kenne, vertrauen ihm und sind absolut loyal, sodass ich keine Chance habe, dass mir irgendjemand Zuflucht bietet.

Als ich wegdämmere, frage ich mich, wie es Dax geht. Ich denke, es ist besser, wenn ich ihn im Auge behalte, da ich mir vorstellen könnte, dass mein Bruder ihn noch einmal angreift. Natürlich hoffe ich, dass er ihn in Ruhe lässt, noch mehr natürlich, dass Dax mir irgendwann noch eine Chance gibt. Herrgott, warum ist es überhaupt möglich, sich zu verlieben? Ich habe bisher nur Beziehungen geführt, die mehr oder weniger dramatisch endeten, sodass ich der Liebe besser abschwören sollte. Es bringt sowieso nichts, sich ständig das Herz brechen zu lassen, bis man nur noch einen Klumpen aus Scherben in den Händen hält, die man immer wieder aufs Neue mühsam mit Klebeband zusammenschustert. Hier und da fehlen dem Klumpen sicher einige Scherben, weil sie schon zu Staub zermahlen wurden, doch die Hauptsache ist, dass er noch schlägt und einen am Leben hält. Ich habe sicher nur noch leicht vibrierenden Staub in meiner Brust, denn genau dort, wo mein

Herz sitzt, habe ich furchtbare Schmerzen. Wüsste ich es nicht besser, würde ich sagen, ich habe einen Herzinfarkt, aber nein, mein Herz ist heute Abend gebrochen. Aus meiner eigenen Schuld heraus. Ja, ich mache mir Vorwürfe und versinke in Selbstmitleid, doch nur heute werde ich es mir zugestehen, ab morgen werde ich nicht mehr darunter leiden, sondern mich nur noch um mich kümmern, Dax im Auge behalten und mir überlegen, wie ich ihn zurückgewinnen kann.

***

Am nächsten Morgen wache ich mit steifen Gliedern auf. Ich habe in einer beschissenen Position geschlafen, aber meiner Meinung nach verdiene ich es sowieso nicht besser. Ich rapple mich mühsam auf, strecke mich und verlasse das Dach über die Feuerleiter.

Mein Ziel ist Acids Wohnung. Jetzt wird er sicher zu Hause sein, doch ich will warten, bis er rausgeht, um mir dann mein Zeug zu holen. Vielleicht sollte ich danach zu Dax, immerhin liegen dort auch einige Klamotten von mir, die ich zurückhaben will. Ihm traue ich momentan alles zu, deshalb will ich nicht riskieren, dass er sie entweder verbrennt oder anderweitig entsorgt. Männer sind meistens viel rachsüchtiger als Frauen, sodass ich mir nicht einmal ausmalen will, was alles auf mich zukommen wird, wenn er sich einmal für eine Rache entschieden hat – sofern Dax überhaupt der Typ dafür ist. Wirklich vorstellen kann ich es mir nicht, aber ich habe mich auch schon in meinem Bruder getäuscht, von dem ich dachte, dass ich ihn verdammt gut kenne.

***

Nach einem langen Marsch erreiche ich Acids Wohnung. Ich halte mich auf dem Hausdach gegenüber auf, von wo aus ich sein Wohnzimmer und die Haustür unten im Auge habe. Ich sehe Spade am Fenster stehen, er raucht und sieht auf die Straße. Er scheint zu sprechen, aber genau kann ich es nicht erkennen. Wer weiß, was er mit Acid oder sonst wem zu besprechen hat. Vielleicht planen sie ihren nächsten Coup oder wie sie Thorn und seine Freunde ausschalten können. Ich will es lieber nicht wissen.

Warum sitze ich eigentlich hier? Ich kann mir mein Zeug doch jederzeit holen, er kann es mir nicht vorenthalten, außerdem habe ich ihn mit so vielen Dingen in der Hand! Sollte er sich weigern, kann ich ihm drohen. Ja, so werde ich es machen.

Ich mache mich auf den Weg vom Dach und lege mir die Worte zurecht. Ich weiß, dass es gefährlich wird und ich definitiv den Kürzeren ziehen werde, sollte er sich von mir bedroht fühlen, doch muss ich das Risiko eingehen, wenn ich nicht vollkommen mittellos sein will. Gut, mein Geld habe ich immer bei mir, viel ist es zwar nicht, aber eine Weile kann ich damit über die Runden kommen. Andere schaffen es auch mit wenig bis gar nichts, wieso sollte ich es nicht hinkriegen?

Nach zehn Minuten – weil ich langsam unterwegs war – stehe ich vor Acids Tür. Ob ich den Schlüssel nehmen sollte? Ja, das ist eine gute Entscheidung, so kann er mir die Tür nicht vor der Nase zuknallen.

Als ich die Wohnung betrete, sehen mich alle, die da sind, ratlos an. »Was machst du hier?«, fragt Acid, der als erster seine Stimme wiedergefunden hat, irritiert.

»Ich hole meine Sachen.« Ich schließe die Tür hinter mir und gehe schnurstracks auf mein Zimmer zu.

Er folgt mir. »Du hättest anrufen können.«

»Du hast mein Handy einkassiert, schon vergessen?« Ich verschwinde in meinem Schlafzimmer und hole die Reisetasche unter dem Bett hervor.

»Es gibt öffentliche Telefone.«

»Mir egal, ich bin in zehn Minuten wieder weg.« Anschließend werfe ich ihm über meine Schulter seine Schlüssel zu. Es ist mir egal, ob er sie fängt oder nicht.

»Wo kommst du unter?«, möchte er wissen.

»Das werde ich dir sicher nicht sagen«, erwidere ich übellaunig. »Es geht dich nämlich nichts mehr an.«

»Bei Dax, was?«

»Wenn du meinst.«

»Ich habe dir gesagt, dass du dich von ihm fernhalten sollst, sonst macht er es nicht mehr lange.«

Ich erhebe mich und drehe mich zu ihm um. »Dax und ich sind kein Paar mehr, aber wenn du meinst, jemanden bedrohen zu müssen, der mir nach wie vor wichtig ist, kann ich das auch.«

Der Mundwinkel meines Bruders zuckt in Belustigung. »Ach ja?«

»Ja, ich sage einfach den Cops, was du so verbrochen hast. Du hast nicht alle Reviere in der Stadt geschmiert und jedes würde sich für deine Taten interessieren«, entgegne ich entschieden.

Acid macht einen Schritt auf mich zu.

Ich hebe die Hand in seine Richtung. »Keinen. Schritt. Näher!«

»Wie willst du mich aufhalten?«

»Lass mich in Ruhe und dir passiert nichts«, antworte ich entschieden. »Bedrohe weiter jene, die mir wichtig sind, und ich entscheide mich um. Das dürfte doch sicher auch in dein Spatzenhirn gehen, oder?«

Er schnaubt amüsiert. »Sieh zu, dass du in zehn Minuten weg bist, sonst könnte es passieren, dass ich mich vergesse.« Danach wendet er sich um und verlässt mein Zimmer.

»Na endlich«, seufze ich und fange an, meine wenigen Besitztümer zusammenzupacken, auch meinen Laptop, weil ich nicht will, dass Acid ihn in die Finger bekommt. Er kann zwar nichts damit anfangen, da ich alle Dateien sowie den Computer mit Passwörtern geschützt habe, dennoch soll er nicht dran gehen.

Nach nicht einmal zehn Minuten habe ich meinen Kram gepackt und die Tasche geschultert. Am meisten Gewicht hat mein verdammter Quilt, doch den werde ich garantiert nicht bei Acid lassen. Er hat nicht so viele Erinnerungen mit unserer Mom, die er damit verbindet, wie ich. Noch dazu sind es meine einzigen.

Ich gehe ins Wohnzimmer.

»Du bist ja immer noch da«, stellt Acid genervt fest.

»Ich will mein Handy zurück«, sage ich entschlossen.

»Ich habe es dir gegeben.«

Ich zucke mit den Schultern. »Und? Ich will es zurück, also gib's mir.«

»Es ist geschrottet, jetzt zieh ab.«

Daraufhin schnaube ich. »Du wirst noch sehen, was du davon hast.« Danach wende ich mich von ihm und seinen Freunden ab.

»Was soll das heißen, Sin?«

»Das weißt du ganz genau«, erwidere ich, bevor ich meinen Bruder ein für allemal aus meinem Leben streiche. Ich gehe die Treppe runter, dabei lausche ich, ob mir jemand von ihnen folgt. Die Tür hatte ich nicht hinter mir geschlossen, in der Hoffnung, noch etwas von einer möglichen Unterhaltung mitzubekommen.

»Behaltet sie im Auge, Leute«, vernehme ich Acid schließlich.

»Alter, du solltest sie ziehen lassen«, entgegnet Screw.

Ich sehe zu, dass ich das Haus schnellstmöglich verlasse. Ich habe keine Lust, dass mir seine bulligen Schoßhunde folgen, mich beobachten, möglicherweise sogar bedrängen, weil Acid sich einen Spaß daraus macht. Sie sollen mich bloß in Ruhe mein Leben leben lassen. Mehr verlange ich gar nicht. Ich frage mich, ob Acid mich jemals in Ruhe lassen wird. Ich habe ihn bloßgestellt, weil ich mich auf Dax eingelassen und mich vor ihm versteckt habe, das wird er mir sicher nicht so schnell verzeihen.

Ich habe seine Wohnung bereits hinter mir gelassen und nun beeile ich mich, um aus Acids Reichweite zu gelangen.

* * *

Nach gefühlt mehreren Stunden habe ich Acids Revier hinter mir gelassen. Ich bin in der Nähe meines Elternhauses, doch weiß ich nicht, ob ich einfach dorthin gehen soll. Für Dad wird es von Vorteil sein, dass ich zurück bin, dann muss er sich nicht mehr selbst um das Haus kümmern. Bestimmt ist es schon total vermüllt und heruntergekommen. Zweiteres war es sowieso schon, da er keinen Finger mehr rührt. Der Garten ist verwildert, voller Unkraut, Maulwurfhügeln und überhaupt nicht schön anzusehen, aber er hat seine eigenen Prioritäten – zum Beispiel, wie schnell er ans nächste Bier kommt. Ich hasse es, dass er sich sein Leben mit dem Alkohol versaut, auch dass er mich immer so mies behandelt, aber ich glaube, tief in seinem Herzen ist er noch ein guter Kerl. Er hatte Pech in seinem Leben und vom Grad des Arschlochseins ist er definitiv nicht auf der Pole Position, die hat Acid für sich beansprucht.

»Was soll's?«, seufze ich und mache mich auf den Weg zu meinem Elternhaus. Mehr, als mich zum Teufel jagen, kann mein Dad nicht tun. Hoffentlich hat er noch so etwas wie ein Herz für seine Tochter. Ich habe ihm schließlich nie etwas getan, er ging ständig ohne Grund auf mich los. Es ist dumm, nun zurückzukriechen, aber ich habe sonst niemanden und eine Nacht auf einem von Chicagos Dächern reicht mir vollkommen aus. Wenn er mich fortschickt, weiß ich nicht, bei wem ich unterkommen kann. Mein Geld reicht nicht für ein Hotel aus, nicht einmal für ein billiges Motel, und einen Job habe ich auch nicht. Es gibt wenig Menschen, die eine 18-Jährige einstellen. Ich könnte höchstens kleine Kurieraufträge annehmen, aber da Acid und ich uns überworfen haben, wird mir sicher niemand einen geben. Jedenfalls nicht in seinem Revier.

Als ich vor der Haustür stehe, lege ich mein Ohr an das Holz, von dem die Farbe abblättert. Der Fernseher läuft oder jemand unterhält sich, keine Ahnung. Ich hole tief Luft, dann klopfe ich fest gegen die Tür. Schritte.

Mir wird geöffnet und ich sehe meinen Vater vor mir aufragen. »Was willst du denn hier?«

Ich schlucke. »Hi, Dad.«

»Hallo, Sin, was willst du?«, fragt er unfreundlich, aber ich wäre auch nicht nett zu mir, wenn ich von mir im Stich gelassen worden wäre.

»Ich ...« Unsicher reibe ich meinen Nacken und senke meinen Blick. »Es tut mir leid, Dad«, sage ich leise und hoffe, so reuevoll zu wirken, wie ich wirklich bin. Ich hätte ihn nicht in einer Nacht- und Nebelaktion verlassen dürfen.

Er legt seine Hände auf meine Schultern und schüttelt mich leicht. »Du warst Monate verschwunden und tauchst nun wieder hier auf. Wo warst du, Kleines?«

Irritiert hebe ich meinen Blick. »Kleines?« So hat er mich noch nie genannt.

»Komm erst mal rein.« Er nimmt mir meine Tasche ab und führt mich ins Haus. Es riecht nach Farbe und mal nicht nach Alkohol.

»Renovierst du?«

»Ja.«

»Und … wie kommst du voran?«

»Schleichend, ich kann nur nach Feierabend etwas machen.«

Ich hebe meine Augenbrauen. »Hast du einen neuen Job?«

Er nickt knapp, als er meine Reisetasche abstellt. »Seit zwei Monaten und … ich gehe zu den anonymen Alkoholikern, um das Trinken in den Griff zu bekommen.«

Meine Kinnlade klappt herunter. »Wow, Dad. Das ist … großartig.«

Daraufhin kommt er auf mich zu und sieht mich nachdenklich an. »Es tut mir leid, wie ich mich verhalten habe, Ronny.«

Ronny, so hat er mich ewig nicht genannt. Irgendwann hatte er ebenfalls Sin übernommen. »Solange es nicht mehr vorkommt, verzeihe ich dir«, erwidere ich leise. »Wie … kam es zu dieser Wandlung?«

»Ich bin eines Morgens aufgewacht, habe mich im Spiegel angesehen und festgestellt, dass ich alles verloren habe. Deine Mom, deinen Bruder, dich … Ich habe mich angewidert und an diesem Morgen beschlossen, dass ich etwas ändern muss«, erzählt er reuevoll. »Wo hast du in all der Zeit gesteckt?«

Ich seufze schwer. »Können wir uns setzen?«

»Sicher.« Er führt mich zur Couch, die mit Folie abgedeckt ist. »Stört es dich, wenn ich in der Zeit weitermache?«

»Nein, aber vielleicht solltest du wirklich besser sitzen.«

»In Ordnung. Was hast du mir zu erzählen?« Dad sieht mich skeptisch an, dann nimmt er Platz.

»Ich muss etwas weiter ausholen«, erwidere ich. Ich kann nicht nur die letzten Monate erwähnen, sondern muss beim Anfang anfangen, damit er es überhaupt nachvollziehen kann. Verstehen wird er sicher nicht, dass ich so viel Scheiße gebaut habe.

»Kein Problem, ich habe Zeit.«

»Ist ja Wochenende«, sage ich leise.

Dad nickt. »Nun, möchtest du etwas trinken?«

»Im Moment nicht.«

»Okay.« Er nimmt sein Wasser, trinkt einen Schluck und stellt es zurück.

»Als ich 15 wurde und du mich beinahe verprügelt hättest, bin ich zu Acid gefahren ...« Ich beginne wirklich am Anfang von meinem Ende, denn er muss wissen, was alles auf meinen Schultern lastet.

* * *

Nach Stunden, die ich erzählt habe – auf der Uhr über dem Fernseher habe ich verfolgt, dass es zwei waren –, sieht Dad mich mit großen Augen an. »Das ist … hart, Ronny.«

»Ja, ich weiß, aber Acid, hm, Henry tat immer so, als wäre das alles in Ordnung und ich glaubte ihm. Es dauerte lange, bis ich die Wahrheit erkannte, und dann war es zu spät. Ich konnte nicht mehr zurück, anvertrauen konnte ich mich auch niemandem. Wer hätte mir schon geglaubt? Irgendwann fing Henry an, mich unter Druck zu setzen. Nachdem ich aus dem Krankenhaus entlassen worden war, zeigte er mir sein wahres Gesicht. Er schlug mich, entführte mich und verletzte meinen Freund, der jetzt nichts mehr mit mir zu tun haben will.«

»Phew«, stößt er aus. »Und nun? Bedroht dein Bruder dich immer noch oder lässt er dich in Ruhe?«

Hilflos zucke ich mit den Schultern. »Er hat seinen Lemmingen gesagt, sie sollen mich im Auge behalten, also keine Ahnung. Ich weiß nicht, was in seinem Kopf vorgeht.«

»Stimmt, niemand weiß, was andere denken«, sagt er verständnisvoll und holt tief Luft. »Wenn du willst, kannst du wieder hier einziehen, aber ich habe zwei Bedingungen.«

Ich hebe meinen Blick und sehe ihn fragend an. »Wie lauten sie?«

Er fährt sich durch das dichte braune Haar, das langsam von grauen Strähnen durchzogen wird. »Erstens: Du triffst dich nicht mehr mit deinem Bruder. Er ist kein guter Umgang für dich.«

»Ich will nichts mehr mit ihm zu tun haben.«

»Gut.«

»Und die zweite Bedingung?«

»Du drehst selbst auch keine krummen Dinger mehr, um irgendwem zu gefallen, verstanden? Du wirst deinen Schulabschluss machen, dir einen Job suchen und deinen Teil beisteuern, bis du aufs College gehst.«

»Dad, das mit der Schule ...«

»Was soll damit sein?«

»Ich war zu dumm für das Ganze.«

Daraufhin schüttelt er den Kopf. »Du bist nicht dumm, du hattest bloß keine Lust mehr zu lernen.«

»Das meiste von dem Stoff brauche ich mein Leben lang nicht mehr.«

»Dennoch möchte ich, dass du den Abschluss nachholst und etwas aus deinem Leben machst. Du sollst nicht so enden wie ich, ohne Collegeabschluss, ohne viel, wofür es sich zu leben lohnt, ohne die Liebe deiner Mom. Aus dir soll etwas werden, Sin.«

Ich senke meinen Blick und verdränge die Tränen.

»Ich bin so oder so stolz auf dich, das war ich immer, auch wenn ich es nicht gezeigt habe. Ich habe vollkommen versagt, als es an mir lag, dir und deinem Bruder ein Vorbild zu sein, deshalb versuch zumindest, den Schulabschluss zu schaffen, okay?«, fragt er mit rauer Stimme.

»Okay«, entgegne ich kleinlaut. »Ich versuche es.«

»Na also, das ist mein Mädchen«, sagt er erfreut und klatscht in die Hände. »Jetzt bring deine Sachen in dein Zimmer und dann kannst du mir hier ein wenig helfen.«

»Alles klar.« Ich erhebe mich und hole meine Tasche. Es überrascht mich, dass er sich um seine Alkoholsucht und einen neuen Job gekümmert hat. So entschlossen kenne ich meinen Dad nicht. »Bin gleich wieder da.«

»Pack erst mal in Ruhe aus, ich mache hier weiter.«

»Okay.« Ich mache mich auf den Weg nach oben und überall im Haus wurde renoviert, vielleicht auch mein Zimmer, ich werde es gleich sehen. Allerdings traue ich ihm eher zu, dass er es gelassen hat, wie es war.

Schließlich betrete ich mein Schlafzimmer, hieve meine Tasche aufs Bett und stelle fest, dass es tatsächlich so ist, wie ich es hinterlassen habe. Unordentlich und unrenoviert.

»Ich dachte, wenn du irgendwann zurückkommst, kannst du selbst entscheiden, welche Farbe du an den Wänden haben willst und ob du neue Möbel haben möchtest«, erklingt seine Stimme hinter mir.

Ich drehe mich um. »Ich brauche keine neuen Möbel.«

»Aber die Wände könnten einen Anstrich gebrauchen, Ronny.«

»Schon, jedoch hat das Zeit, Dad. Ich bin erst mal froh, wieder hier zu sein.«

»Na gut. Soll ich dir beim Auspacken helfen?«

»Das kriege ich hin, aber … ich habe eine andere Frage«, beginne ich zurückhaltend.

»Stell sie.«

»Ich habe noch einen Haufen Zeug bei Dax und muss es abholen, damit er es nicht entsorgt. Könntest du mit mir zu ihm fahren?«, möchte ich wissen.

»Sicher, aber nicht heute, ich habe noch eine Menge zu tun. Wenn der junge Mann wirklich verletzt ist, sollten wir ihm etwas Zeit geben, sich zu erholen«, antwortet er mit warmer Stimme.

»Ja, du hast recht.«

»Ich mache unten weiter«, lässt er mich wissen.

»Alles klar.«

Er lässt mich allein und ich kümmere mich darum, meine Tasche auszupacken. Einzig die Bettwäsche hat Dad gewechselt. So riecht mein Bettzeug wenigstens nicht muffig.

* * *

Am Abend haben Dad und ich miteinander gekocht. Er hat erzählt, dass er für sich meistens nur Fertiggerichte zubereitet und froh ist, dass wir heute frisch gekocht haben. Er hat mir einiges erzählt, sogar von einer Frau, die er bei der Arbeit kennengelernt hat. Er arbeitet in einer Autowerkstatt, so wie früher, und hat offensichtlich Spaß an dem Job. Ich höre mir alles, was er in den letzten Monaten erlebt hat, an, so wie er sich auch meine Geschichten angehört hat. Allerdings habe ich ihn bei der Länge von meinen um einiges geschlagen. Ich freue mich, dass es ihm so gut geht. Er hat es ganz ohne Hilfe geschafft – größtenteils jedenfalls – und man sieht ihm an, dass es ihm gut geht.

»Und diese Frau, die du kennengelernt hast, wie ist sie so?«, erkundige ich mich interessiert, als er nichts mehr von der Arbeit erzählt.

Dad verzieht seine Lippen zu einem verträumten Lächeln. »Sie ist freundlich, warmherzig, sehr belesen und redselig, manchmal habe ich das Gefühl, ihrer nicht würdig zu sein, aber das unterbindet sie immer schnell.«

Ich nicke verstehend. »Wie heißt sie?«

»Samantha.«

»Hat sie Kinder?«

»Ja, aber die sind erwachsen wie du und dein Bruder.«

»Dann ist sie wohl auch geschieden, hm?«

Daraufhin schüttelt Dad den Kopf. »Nein, sie ist verwitwet. Ihr Mann kam damals in Afghanistan ums Leben und sie musste die Kinder allein großziehen.«

Mitleidig verziehe ich das Gesicht. »Oh scheiße.«

»Wortwahl, Ronny.«

»Oh Mist?«

»Besser.«

Dass er irgendwann einmal darauf achten würde, wie ich mich ausdrücke, hätte ich nicht erwartet, aber so ändern sich die Dinge. Als er noch gesoffen hat – es war definitiv kein Trinken mehr –, war es ihm vollkommen egal, ob ich Kraftausdrücke verwendete oder nicht. Er hat sie ja selbst oft genug gebraucht, um mich zu beschimpfen. »Sorry.«

»Schon okay, aber ich möchte solche Wörter nicht mehr in meinem Haus hören. Manchmal müssen sich Dinge ändern.«

»Du hast recht.« Manche Dinge müssen sich ändern, andere werden sich ohne irgendein Zutun ändern. Daran kann man selbst wiederum nichts ändern. Von meinem Gedankengang verwirrt, stochere ich im Salat herum.

»Sie kommt gleich her.«

»W-was?«, stoße ich überrascht aus.

Er schnaubt amüsiert. »Du kannst Sam gleich kennenlernen, wenn du willst, wir sind für heute Abend verabredet.«

»Ich weiß nicht, ob das so eine gute Idee ist, Dad. Vielleicht sollte ich mich einfach zurückziehen und sie ein anderes Mal kennenlernen.«

»Warum hältst du es für keine gute Idee?«

»Ich habe gerade meinen Freund verloren, da möchte ich mir kein verliebtes Paar ansehen«, rede ich mich heraus. Ich gönne ihm das Glück, denn nach vielen einsamen Jahren hat er es verdient, aber ich will nicht riskieren, dass ich irgendwas Blödes sage, weil ich nicht nachgedacht habe. Manchmal verpasse ich den Moment, vor dem Reden mein Hirn einzuschalten, in keinem der besagten Fälle hat es mir gut getan.

»Ja gut, das verstehe ich, aber begrüß sie wenigstens, wenn sie kommt, okay?«

»Das mache ich.« Ich stehe auf und bringe meinen Teller weg. Appetit hatte ich so gut wie keinen, deshalb stelle ich mein Essen in die Mikrowelle. Ich kann es später immer noch essen.

»Musst du wegen dieses Unfalls keine Physiotherapie machen?«

»Eigentlich schon, aber ...«

»Aber?«

»Ich kam noch nicht dazu, mich darum zu kümmern«, rede ich mich erneut heraus. Ich habe einfach keine Lust, mich von irgendeinem Therapeuten herumkommandieren zu lassen. Ich hatte es Acid zugestanden und er machte nichts Gutes daraus, seither halte ich nichts mehr von irgendeiner Form von falscher Autorität.

»Das solltest du schleunigst tun.«

»Am Wochenende kann ich es nicht«, halte ich dagegen. »Und ich weiß nicht, wie ich es bezahlen soll.«

»Lass das meine Sorge sein.«

Daraufhin schüttle ich den Kopf. »Dad, mir geht's gut. Das Muskeltraining kann ich allein machen, bisher hat es auch geklappt.«

»Mach zumindest zwei oder drei Stunden, Ronny, damit du weißt, welche Übungen dir helfen. Ich bezweifle, dass es gut für deine Knochen ist, wenn du von Dach zu Dach oder aus dem Fenster deines Zimmers springst«, entgegnet er.

»Okay«, gebe ich mich geschlagen, während ich den Tisch abräume. »Ich gehe gleich in mein Zimmer und suche im Internet nach Therapeuten, in Ordnung?«

»Ja, das ist in Ordnung.« Er legt sein Besteck auf den leeren Teller und wischt sich den Mund ab, anschließend hilft er mir beim Abwasch.

Ich kenne meinen Vater so nicht, aber bin wirklich froh, dass er sein Leben so weit in den Griff bekommen hat. Hoffentlich kriege ich das mit Dax auch wieder hin. Ich will nicht akzeptieren, dass es vorbei ist. Das darf es nicht sein! Dafür waren unsere Gefühle zu stark.

Nachdem wir gemeinsam abgewaschen hatten, habe ich meinem Dad noch geholfen, das Wohnzimmer aufzuräumen. Wir haben es gemeinsam fertig gestrichen. Es riecht noch stark nach der Farbe, doch man kann sich nun wieder hineinwagen, ohne von

Farbklecksen versaut zu werden. Wir nehmen die Folien vom Boden und von den Möbeln, dann bringen wir sie in die Mülltonne. Ich bin wirklich gespannt, was für ein Typ Mensch diese Sam ist, aber solange mein Dad mit ihr zurechtkommt, kann es mir auch egal sein. »Ich geh mal duschen«, wende ich mich an meinen Vater.

»Alles klar. Kommst du nachher noch mal runter?«

»Mal sehen«, erwidere ich. »Aber ich denke schon.«

»Wenn nicht, schlaf gut, Ronny.« Er drückt mir einen kurzen Kuss aufs Haar, dann geht er wieder in die Küche.

* * *

Kapitel 11

Zwei Wochen später

Mein Dad und ich haben uns inzwischen miteinander arrangiert. Bei der Physiotherapie war ich noch nicht, da alle Praxen, die infrage kämen, ausgebucht sind. Ich konnte ihn davon überzeugen, dass ich es nun weiter auf meine Weise versuche, womit er immerhin Geld spart. Er war unzufrieden, aber letztlich einverstanden. Seine Freundin habe ich auch kennengelernt. Sie ist nett und freundlich, aber ganz anders als ich erwartet habe. Meiner Meinung nach passt sie nicht zu Dad, doch ihn glücklich zu sehen, lässt mich meine Bedenken schlucken. Irgendwann wollen sie sicher zusammenziehen, sodass ich jetzt auch schon die Ohren wegen einer eigenen Wohnung offenhalte.

Nun sitzen wir in seinem Wagen und er lässt sich von mir zu Dax lotsen. Ich habe seine genaue Adresse nicht im Kopf, sondern folge meinem Gefühl. Außerdem habe ich ein gutes Gedächtnis, was Hausfassaden betrifft. Wir sind fast da.

»Der Kerl wohnt in einer recht runtergekommenen Gegend.«

»Ich weiß, aber er hat eine schöne Wohnung und manchmal täuscht der erste Eindruck.«

»Hm.«

»Hier links.« Ich deute auf eine Kurve und Dad biegt ab. Nach wenigen Minuten bedeute ich ihm, einen Parkplatz zu suchen.

»Sicher, dass ich dich nach oben begleiten soll?«, fragt er.

»Ja, ich will nicht allein nach oben gehen.« Ich hole den Schlüssel, den ich noch habe, aus meiner Jackentasche und öffne die Haustür.

Wir gehen die Treppen hoch und irgendwann stehen wir vor seiner Wohnung. Hier möchte ich nicht so dreist sein und mir ohne sein Wissen Zutritt verschaffen. Ich atme tief durch, dann drücke ich die Klingel, anschließend klopfe ich.

»Komme«, ertönt Dax' Stimme. Die Tür geht auf und er sieht mich mit großen Augen an. »Hatte ich mich nicht deutlich ausgedrückt?«

»Ich möchte nur mein Zeug holen, dann bist du mich los.«

»Dass du dich traust, mir unter die Augen zu treten, ist der absolute Wahnsinn«, sagt er sauer.

»Guten Tag, Mr van Houten«, mischt mein Vater sich ein, bevor die Situation eskalieren kann.

»Guten Tag«, erwidert Dax desinteressiert. »Na schön, hol dein Zeug, Sin, dann verschwinde.« Er tritt einen Schritt zur Seite, sodass Dad und ich das Apartment betreten können.

»Darf ich mich setzen?«, fragt Dad ihn und deutet auf die Couch.

»Nur zu«, nickt Dax und geht ebenfalls dorthin. »Sin, deine Sachen liegen in ihren Taschen neben der Schlafzimmertür.«

»Danke«, sage ich kleinlaut und lasse die beiden einen Moment allein.

»Es tut mir leid, dass mein Sohn Sie in der Mangel hatte«, höre ich Dads Stimme.

»Mir auch, aber nicht Ihr Sohn, sondern seine Freunde hatten mich in der Mangel. Er selbst traut sich nicht«, erwidert Dax.

»Das sieht ihm ähnlich.«

»Hm.«

Ich nehme die Taschen an mich und sehe mich noch einmal um. Bilder, die gemeinsame Erinnerungen zeigen, fluten mein Gedächtnis und treiben mir Tränen in die Augen, die ich zwanghaft versuche zu unterdrücken. Fahrig wische ich sie von meinen Wangen und gehe zurück ins Wohnzimmer. »Ich hab alles, Dad, wir können nach Hause fahren.« Ich zwinge mich dazu, Dax nicht anzusehen, weil es mir wehtut. Er ist so nah und doch so weit entfernt.

»Vielleicht sollten Sie meiner Tochter die Gelegenheit geben, Ihnen alles zu erklären.« Dad erhebt sich, nimmt mir die Taschen ab und geht zur Tür. Er verlässt die Wohnung und ich stehe wie bestellt und nicht abgeholt mitten im Raum.

Dax deutet Richtung Ausgang. »Leb wohl, Sin.«

»Es tut mir leid, was passiert ist. Ich habe dir nichts gesagt, weil ich Angst hatte, dass du mich zum Teufel jagst. Außerdem habe ich nicht damit gerechnet, dass wir uns ineinander verlieben«, sage ich kleinlaut, dann verlasse ich ebenfalls seine Wohnung.

»Sin?«, fragt er, als er ins Treppenhaus kommt.

Ich drehe mich auf der Treppe stehend zu ihm um. »Ja?«

»Gib mir 'ne Weile, okay? Ich muss das erst mal verarbeiten. Ich meld' mich, wenn ich so weit bin.«

Ich nicke knapp. »Ich habe mein Handy nicht mehr, soll ich dir meine neue Nummer geben?« Dad war Gott sei Dank so gnädig und hat mir ein neues Handy gekauft. Es ist zwar nicht das modernste Smartphone, aber immerhin funktioniert es.

Er schüttelt den Kopf. »Wir werden uns sicher über den Weg laufen.«

»Okay.« Ich wende mich schweren Herzens ab und folge meinem Vater nach unten. »Bis bald, Dax«, sage ich von unten, doch sicher hört er es nicht mehr.

* * *

Ich weiß nichts mit mir anzufangen. Ich habe meine Sachen in die Waschmaschine geschmissen, mein Zimmer aufgeräumt und abgewaschen, nun langweile ich mich. Vielleicht sollte ich etwas rausgehen, mich in der Stadt umsehen und so die Zeit totschlagen. Dad ist zu Samantha gefahren, nachdem er mich hier abgesetzt hatte, also muss ich auf niemanden Rücksicht nehmen.

»Na schön, dann gehe ich eben raus«, sage ich mir selbst und lege Mr Tingles, meinen Teddy, zur Seite. Er ist momentan der Einzige, mit dem ich reden kann, verrückt, ich weiß. Aber wenn einem alle Vertrauten den Rücken zuwenden, bleiben einem nur jene, die aus Stoff sind, auch wenn sie nicht mit Organen sondern Polyacryl gefüllt sind.

Nachdem ich meine Lederjacke angezogen habe, setze ich mein Beanie und eine Sonnenbrille auf. Als ich fertig bin, verlasse ich mein Zimmer, anschließend das Haus. Ich dehne mich kurz, dann jogge ich los Richtung Innenstadt. Ich will wissen, ob Dax unterwegs ist, außerdem muss ich ihn wegen Acid im Auge behalten. Ihm darf nicht noch mal etwas passieren, bloß, weil ich mich in ihn verliebt habe. Ich komme mir vor wie in der modernisierten Ausgabe von Romeo und Julia. Ich kenne zwar nur den Film, aber die Geschichte passt in jede Epoche. »Na herzlichen Dank, Mr Shakespeare«, nuschle ich, als ich meine Gedanken nicht mehr für mich behalten kann. Manchmal sind Selbstgespräche gut, auch wenn man auf andere wie eine Irre wirkt. Aber was interessiert es mich, was Fremde von mir denken? Richtig. Nichts!

Nach einer Stunde Joggen habe ich die Innenstadt erreicht. Ich bin wirklich nicht mehr besonders trainiert, weshalb ich inzwischen doppelt so lang für die Strecken brauche. Ich stehe Dax' Wohnung gegenüber und hebe den Blick zu seinem Apartment. Es brennt kein Licht, aber gut, es ist helllichter Tag. Sein Auto steht vor der Tür, außerdem Ridges SUV. Ich weiß, dass ich nicht klingeln sollte, er braucht Zeit, ich brauche sie auch, denn obwohl ich ihn zurück will, muss ich mir Gedanken über die Bedingungen meines Dads machen. Ja, ich habe sie akzeptiert, aber noch mal die Schulbank drücken? Ich bin zu dumm für den ganzen Mist und aufs College wollte ich sowieso nie. Ich werde im Leben zwar nichts reißen können, wenn ich keine abgeschlossene Ausbildung habe, aber ich werde mich mit anderen Jobs über Wasser halten können. Außerdem ist es in den Staaten doch möglich, sich vom Tellerwäscher zum Millionär hochzuarbeiten. Ich bräuchte nur erst mal eine Stelle als Tellerwäscherin, damit das überhaupt etwas werden kann. Außerdem habe ich keine besonderen Talente. Ich bin sportlich, mehr nicht. Ich fühle mich nicht besonders hübsch, obwohl ich sicher nicht hässlich bin. Ich kann nicht singen, geschweige denn ein Instrument spielen. Man könnte mich eigentlich in eine Ecke stellen und als Statur arbeiten lassen. Zu mehr bin ich nicht zu gebrauchen. Oder ich könnte in der Essensausgabe irgendeines Unternehmens arbeiten, vielleicht auch in einer Schule, wobei … lieber nicht. Von Schulen halte ich mich fern, seit ich an der Highschool mit wehenden Fahnen unterging. Kopfschüttelnd vertreibe ich die Erinnerungen an meine Mitschüler, die sich über mich lustig machten, weil ich eine weitere Arbeit verkackt hatte.

Ich konzentriere mich wieder auf das, weshalb ich hier bin. Dax. Hinter der Haustür bewegen sich Silhouetten und ich weiß, dass es sich um Ridge handelt. Er ist der Einzige unter Dax' Freunden, der weiße Mützen trägt. Wollmützen, wenn die Sonne knallt, meiner Meinung nach ist der Kerl nicht ganz dicht, aber er ist einer der Freundlichen in der Clique um Davenport. Ich halte mich hinter einem weiteren Auto versteckt, damit Ridge mich nicht sieht.

Als er auf den Gehweg tritt, folgt Dax ihm. Sie steigen in ihre Autos und fahren los. Fuck! Wie soll ich ihnen denn jetzt folgen? Gut, es gibt nicht viele Möglichkeiten. Entweder ich steige in ein Taxi, was in der Rush Hour Stau und unnötige Kosten zufolge hat, oder ich klettere aufs Dach und versuche, sie so zu verfolgen.

* * *

Nach einer regelrechten Verfolgungsjagd habe ich Dax und Ridge verloren. Ich habe einen Sprung verkackt und sie dann nicht mehr gefunden. Nun bin ich unterwegs zu Hood. Ich habe dort kein Hausverbot und Acid kann mich nicht von Orten fernhalten, an denen ich mich schon früher aufgehalten habe. Er hat kein Recht dazu, außerdem weiß er, dass ich meine Drohung wahrmachen werde, wenn er mich belästigt. Ich werde ihn bei der Polizei verpfeifen, sollte er mir blöd kommen. Den Fehler meines Bruders, mich zu unterschätzen, haben vor ihm schon viele gemacht und sie bereuten es hinterher. Ich schlage nicht zu, sondern gehe einfach zu den Cops, die sich um den Rest kümmern. Giverney hat ihren ersten Aufenthalt im Jugendarrest mir zu verdanken. Bestimmt wird sie sich dafür rächen, wenn sie aus dem Knast kommt, aber bis dahin vergeht noch ein wenig Zeit. Es sei denn, sie wird wegen guter Führung entlassen, aber dann hat sie sowieso erst eine Rechnung mit Hope Vanderbelt – Thorns Halbschwester – zu begleichen. Ich wette, mein Bruder wird ihr dabei helfen, wenn es irgendwann so weit ist, denn beide kamen nie besonders gut mit Thorn zurecht. Giverney nicht mehr, nachdem er sich von ihr getrennt hatte, mein Bruder nicht mehr, nachdem Thorn ihn verarscht hatte. Ich weiß nicht genau, was Davenport mit Acid abgezogen hat, doch hat es den Hass meines Bruders geschürt. Sie haben ein einziges Mal zusammengearbeitet, als Thorns Freundin von diesem Zuhälter bedroht wurde. Screw hat mir das erzählt, nachdem ich aus dem Krankenhaus entlassen worden war. Danach gab es wohl wieder und wieder Stress zwischen den beiden Cliquen. Straßengangs … Man könnte es auch Schwanzvergleich nennen, denn Acid ist genauso ein Macho wie Thorn.

Als ich Hoods Bar erreiche, hat er gerade erst geöffnet. Vielleicht sind schon Gäste da, möglicherweise auch nicht, ich werde es in wenigen Augenblicken erfahren. Ohne zu zögern, betrete ich das

Lokal und die Gespräche verstummen. Alle Blicke richten sich auf mich, als ich an die Bar gehe, doch das ist mir egal.

»Sin«, sagt Hood emotionslos.

»Hi. Gibst du mir bitte 'ne Coke?«

Er hebt eine Augenbraue. »Vielleicht ist es besser, wenn du dich hier nicht aufhältst.«

»Bitte?«, hake ich irritiert nach. Ich spiele es. Wieso sollte ich so einfach vom Feld ziehen? Das sehe ich nicht ein.

»Wegen deines Bruders. Ich hab' keinen Bock auf Stress.«

Daraufhin schnaube ich. »Acid wird keinen Stress machen. Komm schon, Hood, ich bin heute ewig lang unterwegs gewesen und möchte nur eine Coke trinken, mehr nicht.«

Er scheint nachzudenken. »Sobald er auftaucht, verschwindest du, klar?«

»Klar«, brumme ich.

Hood stellt mir eine kleine Flasche Coke hin und steckt einen Strohhalm hinein. »Wie geht's dir?«

Ich senke meinen Blick und verfolge einen Kondenstropfen, der sich seinen Weg über den Glashals der Flasche sucht. »Geht so.«

»Dax oder Acid?«

Nun sehe ich ihn überrascht an. »Woher weißt du von Dax?«

Hood zieht den linken Mundwinkel hoch. »Kleines, dein Bruder und seine Leute kommen ständig her, Thorn und seine Jungs ebenfalls. Ich habe mitbekommen, was Sache ist.«

»Ach so«, nicke ich.

»Also, was bedrückt dich?«, fragt er mit warmer Stimme.

Ich räuspere mich. »Alles.«

»Das heißt im Klartext?«

»Na ja, ich war heute bei Dax, um meine Sachen zu holen. Er war ziemlich gefühlskalt und wollte nicht mal meine neue Nummer haben. Irgendwie hat es mich ziemlich mitgenommen.«

»Also besteht gar keine Hoffnung für euch beide?«

Unwissend zucke ich mit den Schultern. »Keine Ahnung. Er meinte, wir würden uns über den Weg laufen, wenn er bereit wäre, sich wieder mit mir abzugeben, aber ich glaube nicht daran.«

Hood nickt. »Hm, sieht Dax nicht ähnlich, normalerweise stellt er sich allem, auch wenn es unangenehm werden könnte.« Dann seufzt er. »Es hat ihn verletzt, dass du ihm nicht vertraut hast. Letzte Woche war er hier, bis ich zugemacht habe, und hat sich ein Bier nach dem anderen reingezogen. Scheint, ihn ganz schön fertigzumachen.«

»Hm.«

»Wo bist du untergekommen? Acid meinte, er hätte dich rausgeschmissen.«

Ich lege den Kopf schief. »Ich hab einen sicheren Schlafplatz, keine Sorge.« Ich trinke einen großen Schluck von meiner Cola, anschließend bezahle ich sie ihm, damit ich, falls Acid kommt, nicht lange warten muss.

»Das beruhigt mich.«

Ein falsches Lächeln ziert meine Lippen. Nach einem richtigen ist mir momentan nicht zumute, also muss er sich damit zufriedengeben.

»Was machst du jetzt, da du nichts mehr mit deinem Bruder zu schaffen hast?«

»Mal sehen. Erst mal suche ich mir irgendwo einen Nebenjob. Wenn es nach meinem Dad liefe, mache ich nach dem Sommer mit der Schule weiter«, erzähle ich.

»Also wohnst du wieder bei deinem Dad?«

Ich nicke knapp.

»Finde ich, ehrlich gesagt, nicht so berauschend, dass du bei dem Säufer wohnst.«

»Er hat sich geändert. Zum Positiven, glaub mir.«

»Fällt mir schwer, aber okay.«

»Er geht zu den anonymen Alkoholikern und arbeitet wieder. Es geht aufwärts mit ihm.«

Hood sieht mich erstaunt an. »Das hätte ich nicht von ihm erwartet.«

»Ich auch nicht, aber es ist so. Als er mich wieder bei sich aufnahm, war er dabei, das Haus zu renovieren. Nirgends sind Alkoholverstecke und er kommt nach der Arbeit sofort nach Hause, wenn er nicht zu seiner Freundin fährt. Ich bin froh, dass er es wieder auf die Beine geschafft hat«, erzähle ich weiter.

»Das ist die Hauptsache, auch wenn er deine wichtigsten Jahre versoffen hat.«

Ich zucke erneut mit den Schultern. »Ich denke, er bereut es, aber es ist auch nicht mehr wichtig.«

»Solange er sich jetzt im Griff hat.«

»Hat er«, sage ich sofort.

»Gut.« Hood sieht sich im Laden um. »Ich drehe mal meine Runde, bis gleich.«

»Bye.« Ich konzentriere mich wieder auf die Kondenstropfen auf meiner Colaflasche. Einzelne fange ich mit dem Zeigefinger auf, andere lasse ich in Ruhe, bis sie ihren Weg auf den Bierdeckel gefunden haben. Ich spüre Blicke in meinem Rücken, aber ich werde den Teufel tun und mich umdrehen. Vielleicht sollte ich einfach abhauen und nie wieder herkommen, dann laufe ich auch meinem Bruder nicht in die Arme.

»Na, Kleine.« Jemand setzt sich zu mir.

Ich sehe den Kerl an, doch erwidere ich nichts.

»Wo hast du deine Meute gelassen?«

Ich verdrehe die Augen, trinke meine Cola aus und stehe auf. Anschließend gehe ich zur Tür. Ich verlasse die Bar, um keinen unnötigen Ärger zu machen. Dax werde ich hier sowieso nicht treffen, denke ich, warum sollte ich noch länger bleiben? Ich werde einfach nach Hause spazieren und meinen Gedanken nachhängen.

»Ey, Kleine!«, ruft mir der Kerl hinterher. Ich weiß, dass ich ihn irgendwoher kenne, aber mir fällt sein Name nicht ein.

»Gott, ich hab so keine Lust auf den Kerl«, sage ich zu mir selbst. Es ist ein Fehler, das ist mir bewusst, dennoch laufe ich los. Ich werde ihn sicher irgendwo abhängen. Ich renne zur Hauptstraße und wende mich nach links. Zwischen besonders vielen Menschen kann ich nicht verschwinden, denn es sind nicht viele unterwegs, dennoch müssten sie ausreichen, um ihn ein wenig auszubremsen.

»Warum läufst du denn weg?«

Ich antworte ihm wieder nicht, sondern eile weiter, dennoch werfe ich einen Blick über meine Schultern.

Ich habe inzwischen vier Blocks hinter mir gelassen, habe Seitenstiche und keuche, doch der Kerl gibt nicht auf. Inzwischen ruft er aus einem Auto, auf dessen Beifahrersitz er sitzt. Warum verfolgen mich diese Spinner? »Herrgott«, kreische ich auf, als ich in ein Hindernis laufe und ins Straucheln gerate.

Ich werde an den Schultern festgehalten. »Alles okay, Sin?«

Ich schaue hoch. »Ja, danke«, erwidere ich auf Traces Frage und versuche, mich von ihm loszueisen.

»Du siehst nicht so aus.«

»Das kann dir doch egal sein.«

»Hey, halt die Schnalle fest!«, ruft der Kerl aus dem Auto, anschließend steigt er aus.

»Was ist los?«, fragt Dax, der dazukommt.

»Sieht so aus, als würde deine Ex verfolgt«, erwidert Trace.

»Leute, lasst mich einfach durch, okay?«, mische ich mich ein und Trace lässt mich endlich los. »Wäre nett, wenn ihr sie kurz aufhalten könntet.« Danach gehe ich zwischen den beiden durch und gehe langsam weiter, da mich mein brennender Hals und die Seitenstiche umbringen.

Dax nickt mir zu. »Kümmerst du dich darum?«

»Klar«, erwidert Trace.

»Komm, ich bring dich nach Hause«, sagt Dax und greift unter meinen Ellenbogen.

»Ich finde den Weg allein«, erwidere ich und möchte ihm meinen Arm entziehen, doch sein Griff ist unnachgiebig.

»Und ich sagte, ich bringe dich nach Hause, dann weiß ich, dass du sicher dort angekommen bist und die Kerle dich in Ruhe lassen.«

»Na schön«, seufze ich und lasse mich von ihm zu seinem Auto dirigieren.

Wir steigen ein und Dax manövriert seinen Wagen aus der Parklücke. »Was wollen die von dir?«

»Keine Ahnung, einer von ihnen sprach mich bei Hood an, und nachdem ich gegangen war, sind sie mir hinterher gefahren. Ich bin den ganzen Weg gerannt, weil ich ihn abhängen wollte, aber irgendwann fuhren sie langsam neben mir her«, erkläre ich genervt.

»Wahrscheinlich sind das irgendwelche Halbstarken, die einen ärgern wollen.«

»Möglich.« Ich schnalle mich an und schaue aus dem Fenster.

»Wo wohnst du jetzt?«

»Wieder bei meinem Dad.«

»Gibst du mir die Adresse? Sonst muss ich dich irgendwo rauslassen.«

Ich sage sie ihm an. »Du wohnst ja fast bei Ridge um die Ecke.«

»Hm.«

»Wie geht's dir so?«, erkundigt er sich, woraufhin ich ihn erstaunt ansehe. »Was?«, fragt er irritiert.

»Ich denke, du weißt, wie ich mich fühle.«

Er schüttelt den Kopf. »Woher?«

»Weil ich sicher nicht wie das blühende Leben aussehe«, erwidere ich leiser.

»Sin, sag mir einfach, wie es dir geht.«

Ich ziehe die Nase hoch. »Mir geht's beschissen.«

»Meinetwegen?«

»Weshalb sonst?«

»Keine Ahnung, Stress mit deinem Bruder oder so.«

»Nein, er lässt mich in Ruhe«, winke ich ab.

»Wow.«

»Ja.«

Dax seufzt, doch sagt er nichts mehr. Er konzentriert sich auf die Straße und ich? Ich tue es auch, denn ich weiß nicht, worüber ich mit ihm sprechen soll.

Ich könnte ihn fragen, ob Acid ihn noch mal angegriffen hat, aber ich weiß nicht, wie er es aufnehmen würde.

Schließlich räuspert er sich. »Die Jungs meinten, sie haben dich ewig nicht in der Stadt gesehen.«

»Ich war auch nicht in der Stadt unterwegs.«

»Warum nicht?«

»Um Acid und seinen Freunden aus dem Weg zu gehen«, antworte ich nachdenklich. »Haben sie dir noch mal aufgelauert?«

»Nein, sie halten sich bedeckt. Geht das Gerücht um, dass Acid von den Cops gesucht wird.«

Ich nicke langsam. Haben sie es selbst in die Welt gesetzt, weil ich meinem Bruder gedroht habe? »Die Polizei müsste doch wissen, wo er arbeitet, immerhin schmiert er ein paar von denen, wenn er irgendwelche Deals durchzieht.«

Dax nickt knapp. »Ich weiß, Thorn wollte sich bei seinem Kumpel bei den Cops schlaumachen, ob es stimmt. Ich bezweifle es, weil Acid sich sonst auch nicht beeindrucken lässt.«

»Vielleicht liegt es auch daran, dass ich meinem Bruder gedroht habe, ihn bei den Cops zu verpfeifen, wenn er mich und jene, die ich liebe, nicht in Ruhe lässt«, sinniere ich.

Dax tritt auf die Bremse. »Was hast du getan?«

»Ihn vor die Wahl gestellt.«

Heftig schüttelt er den Kopf. »Du erpresst ihn und du weißt wohl am besten, dass man das nicht mit Acid tun sollte.«

»Ich weiß, dass ich ein Recht auf ein ruhiges Leben habe. Er hat mich so wie du aus seinem verbannt, also sollte er mich in Frieden lassen«, entgegne ich tonlos.

»Ich habe dich nicht aus meinem Leben verbannt«, raunt er.

»Nein? Was war das dann? Ein Auf Wiedersehen?«, möchte ich wissen.

Daraufhin seufzt er resigniert. »Ich hatte extreme Schmerzen und war sauer darüber, dass du mir nicht ausreichend vertraut hast, Sin, wie hättest du reagiert?«

»Wahrscheinlich hätte ich dich erst mal nach deinen Gründen gefragt, statt dich direkt zum Teufel zu jagen. Schmerzen hin oder her.«

»Hm, ich habe mich von meinen Gefühlen leiten lassen«, gibt er zu. »Ich habe mich verarscht gefühlt und es tut mir leid, wie ich dich behandelt habe, aber in dem Moment erschien es mir richtig.«

»Nicht schlimm, ich hätte ehrlich sein müssen.«

»Warum warst du es nicht? Du hast es so oft gesagt, aber ich muss es noch mal hören, um es wirklich zu glauben.«

Ich hole tief Luft und schaue zu ihm.

Dax parkt gerade, dann sieht er mich ebenfalls an.

»Ich hatte Angst, dass du mich zum Teufel jagst, weil ich Acids Schwester bin. Ich habe nicht damit gerechnet, dass ich mich in dich verliebe, und wollte wieder aus deinem Leben verschwinden, aber es ging nicht, irgendwie haben mich meine Gefühle nicht losgelassen, weshalb ich einfach nicht gehen konnte«, erkläre ich. »Es kam mir so vor, als hätten sie mich an dich geschweißt. Ich wollte in deiner Nähe sein, nirgendwo anders, nur bei dir, und so habe ich alles kaputtgemacht.«

»Hm«, macht er nachdenklich und schaut auf mein Elternhaus. »Willst du mich nicht rein bitten? Wir könnten noch ein wenig quatschen.«

Ich hole tief Luft. »Ich weiß nicht.« Es ist wahr. Ich weiß nicht, ob es so gut ist, wenn wir den Abend miteinander verbringen. Heute Mittag sagte er noch, dass er noch nicht bereit sei, sich mir zu stellen, wieso ist er es jetzt?

»Wieso nicht?«

»Weil du sagtest, dass du Zeit bräuchtest.«

Dax sieht sich um, dann wieder mich an. »Ich bin gerade hier, oder?«

»Ja.«

»Also habe ich Zeit gehabt, ich habe zwei Wochen nachgedacht, alle möglichen Szenarien durchgespielt, was dir passieren könnte, wenn ich nicht in deiner Nähe bin … Sin, lass uns einfach den Abend miteinander verbringen und reden, okay?«

»Brauchen deine Freunde dich nicht?«

»Die können warten«, erwidert er und steigt aus.

Seufzend folge ich ihm und zeige zum Haus. »Möchtest du vielleicht auf eine Cola reinkommen?«

»Eher auf ein Bier.«

»So was haben wir nicht da, mein Dad ist trockener Alkoholiker und … na ja, er will nicht in Versuchung geführt werden«, erkläre ich.

»Vorbildlich.«

»Ja, ich bin ganz schön stolz auf ihn. Ich habe nicht damit gerechnet, dass er es schafft.« Ich atme noch mal durch. »Also, möchtest du trotzdem auf eine Cola reinkommen?«

Dax nickt und kommt an meine Seite.

Gemeinsam gehen wir hinein, ich führe ihn in die Küche. »Setz dich.«

Er setzt sich an den Küchentisch und betrachtet mich. »Du siehst dünn aus.«

»Na ja, ich habe abgenommen, aber das liegt am Sport«, winke ich ab, als ich Gläser und die Colaflasche auf den Tisch stelle.

»Du hast damals auch Sport gemacht und sahst nicht so dünn aus. Schlank, aber nicht so extrem dünn.«

»Durch den Krankenhausaufenthalt habe ich eben an Muskelmasse verloren, das muss ich erst mal wieder aufbauen, dann sehe ich auch gesund aus.«

Er legt den Kopf schief. »Aber du isst, oder?«

»Ja, ich habe nur die ersten zwei oder drei Tage nicht viel gegessen. Mittlerweile essen ich wieder normale Portionen.« Ich reibe meinen Nacken. »Im Moment nehme ich einfach nicht zu.«

»Machst du noch Sport?«

»Gelegentlich.«

»Also springst du nicht mehr tagtäglich über Chicagos Dächer?«

Ich schüttle den Kopf. »Momentan nicht. Mein Dad hat es nicht so gern, wenn ich den ganzen Tag meine Akrobatik, wie er es nennt, mache.«

Er schnaubt amüsiert. »Dein Dad hält also nicht viel von Parcours?«

»Nein, ganz und gar nicht. Er findet es zu gefährlich.«

Diesmal lacht er. »Er kennt dich nicht gut, sonst würde er wissen, dass du dich nicht in Gefahr bringst.«

»Er weiß es, macht sich aber trotz allem Sorgen. Lieber bin ich mit ihm an diesem Punkt, als an der scheißegal Einstellung, die er sonst immer hatte.«

»Das stimmt schon. Dennoch finde ich, dass er dich nicht einschränken sollte.«

Ich schüttle den Kopf. »Das tut er nicht. Er sagte bloß, dass er es nicht gern sehe, ich habe es daraufhin eingeschränkt. Heute hat es sich zum ersten Mal gerächt, weil ich ein paar Sprünge versiebt habe.«

»Du warst also trainieren?«

»Ja.«

»Und danach bist du zu Hood?«

Ich nicke knapp. »Genau.« Ich schenke Cola in die Gläser ein und schiebe ihm seines hin. »Was hast du in den letzten Wochen getrieben?«

»Mich erholt, Rachepläne geschmiedet … An dich gedacht.«

Meine Augenbraue flippt in die Höhe. »An mich gedacht?«

»Ja, ständig.«

»Und auch Rachepläne für mich geschmiedet?«

»Nein.« Dax trinkt einen Schluck. »Ich habe mich gefragt, wie es dir geht, was du treibst, wo du untergekommen bist. Immerhin hatte ich mitbekommen, dass Acid dich in die Wüste geschickt hat.«

»Ich habe eine Nacht im Freien geschlafen, danach bin ich hierher gekommen. Mein Dad hat mich wieder bei sich aufgenommen. Ich bin froh, dass er es gemacht hat, denn allein wäre ich aufgeschmissen gewesen.«

»Ist ziemlich löblich.«

»Ja, immerhin war ich ohne ein Wort verschwunden. Er wusste nicht mal, dass ich im Krankenhaus lag, sondern dachte, ich sei durchgebrannt.« Ich seufze. »Vielleicht kriegen er und ich es ja jetzt hin, eine vernünftige Beziehung zueinander aufzubauen.«

»Ich gönne es dir. Es ist scheiße, wenn man ohne Eltern aufwächst.«

»Du weißt es ja am besten«, sage ich leise.

»Stimmt, aber ich hatte Anny. Sie hat sich ganz gut um mich gekümmert.«

Ich nicke leicht. »Man merkt, dass ihr euch sehr gern habt.«

»Sie ist die Einzige, die ich noch habe.«

Ich erstarre. »Und deine Freunde?«

»Es geht um Familie, sie ist die einzige Familie, die ich noch habe«, korrigiert er mich und verzieht seine Lippen zu einem Lächeln. »So wie du nur deinen Dad hast.«

Ich räuspere mich. »Ja, Acid habe ich verloren, doch ich habe erkannt, dass er nie mein Bestes wollte, sondern immer nur egoistisch handelte. Er hat mich für seine Zwecke ausgenutzt und ich blöde Kuh habe es nie erkannt.«

»Manchmal erkennt man es erst zu spät, aber immerhin hast du es erkannt, bevor es zu spät war. Stell dir mal vor, du wärst seinetwegen ins Gefängnis gewandert.«

»So weit wäre es sicher nicht gekommen.« Unsicher reibe ich meinen Nacken. »Dax?«

»Hm?«

Ich senke meinen Blick. »Glaubst du, wir haben noch eine Chance?«

Er legt den Kopf schief, betrachtet mich nachdenklich. »Wenn wir von vorn anfangen.«

Diesmal seufze ich. »Ich glaube, von vorn kann man nicht anfangen, wenn so viel vorgefallen ist.«

»Sicher hast du recht. Es ist zum Kotzen, dass du mich angelogen hast, statt mir sofort zu sagen, wer du bist.«

»Ich hatte mitbekommen, was ihr von Acid haltet. Nachdem einer deiner Freunde damals von Acids Leuten überfallen worden war, war mir klar, dass ich es dir nicht sagen kann, ohne dass es zwischen uns stehen würde«, sage ich kleinlaut.

»Du hast mir nicht vertraut, Sin.«

»Doch, aber ich hatte Angst. Ich wollte dich einfach nicht verlieren«, erwidere ich und fühle die brennenden Tränen in meinen Augen. Ich sehe, dass er die Zähne zusammenbeißt.

»Du weinst?«

»Wonach sieht's denn aus?«, frage ich schniefend und wische die Tränen von meinen Wangen.

»Genau danach. Weinst du meinetwegen?«

Ich nicke hektisch, dennoch höre ich nicht auf, die Tränen wegzuwischen. Diese verräterischen Scheißteile! Ich wünschte, ich könnte meine Gefühle abstellen, genauso wie mein Bruder. Das ist die einzige Eigenschaft, die ich gern mit ihm gemein hätte. Sonst möchte ich ihm keineswegs ähnlich sein.

Dax legt seine Hand auf meine, streichelt meinen Handrücken. »Wir haben uns gegenseitig ganz schön wehgetan, hm?«

»Ja, ich denke schon.«

»Und wir haben es ganz schön verkackt, was?«

»Auch das«, stimme ich ihm weinend zu.

Er steht auf und kommt an meine Seite, dann ergreift er erneut meine Hand und zieht mich hoch. Dax schließt mich in eine feste Umarmung. »Du fehlst mir, Sin.«

»Du mir auch«, schniefe ich und hoffe, dass sein Hoodie meine Tränen aufsaugt.

»Und ich liebe dich.«

Ich schaue zu ihm hoch. »Ich liebe dich auch.«

»Wenn du mir jemals wieder misstraust, schieße ich dich zum Mond, verstanden?«

Ich nicke schnell. »Habe ich.«

Dax nimmt mein Gesicht in seine Hände und legt seine Lippen auf meine. »Sollte dein Bruder sich noch einmal einmischen, mache ich ihn kalt, nicht umgekehrt.«

»Okay«, hauche ich.

Wieder küsst er mich und es dauert nicht lange, bis seine Zunge meine Unterlippe streift.

Ich löse mich von ihm. »Ich …«

»Stimmt was nicht?«

»Ich will ungern hier stehen und knutschen, wenn mein Dad jeden Moment nach Hause kommen kann.«

Dax grinst schelmisch. »Glaubst du, er würde mich aus dem Haus jagen?«

»Nein, aber er wäre etwas irritiert, immerhin hast du heute Mittag noch so gewirkt, als würdest du mich nie wiedersehen wollen.«

Dax betrachtet mich. »Ich wollte dich nicht mehr sehen, aber dann standst du vor mir und alle Gefühle kamen mit einer Wucht zurück, die mich beinahe von den Füßen gehauen hätte.«

Ich lege meine Stirn an seine Brust. »Warum wolltest du dann nicht meine Nummer haben?«

»Weil ich genau wusste, dass ich dir irgendwann wieder über den Weg laufen würde. Es ist Schicksal, dass wir immer wieder zueinanderfinden.« Er küsst mein Haar. »Wollen wir in dein Zimmer gehen? Dort wird dein Dad mich nicht so schnell finden.«

»Okay, aber … ich habe keine Ahnung, was wir machen können.«

»Kuscheln, knutschen, einen Film schauen.«

»Wenn ich einen Fernseher hätte«, nuschle ich, als ich mich von ihm löse.

»Du hast doch sicher einen Laptop, oder nicht?«

»Ein MacBook.«

»Das reicht für irgendein Streamingprogramm, aber ich denke, wir sollten in erster Linie noch etwas reden.«

Ich verziehe meine Lippen zu einem Lächeln, dem ersten seit einer gefühlten Ewigkeit. »Das denke ich auch.« Ich löse mich von ihm, nehme seine Hand und führe ihn durch das Haus zur Treppe, schließlich hoch in mein Zimmer.

Er sieht sich interessiert um. »Ich hätte dir nicht so ein unschuldiges Schlafzimmer zugetraut.«

»Wieso nicht?«, frage ich verdutzt.

»Weiß nicht, vielleicht, weil das hier mädchenhafter ist, als du wirkst.«

Ich schaue mich um. »Wo ist es mädchenhaft?«

»Die Fotos, der Teddy, der Betthimmel?«

»Das ist aber auch das Einzige, was irgendwie mädchenhaft wirken kann«, schmunzle ich und setze mich aufs Bett. Ich ziehe meine Schuhe aus.

Dax setzt sich zu mir, tut es mir gleich und legt sich hin, mich zieht er mit sich, sodass ich in seinem Arm zum Liegen komme. »So ist es besser.«

»Viel besser.« Ich schaue zu ihm hoch. »Deine Freunde haben mich sicher verurteilt, oder?«

»Schon, aber Ridge meinte, sie sollten erst mit Steinen werfen, wenn sie keine Leichen mehr im Keller haben«, lacht Dax. »Seitdem sind sie still.«

»Ich glaube nicht, dass sie mich je akzeptieren werden.«

»Doch, das werden sie. New York, also Hope, akzeptieren sie auch und sie hat sich weitaus dickere Dinger geleistet als du«, erzählt er und dann höre ich die ganze Geschichte über Hope, Giverney und die Mädchen und Miller, wie sie sich scheinbar wirklich zugetragen hat.

Als der Morgen graut, unterhalten wir uns immer noch. Mein Dad kam nicht nach Hause, obwohl er es versprochen hatte. Ich mache mir langsam Sorgen, dennoch obsiegt die Müdigkeit und ich gebe mich in Dax' Armen dem Schlaf hin.

* * *

»Ronny?«, fragt Dad leise von der Tür aus und ich löse mich von Dax.

»Hm?«

»Könntest du mir sagen, was der junge Mann in deinem Bett macht?«

Ich schaue auf Dax, dann zur Zimmertür. »Er schläft.« Vorsichtig stehe ich auf. »Er hat mich gestern Abend nach Hause gebracht und wollte mich nicht allein lassen, bevor du zu Hause bist«, erkläre ich flüsternd, damit wir Dax nicht wecken. Ich trete aus meinem Schlafzimmer, dann ziehe ich die Tür hinter mir zu. »Ich habe mir Sorgen gemacht, weil du nicht kamst.«

»Tut mir leid, ich bin bei Sam versackt und es war zu spät, um nach Hause zu kommen.«

»Schon okay, ich dachte nur, du würdest irgendwann nach Hause kommen.«

»Ist das Dax in deinem Bett?«, wechselt er das Thema, während er mich interessiert mustert.

»Ja.«

»Habt ihr euch vertragen?«

Ich gestikuliere ein wenig, als würde ich wie die Queen von England winken. »Schon, aber ich denke, es dauert noch, bis wir uns wieder richtig angenähert haben.«

Dad nickt knapp. »Zumindest habt ihr euch vertragen.« Er wendet sich der Treppe zu. »Möchtest du Frühstück?«

Ich werfe einen Blick auf meine Armbanduhr. »Es ist zwei Uhr nachmittags.«

»Wo steht geschrieben, dass man Frühstück nicht zum Mittagessen haben darf?«

»Keine Ahnung, in irgendeinem Hausfrauenkochbuch von 1950 vielleicht?«

»Vorlautes Stück«, lacht er. »Also willst du auch ein paar Rühreier und Waffeln?«

»Und Speck.«

»Bekommst du.«

»Fantastisch«, sage ich mit kindlicher Stimme und klatsche in die Hände.

»Weck deinen Freund, damit er auch was isst.«

»Wird gemacht.« Ich gehe zurück in mein Zimmer und sehe Dax an. Er schläft selig und ich will ihn nicht unbedingt wecken. Er ist zwar nicht so ein Morgenmuffel, wie ich es manchmal bin, aber er soll ausschlafen, immerhin waren wir die ganze Nacht wach. »Dax?«, frage ich leise.

»Hm«, brummt er.

»Möchtest du frühstücken?«

»Nä«, mault er und dreht sich um.

»Okay«, sage ich amüsiert und hole saubere Kleidung aus dem Schrank, anschließend gehe ich ins Bad.

»Wollte dein Freund nicht frühstücken?«, möchte Dad wissen, als ich in die Küche komme.

»Er möchte noch schlafen«, erwidere ich. »Brauchst du Hilfe?«

»Nein, ich bin fast fertig.«

»Okay.« Ich setze mich und nehme mir eine Tasse Kaffee. Gern trinke ich ihn nicht, aber ich habe keine Lust, mir die Milch oder Saft aus dem Kühlschrank zu holen. »Wie war's bei Samantha?«

»Entspannt.«

»Das ist ja sehr detailliert«, kichere ich, bevor ich einen Schluck nehme.

»Ich erspare dir lieber die Details.«

Kopfkinoalarm. Ich sollte echt für einen Notschalter sorgen, mit dem ich es augenblicklich beenden kann. »Danke, jetzt habe ich Bilder vor Augen, die da nicht hingehören.«

Er lacht auf. »Wir haben uns unterhalten, Ronny.«

Meine Wangen werden heiß. Sicher ist mein Gesicht bordeauxrot angelaufen. »Oh.« Und ich hatte schon jene Bilder vor Augen, die meinen Vater beim … Nein, Familie hat keinen Sex, das ist eine goldene Regel. Ich will mir nicht mal vorstellen, dass mein Dad welchen haben könnte, auch wenn das eben unfreiwillig passiert ist.

»Du bist ein Ferkel, Ronny.«

Ich senke meinen Blick, dennoch kann ich mir das Lachen nicht verkneifen, ich werde sogar immer lauter. »Sorry, Dad.«

»Kein Grund zur Entschuldigung«, sagt er, als er mir ordentlich Rühreier auf den Teller legt. »Sag mir, wenn es dir reicht.«

»Reicht, danke«, erwidere ich sofort. Ich bediene mich am Speck und nehme mir noch zwei Frühstückswaffeln dazu.

»Habt ihr beiden euch ausgesprochen?«, erkundigt er sich, als er sich zu mir setzt.

»Wir haben gesprochen, aber ausgesprochen haben wir uns lange noch nicht. Ich denke, es wird seine Zeit dauern, bis alles wieder im Reinen ist«, antworte ich. »Ich habe ihm halt ein recht großes Detail verschwiegen.«

»Ich bin der Meinung, dass ihr Henry anzeigen solltet«, sinniert Dad, bevor er sich seinem Frühstück widmet.

»Es bringt nichts. Er ... hat Kontakte bei den Cops und ich glaube nicht, dass er verhaftet werden würde.«

»Also schmiert er die Polizei. Ich wünschte, ich hätte ihn vernünftig erzogen.«

»Du kannst nichts dafür.«

Er schüttelt den Kopf, winkt ab. »Doch, hätte ich nicht meine ganze Zeit in Bars verbracht, wäre ich hier gewesen, um für euch beide da zu sein. Henry war älter als du, dennoch hätte ich euch ein Vater sein müssen.«

»Schon, aber Mom hätte auch nicht abhauen müssen, dann wären wir eine normale Familie gewesen, vielleicht sogar wie aus dem Bilderbuch, doch es lässt sich jetzt nicht mehr ändern, also würde ich nicht darüber nachdenken«, sage ich, bevor ich mir den nächsten Bissen in den Mund hieve. Ich habe eigentlich keine Lust, mich über die Vergangenheit zu unterhalten. Sie liegt hinter uns und lässt sich nicht ändern.

»Du sagst es.«

»Guten Morgen oder so«, sagt Dax, als er in die Küche kommt.

Ich sehe überrascht zu ihm. »Du bist ja doch aufgestanden.«

»Ja, nachdem du mich angesprochen hattest, konnte ich nicht mehr einschlafen.« Er deutet auf den Tisch. »Darf ich mich setzen?«

Dad nickt. »Sicher. Haben Sie Hunger?«

»Wie ein Bär.« Dax guckt auf meinen Teller. »Wenn Sin nicht alles für sich beansprucht hat, würde ich auch etwas nehmen.« Dann schmunzelt er.

»Tu nicht immer so, als wäre ich total verfressen.«

»Du hast mir die Haare vom Kopf gefressen«, neckt er mich lachend weiter.

Kopfschüttelnd widme ich mich wieder meinem Frühstück.

»Ich habe auch schon festgestellt, dass sie ordentliche Portionen runterbekommt«, sagt Dad amüsiert.

»Ich bin im Wachstum«, mische ich mich ein. Zwar nicht mehr in die Höhe, aber zumindest in die Breite, falls mich jemand fragt. Außerdem habe ich abgenommen, weil ich keinen Sport mehr mache und in letzter Zeit nicht besonders viel gegessen habe. Ich kann ja nichts dafür, dass mein Körper größtenteils aus Muskeln bestand beziehungsweise aus einem kümmerlichen Rest nach meinem Krankenhausaufenthalt, der sich nun auch noch verabschiedet hat.

»Na sicher«, antwortet Dad sarkastisch, während er Dax einen Teller mit Eiern und Speck reicht.

»Du musst mir ja nicht glauben«, brumme ich.

Dax, der neben mir sitzt, legt seine Hand auf meinen Oberschenkel. »Ich nehme dich nur hoch.«

»Ich weiß und es ist immer noch nicht witzig.«

»Für mich schon«, gluckst er daraufhin.

»Hm.«

Also, Dax, was machen Sie so?«, lenkt Dad vom Thema ab.

»In den Tag hinein leben wäre eine gute Beschreibung«, erwidert er nachdenklich.

»Sie arbeiten nicht?«

»Doch, gelegentlich mache ich Jobs und helfe einem Freund in seiner Firma, wenn er mich braucht.«

»Was ist das für eine Firma?«

»Eine IT-Firma.«

Ich schaue Dax fragend an. »Das wusste ich gar nicht.«

»Weil ich in den letzten Wochen nicht arbeiten war. Ich bin bei Thorn angestellt«, erklärt er mir.

Warum hat Dax dann keine Krankenversicherung? Ich habe es genau gehört, als er es zu Ridges Mutter gesagt hat, doch vor meinem Vater möchte ich ihn nicht darauf ansprechen. Es geht Dad nichts an und mich eigentlich auch nicht, dennoch lässt mich die Frage nicht in Ruhe. Wieso versichert Thorn ihn nicht einfach? Ja, es ist teuer und ich bin auch nicht besonders gut versichert, aber immerhin so gut, dass ich versorgt werde, wenn ich ins Krankenhaus eingeliefert werde. »Ach so.«

»Und was machen Sie in dieser Firma?«, fragt Dad weiter.

»Ich repariere Computer, bin so eine Art Mechaniker dafür.«

»Haben Sie das gelernt?«

Dax schüttelt den Kopf. »Nein, aber man findet irgendwann in die Materie, zumindest ging es mir so.«

Daraufhin nickt mein Vater. »Es klingt auf jeden Fall nach einem interessanten Job.«

»Das ist er«, stimmt Dax ihm zu. »Und ich habe Spaß daran, daher kann er so verkehrt nicht sein.«

Mein Vater schüttelt den Kopf. »Keine ehrliche Arbeit ist verkehrt.«

»Ja, sogar Prostituierte haben ihre Daseinsberechtigung«, mische ich mich ein.

Beide schauen mich an. »Wie kommst du jetzt darauf?«, fragt Dax erstaunt.

Ich zucke mit den Schultern. »Es ist doch auch ein ehrlicher Job und ich denke, ohne diese Frauen gäbe es weitaus mehr Vergewaltigungen als sowieso schon.«

»Leider ist das nicht überall ein ehrlicher Job und denk mal an die Frauen, die dazu gezwungen werden«, führt Dad mir vor Augen.

Ich seufze. »Ja, sorry, war ein blöder Spruch, aber ihr wisst, wie ich es meine. Ob es nun Prostituierte, Müllmänner oder sonstige Berufsgruppen sind, alle haben ihre Daseinsberechtigung und sorgen dafür, dass Menschen Essen auf dem Tisch stehen haben.«

»Das klingt schon ganz anders«, meint Dax.

»Ja, ich habe mich falsch ausgedrückt, kann mit 18 noch passieren«, halte ich dagegen und strecke ihm die Zunge raus. Mein Frühstück ist weg, bloß Dax und mein Vater haben noch nicht aufgegessen, was aber vollkommen normal ist, da sie sich mehr unterhalten haben als ich. Ich finde es gut, dass die beiden sich verstehen, so muss ich keine Angst haben, dass einer über den anderen lästert. Zwar merke ich, dass Dax nicht besonders viel von ihm hält, aber das ist verständlich, immerhin habe ich ihm von den Misshandlungen erzählt, die ich durch meinen Vater erfahren habe.

***

Kapitel 12

Drei Wochen später

Dax und ich haben uns langsam wieder angenähert, über alles ausgesprochen und inzwischen sind wir wieder so was wie ein Paar. Acid hat uns nicht behelligt, auch keiner seiner Leute, als wir gemeinsam in den Straßen Chicagos unterwegs waren. Bei Hood sieht mich auch keiner mehr schief an, wenn wir dort sind, was wohl daran liegt, dass Dax' Erscheinung Respekt einflößend ist, immerhin ist er um einiges größer als ich und auch ziemlich muskulös – zwar nicht übermäßig, aber man sieht, dass er Kraft hat.

Heute möchte er mich zu seinen Freunden mitnehmen. Ich bin gespannt, wie sie auf mich reagieren, immerhin habe ich auch sie in gewisser Weise verraten, indem ich nicht ganz ehrlich war. Ich bin aufgeregt, obwohl Dax meinte, dass das nicht nötig ist, aber ich kann es nicht abstellen.

»Du bist immer noch aufgeregt, hm?«, fragt Dax, als er aus dem Schlafzimmer kommt.

Ich sitze auf der Couch und nicke, ohne ihn anzusehen.

»Warum?«

»Weil ich sie genauso mit Halbwahrheiten abgespeist habe wie dich.«

Er seufzt, kommt näher, dann setzt er sich zu mir. Er legt seinen Arm um mich. »Und warum sollten sie dir das vorwerfen?«

Ich sehe ihn an. »Ich habe sie genauso in Gefahr gebracht wie dich.«

Daraufhin schüttelt er den Kopf. »Ich habe mich ganz allein in Gefahr gebracht, Sin, und sie haben mir geholfen. Du hast keine Schuld daran, dass Acid und seine Lemminge auf mich losgegangen sind.«

»Das sehe ich anders.« Ich hole tief Luft. »Er hat mir immer verboten, mich euch zu nähern, dann ist es passiert und statt mich zurückzuziehen, habe ich mich zu dir hingezogen gefühlt. Ich hätte meinen Gefühlen nicht folgen dürfen.«

»Dann säßen wir jetzt nicht hier, dann wären wir nicht verliebt, also ich finde diese Alternative beschissen.«

»Ich auch«, stimme ich ihm zu. »Aber hätte ich auf Acid gehört, wäre es nicht so weit gekommen.«

»Auch wenn du auf Acid gehört hättest … Es war Schicksal, dass wir uns gefunden haben, es wäre so oder so passiert«, beharrt er im Brustton der Überzeugung.

»Du glaubst ans Schicksal?«

»Ja, das tue ich.«

»Dann sicher auch an die große Liebe, hm?«

»Wieso nicht?«, fragt Dax lächelnd.

»Mann, du bist so eine Pussy«, stoße ich trocken aus.

Seine Gesichtszüge entgleisen. »Wie bitte?«

Ich lache auf. »Du. Bist. Eine. Pussy.«

»Das hast du jetzt nicht ernsthaft gesagt, oder?«

»Doch.«

Langsam schiebt er seine Hände auf meine Taille. »Na warte.« Dax kitzelt mich durch, was mich hysterisch werden lässt. Ich bin total kitzelig und bekomme schnell keine Luft mehr, wenn ich Lachanfälle habe.

Ich versuche, mich gegen ihn zu wehren, doch er ist stärker als ich und gibt nicht nach. »Gnade«, keuche ich.

»Nimm die Pussy zurück.«

»'kay … Okay«, kreische ich.

Sofort hört Dax auf und ich schnappe gierig nach Luft. Es kommt mir so vor, als hätte ich sie zu lange angehalten, dabei musste ich bloß extrem lachen.

»Du Scheißkerl«, sage ich heiser, nachdem ich mich gefangen habe.

Er deutet an, dass er mich wieder kitzelt, weshalb ich von der Couch falle. Ich habe mich abgestoßen, um in Sicherheit zu gelangen. »Wer ist jetzt die Pussy?«

»Ich«, gebe ich freiwillig zu, denn wenn es ums Kitzeln geht, bin ich wirklich eine. Ich kann eben nichts dafür, dass ich so empfindlich bin. Ich lache ja sogar, wenn man mir über den Rücken streichelt, weil ich so sensibel bin.

»Geht doch«, schmunzelt er und zieht mich hoch auf die Couch.

»Das war fies.«

»Ich habe nie von mir behauptet, dass ich Schwiegermutters Liebling sei«, erwidert er grinsend.

»Na ja, unter deinen Freunden kommst du dem wohl am nächsten.«

»Wie bitte?«

»Du bist mit Abstand der Netteste von euch?« Nun bin ich diejenige, die breit grinst.

»Nett ist die kleine Schwester von Arschloch.«

»Nein, von Scheiße, aber das ist natürlich Auslegungssache«, lache ich und bringe mich in Sicherheit, damit er mich nicht wieder kitzelt. Ich gehe in die Küche.

Dax schnalzt mit der Zunge. »Du spielst auf ziemlich dünnem Eis.«

»Ich weiß.«

»Und du genießt die Gefahr, hm?«

»Oh ja«, entgegne ich mit tiefer Stimme.

Er steht auf und kommt zu mir. Als er vor mir steht, hebt er mich auf die Anrichte und stellt sich zwischen meine Beine, was für mich eher unvorteilhaft ist, da ich unter dem Schlafshirt bloß einen Slip trage. Dax schiebt seine Finger zwischen meine Schenkel und streichelt durch den dünnen Stoff meine Spalte. »Genießt du sie wirklich?«

Ich seufze, als er etwas fester streichelt. »Hm.«

»Wirklich?« Er schiebt meinen Slip zur Seite und hält ihn mit der anderen Hand fest, damit er nicht zurückrutscht.

»Warum fragst du ständig nach?«

»Weil ich ganz sicher gehen will«, raunt er, neigt seinen Kopf und haucht Küsse auf meinen Hals.

»Ich liebe die Gefahr.«

Daraufhin lässt er von meiner Mitte ab und fasst an den Saum meines Shirts. Langsam zieht er es mir aus und lässt es zu Boden fallen.

Ich lege meine Hände an seinen nackten Oberkörper. Dax trägt bloß eine Jogginghose, da wir noch nicht lange wach sind. Wir wollten in Ruhe frühstücken und dann duschen gehen. Er wollte sich eigentlich nur Klamotten im Schlafzimmer holen, bevor er zu mir kam, damit er anschließend duschen gehen kann, doch daraus ist noch nichts geworden. »Du weißt, dass du gleich bei Chase sein sollst, oder?«

»Ja, aber das ist mir egal.«

Entschieden schiebe ich ihn zurück. »Geh duschen, ich will nicht, dass sie wieder sauer auf mich sind, weil ich dich angeblich aufhalte«, sage ich lächelnd, anschließend hüpfe ich von der Arbeitsplatte. »Außerdem muss ich auch duschen.«

Kurzerhand hebt Dax mich hoch. Ich schlinge meine Beine um seine Hüfte, um Halt zu haben. »Dann duschen wir gemeinsam.«

»Finde ich gut.«

Er trägt mich ins Bad und stellt mich schließlich vor der Dusche ab. Er zieht mir den Slip aus, dann deutet er auf die Kabine. »Geh ruhig vor.«

Nickend wende ich mich ab, dabei erhasche ich noch einen Blick auf die Beule in seiner Hose. »Wir können ja auch beim Duschen ...« Ich lasse meinen Satz absichtlich unvollendet.

Eilig befreit er sich von seinen Sweatpants und folgt mir, noch bevor ich das Wasser aufgedreht habe. Ich stehe mit dem Rücken zu ihm, aber das stört ihn nicht. Er beugt sich runter, küsst meinen Hals und streichelt zeitgleich meinen Rücken, bis seine Hände meinen Po erreichen.

* * *

Meine Augen sind geschlossen und ich habe mich etwas bequemer ins Auto gesetzt, während Dax uns zu Chase fährt. Die Nummer in der Dusche war fordernd und endete mit einem großen Knall. Ich habe immer noch das Gefühl, den Orgasmus auszukosten, was wohl daran liegt, dass Dax und ich länger keinen Sex hatten. Wir sind es langsam angegangen und das war erst das zweite Mal. Das erste Mal fand vor knapp zwei Wochen statt und war nicht ganz so fordernd wie heute.

»Ist alles okay?«

»Ja, wieso nicht?«, antworte ich entspannt.

»Du wirkst high«, sagt Dax amüsiert.

»In gewisser Weise bin ich das auch. Böse Endorphine, böses Dopamin oder so was in der Richtung«, kichere ich. »Ich hab in Bio nicht so gut aufgepasst.«

»Merkt man kaum«, lacht er.

»Ist doch egal, wichtig ist, dass ich mich gut fühle.« Grinsend schaue ich zu ihm rüber.

»Stimmt.« Dax biegt in eine Straße ein. »Wir sind da.« Er deutet auf ein Haus, dann parkt er gegenüber.

»Super.« Ich steige aus und strecke mich, dabei merke ich nicht, wie schnell er die Türen verriegelt hat.

Er kommt zu mir und legt den Arm um meine Hüfte. »Immer noch aufgeregt?«

Ich hole tief Luft. Sofort ist das flaue Gefühl im Magen wieder da. »Jetzt wieder.«

»Ich kann dich gern noch mal entspannen.«

Daraufhin schnaube ich amüsiert. »So schnell bist du nicht, wenn man bedenkt, wie schnell ein normaler Mensch die Treppen nach oben geht.«

»Stimmt, so ein Schnellschießer bin ich wirklich nicht«, gluckst er und führt mich ins Haus, da die Tür offensteht. »Sie werden dir schon nicht den Kopf abreißen.«

Als wir oben angekommen sind, öffnet Chase nach einem Klopfzeichen von Dax die Tür. »Was macht sie denn hier?«, fragt er irritiert, während er mich mit großen Augen ansieht.

»Ich hab' euch doch gesagt, dass wir wieder zusammen sind«, erwidert Dax, als wir hineingehen. »Und keine Sorge, sie hat nichts mehr mit Acid oder den anderen zu tun.«

Thorn sieht uns mit einer gehobenen Augenbraue an. »Ja, hab' ich auch schon gehört. Acid ist aber immer noch auf der Suche nach ihr.«

»Woher weißt du das?«, frage ich verdutzt. »Er hat uns doch in Ruhe gelassen, wenn wir unterwegs waren.«

»Schon, aber er scheint Rache für irgendwas zu wollen. Jedenfalls haben mir ein paar Vögelchen gezwitschert, dass Beast, Screw, Spade und die anderen nach dir suchen.«

»Welche Vögelchen?«, hake ich nach. Ich will wissen, woher er seine Informationen bekommt, immerhin geht's um mich und ich habe keine Lust, wieder in einer Spontanaktion von meinem Bruder entführt zu werden.

»Ein paar Leute, die immer bei Hood rumhängen.«

Ich seufze schwer. »Und jetzt?«, wende ich mich an Dax.

Sein Blick verfinstert sich. »Mache ich dem ein Ende.«

»Wie willst du das anstellen?«, möchte Ridge wissen. Sein Blick scheint von Natur aus finster zu sein, denn ich habe ihn bisher nie richtig lächeln sehen. Es war immer nur knapp angedeutet.

»Ich fordere Acid heraus«, erwidert Dax überzeugt. »Ich habe es satt, dass er Sin oder mich bedroht. Ein Kampf und es geht um alles. Wenn ich gewinne, bekomme ich Sin und er lässt uns in Ruhe, gewinnt er, werde ich mich von Sin trennen, mich ihr nicht mehr nähern und sein Revier nicht mehr betreten.«

»Bitte was?«, hake ich spitz nach. »Du kannst das doch nicht einfach so über meinen Kopf hinweg entscheiden, dass ich euer scheiß Wetteinsatz werde!«

»Doch und das habe ich gerade getan«, sagt er gelassen.

»Dax!«

»Ich finde, dass das etwas zu weit geht«, mischt Snow sich ein. »Ihr könnt Sin – dieser Name macht mich fertig – doch nicht einfach zum Wettgegenstand machen.«

»Danke«, wende ich mich loyal an sie.

»Es muss ein Ende haben, dass dich dein Bruder bedroht, damit wird es eines haben. Wenn Acid bei diesem Kampf den Kürzeren zieht, wird er mit eingezogenem Schwanz nach Hause laufen und sich nie wieder in unsere Nähe wagen«, erklärt Dax.

»So könnten wir auch sein Revier übernehmen«, stimmt Thorn ihm zu. »Ich wollte das Gebiet immer für mich haben.«

Ich seufze resigniert. »Macht, was ihr wollt, aber haltet mich da raus. Ich werde mich in diese Kinderscheiße nicht reinziehen lassen.«

»Du bist schon mittendrin«, meint Thorn.

»Ich finde, dass das eine Menge nach sich ziehen könnte«, mischt Trace sich ein. »Dax muss trainieren, immerhin ist er nicht unbedingt der Muskulöseste von uns. Außerdem muss Acid von dieser Schwachsinnsidee überzeugt werden. Und es muss dafür gesorgt werden, dass sich niemand einmischt, wenn die beiden kämpfen.« Er schaut Dax nachdenklich an. »Was für ein Kampf soll das werden?«

»Ein Boxkampf«, antwortet er.

Thorn räuspert sich. »Dann kann ich dich trainieren, was die Schlagtechniken betrifft, und die anderen können mit dir joggen gehen und so.«

Ich verdrehe die Augen. Die planen das schon durch, bevor überhaupt feststeht, dass dieser wahnwitzige Kampf stattfinden wird. »Ich mache da nicht mit«, beharre ich auf meinem Standpunkt. »Ich habe nichts mehr mit Acid zu tun und werde mich nicht zu eurem bescheuerten Preis degradieren lassen.«

»Es wird um alles oder nichts gehen, Sin«, brummt Chase.

»Warum gebt ihr euch überhaupt die Mühe?«, möchte Hope wissen. »Ginge es nach mir, wäre sie schon wieder bei ihrem verkorksten Bruder.«

»Nein, ich tue es dir nicht gleich, Kleine«, lasse ich sie wissen.

»Was soll das heißen?«

Ich schnaube. »Nenn meinen Bruder nicht verkorkst, wenn du selbst die Schwester von so einem verkorksten Kerl bist.« Ich schaue zu Thorn. »Nichts für ungut.«

»Hast ja recht«, nickt er mir zu. »Halt dich raus, Hope.«

»Sag mal, tickst du noch im Takt? Ich finde, sie sollte zum Teufel gejagt werden, immerhin hat sie alle verarscht.«

»Sie hat nur nicht die ganze Wahrheit gesagt, außerdem ist sie Dax' Freundin. Überleg mal, was du dir für Dinger geleistet hast. Das waren viel egoistischere Gründe«, ermahnt er seine Schwester.

»Gott«, schnauzt sie laut und zieht ihr Beanie über die Augen. »Leck mich.«

Thorn grinst, schüttelt allerdings den Kopf. »Nein danke, ich stehe nicht auf Inzest.«

Snow schnappt nach Luft. »Ihr solltet wirklich netter zueinander sein.«

»Zurück zum Thema.« Er richtet seine Aufmerksamkeit wieder auf die Männer. »Dax, willst du das wirklich durchziehen?«

Er nickt gewichtig. »Ja, das will ich.«

»Ich bin dagegen, falls ich gefragt werde«, lasse ich verlauten und setze mich zu Snow aufs Sofa, während die anderen im Raum verteilt herumstehen.

»Du wirst nicht gefragt«, wendet sich Dax an mich. »Das ist meine Entscheidung.«

»Scheiß Macho«, nuschle ich.

»Wie war das?«

Als Antwort zeige ich ihm den Mittelfinger. Ich bin wirklich sauer darüber, dass er mich zu einem Wetteinsatz macht. Ich finde es nicht richtig, außerdem will ich nicht wissen, was Acid mit mir anstellt, wenn er den Kampf für sich entscheidet. Inzwischen traue ich meinem Bruder sogar zu, dass er mich nach Mexiko in die Zwangsprostitution verkauft. Er ist eben vollkommen übergeschnappt.

»Wir unterhalten uns später darüber«, sagt Dax entschieden und ich tue es Hope gleich. Ich ziehe mir ebenfalls mein Beanie über die Augen und schnaube vor mich hin.

»Die beiden sind sich ähnlicher, als ich dachte«, lacht Ridge, was mich nur noch wütender macht.

Hope und ich ähneln uns keineswegs. Sie ist vorlaut, unverschämt und nicht erzogen, während ich mich zumindest einigermaßen zusammenreiße, auch wenn ich schon viel Scheiße im Leben gebaut habe.

Die Männer unterhalten sich darüber, wie sie Acid am besten von dem Kampf überzeugen können. Thorn wirft sein Revier mit in den Topf, sodass es meinen Bruder tatsächlich reizen könnte. Millers Gebiet haben die beiden damals unter sich aufgeteilt, ebenso das von Riley, Snows Vater. Somit haben sie beide inzwischen dreimal so große Reviere wie damals, aber es scheint ihnen nicht zu genügen. Ich überlege, ob ich Acid nicht doch einfach anzeigen soll. Gründe und Beweise habe ich genug, na ja, Gründe, Beweise doch nicht, da er mein Handy eingezogen hat. Aber allein die Tatsache, dass es mindestens fünf unaufgeklärte Verbrechen gibt, die er begangen hat, dürften ihm ein paar Jahre im Knast einbringen. Meiner Meinung nach hat er sie verdient, aber dann würde Beast an seine Stelle rutschen und so würde es weitergehen, bis die Clique im Urkern nicht mehr bestünde. Da die Kerle jedoch wie Hydras sind – für jeden, der geht, kommen zwei neue hinterher, während der Gegangene seinen kleinen Finger zurücklässt – würde es niemals zu einer Auflösung der Truppe kommen. Ja, mein Bruder ist brutal und seine Mafiamethoden sind beängstigend, dennoch bin ich froh, dass Blut immer noch dicker ist als Wasser, was heißen soll, dass ich glücklicherweise noch alle zehn Finger habe, die an meinen Körper gehören.

Die Unterhaltung der Männer blende ich irgendwann aus, denn ich will mir nicht anhören, was sie planen. So komme ich nicht in Versuchung, Acid trotz allem vorzuwarnen. Früher hat er professionell geboxt, oder eher auf illegale Weise professionell, denn er hat bei einigen Kämpfen im Untergrund gewonnen. Zwei oder drei davon durfte ich mir ansehen, aber mir war das Ganze zu brutal. Ich mag das Geräusch von brechenden Knochen nicht, es führt dazu, dass sich mir der Magen umdreht und ich unweigerlich kotzen muss.

* * *

»Seid ihr endlich fertig?«, frage ich nach Stunden genervt und ziehe mir das Beanie von den Augen, um in die Runde zu blicken.

Dax nickt mir zu. »Sind wir. Hast du alles mitbekommen?«

Ich verenge meine Augen zu Schlitzen, während ich seinen Blick erwidere. »Unfreiwillig.«

»Dann ist ja alles gut.« Dax erhebt sich. »Leute, ich haue ab. Ich denke, ich muss Sin ein wenig besänftigen.«

Daraufhin stehe ich schnaubend auf. Nicht wegen der Anstrengung, sondern wegen der Wut, die ich seit Stunden empfinde. Sie wollen Beast, Screw, Spade und Doom ablenken, während sie Acid zum Kampf locken. Ich finde es dumm, dass sie es auf diese Weise versuchen wollen, statt meinen Bruder einfach herauszufordern. So oder so hätte er Rachegedanken, sofern er verliert.

Dax muss vorher noch trainieren, was mit zwei gebrochenen Rippen sowieso viel Zeit in Anspruch nehmen wird. Er weiß nicht, in welche Gefahr er sich begibt, denn ich weiß, wie mein Bruder kämpft – unfair und unerbittlich, bis zum Schluss.

»Komm, lass uns gehen.« Dax streckt seine Hand nach mir aus, doch ich ignoriere sie.

»Bye, Leute.« Statt mich ihm zu nähern, verlasse ich die Wohnung, ohne auch nur ein Wort an ihn zu verlieren. Ich will nur weg. Weg von ihm, weg von seinen Freunden und weg von diesem pubertären Biest namens Hope. Ich glaube, ich bin jünger als sie, aber ich verhalte mich nicht so biestig. Wäre ich mit ihr verwandt, wäre ich freiwillig ins Exil gegangen, um nicht mehr in ihrer Nähe zu sein. Seufzend gehe ich die Treppe runter.

»Sin, warte!«, ruft Dax mir hinterher, doch ich höre nicht auf ihn.

Ich sage nichts, verlasse das Wohnhaus und schaue mich um.

Allerdings holt er mich ein und zieht mich zu sich herum, hält mich fest. »Was ist mit dir los?«

Ich sehe ihn wütend an. »Was mit mir los ist? Du riskierst grundlos Kopf und Kragen! Ich kann meinen Bruder allein loswerden und brauche niemanden, der meint, er müsse mich beschützen oder Entscheidungen für mich treffen!«

Dax hebt eine Augenbraue. »Was soll der Blödsinn? Du weißt, dass er zu dir sagte, er würde mich umbringen, wenn ich mich nicht von dir fernhalte, aber ich würde gern noch ein paar Jahre erleben.«

Ich schnaube. »Ich kann allein auf mich aufpassen.«

»Ja, deshalb wurdest du auch von den Freunden deines Bruders entführt, weil du so gut auf dich aufpassen kannst!«, herrscht er mich nun an.

Wegen der plötzlichen Intensität seiner Stimme zucke ich zusammen. »Lass mich los.«

Dax zieht seine Hände zurück und hebt sie in eine abwehrende Haltung. »Okay. Soll ich den Jungs sagen, wir lassen es, und dein Bruder bringt mich bei nächster Gelegenheit um die Ecke?«

Ich verziehe das Gesicht. »Ich will nur nicht, dass du ein Risiko eingehst.«

»Ich gehe in jedem Fall ein Risiko ein. Es ist egal, ob ich Acid herausfordere oder nicht.« Er fährt sich mit beiden Händen durchs Haar. »Ich will mich von deinem Bruder nicht kaltmachen lassen.«

Ein resigniertes Seufzen stiehlt sich aus meiner Brust. »Ich weiß und ich will es auch nicht, aber du weißt, dass die Kerle wie Hydras sind. Verliert Acid seine Stellung, werden zwei für ihn nachrücken. Das ist immer so, Dax.«

»Babe, das Risiko gehe ich wiederum gern ein. Ich will mich von diesem Flachwichser, der sich dein Bruder nennt, nicht fertigmachen lassen. Seine Pestbeulen haben mir einmal aufgelauert und mich vermöbelt, bis ich nicht mehr klar denken konnte, das wird mir nicht noch einmal passieren.«

»Du musst monatelang trainieren, bevor du überhaupt in der Lage sein wirst, Acid zu schlagen«, halte ich dagegen.

»Monate nicht, mir reicht einer, um wieder in Form zu kommen.«

Ich gehe um ihn herum zu seinem Auto. Diese Diskussion führt zu nichts, das nervt mich tierisch. Wie kann man denn nur so gewaltbereit sein? Ja, mir ist klar, dass es in den Gangs so läuft, aber

Dax habe ich so nicht kennengelernt. Er war kein Draufgänger, na ja, doch, aber keiner, der hirnlos zuschlägt, wenn ihm die Argumente ausgehen. Andererseits habe ich nie erlebt, wie er ist, wenn er wütend wird. Sehr viel Zeit haben wir nicht außerhalb seiner Wohnung verbracht.

Er folgt mir, entriegelt die Türen und steigt ein.

Ich tue es ihm gleich. »Ich möchte nicht, dass dir etwas passiert. Ich weiß nicht, was ich tun würde, wenn … er dich fertigmacht.«

»Das wird er nicht, Sin.«

Ich hole tief Luft. »Du kennst ihn nicht.«

»Ich kenne ihn gut genug, um zu wissen, dass er ein Irrer ist. Er hat dich geschlagen, er hat dich bedroht, er hat mich bedroht … Der Kerl muss gebremst werden.«

»Man kann ihn auf andere Weise bremsen«, sage ich leise, nachdenklich.

»Inwiefern?«

»Es gibt ein paar größere Verbrechen, die er begangen hat. Körperverletzung mit Todesfolge und so was. Ich kann ihn bei der Polizei verpfeifen.«

»Und du glaubst ernsthaft, dass die etwas unternehmen? Acid wird sicher jedes Revier in der Stadt bestochen haben«, sinniert er.

»Das kann er sich gar nicht leisten. Er hat zwar Geld wie Heu, aber nicht alle Cops sind korrupt.« Ich seufze. »Der einzige Nachteil ist, dass ich mich ebenfalls anschwärzen müsste, weil ich bei einigen Deals, die schiefgingen, dabei war.«

»Dann fällt das schon mal aus.«

Ich schüttle den Kopf. »Nein, ich kann ihn auch anonym von irgendeiner Telefonzelle aus anzeigen.«

»Ich kann mir nicht vorstellen, dass die Cops handeln, wenn jemand Acid anzeigt.«

»Aber ich kann einen Deal rausschlagen, wenn ich zu den Cops gehe.«

Dax schlägt aufs Lenkrad, was auch die Hupe auslöst und mich heftig zusammenzucken lässt. »Du wirst nicht zu den Cops gehen. Glaubst du, ich will dich im Knast besuchen?«

»Ich werde nicht dort landen, wenn ich denen sage, dass Giverney und ihre irren Mädels im Gefängnis sitzen. Die würden mich genauso fertigmachen wie Acids Leute draußen. Ich müsste eher in Schutzhaft oder so was.«

»Nein, so machen wir das nicht. Wir machen es so, wie ich es mit den Jungs geplant habe. Ende der Diskussion. Punkt!«

Unwillig gebe ich mich geschlagen. Was soll denn dieses Gorillagehabe? Ich komme mir vor, als würde er mich bevormunden. »Okay, dann eben auf deine Weise, aber ich werde so oder so abhauen, wenn es mir zu gefährlich wird, nachdem ihr Acid in der Mangel hattet.«

»Und mich zurücklassen?«

Ich nicke knapp. »Sofern du nicht mitkommen willst.«

Diesmal ist er derjenige, der schnaubt. Dax startet den Motor, manövriert den Wagen aus der Parklücke und schießt auf die Straße.

Ich halte mich am Türgriff fest, so sehr, dass meine Fingerknöchel weiß hervortreten. Ich frage mich, warum Dax so aufs Gas tritt, jedoch habe ich die Antwort schon im nächsten Moment selbst parat. Er ist wütend auf mich, weil ich überhaupt darüber nachgedacht habe, die Polizei in die Sache reinzuziehen. Aber was soll ich denn machen? Ich will uns doch nur beschützen und wer könnte es besser als die Cops? Die nicht Korrupten, meine ich. »Könntest du etwas langsamer fahren?«

»Warum?«

»Weil ich mir gleich vor Angst in die Hose mache, wenn du weiter wie ein Irrer durch die Straßen schießt!«, rufe ich aus und komme nicht umhin, ein wenig hysterisch zu klingen.

Er tritt auf die Bremse. »Ich fahre immer schnell, wenn ich mich abreagieren muss.«

»Hm.«

»Sorry.«

»Schon okay, aber du hättest mich vorwarnen können, dann wäre ich zu Fuß gegangen.«

»Noch mal: Sorry.«

»Es ist gut jetzt, Dax. Du wusstest ja nicht, dass ich Angst kriegen würde.«

»Stimmt«, nickt er und stoppt an einer roten Ampel. »Ich denke, unser Plan ist der Beste.«

»Vielleicht hast du recht, aber ich zweifle daran«, erwidere ich, ohne ihn anzusehen. »Ich meine, was ist, wenn ihr Screw, Spade, Doom und Beast nicht ablenken könnt? Die Kerle sind Gorillas, breiter als Thorn, Ridge, du oder eure anderen Freunde … Ich zweifle, dass es alles gutgehen wird.«

»Das wird es, du musst nur ein wenig Vertrauen haben«, sagt er mit rauer Stimme und legt seine Hand auf meine.

Ich umfasse sie sanft. »Warum hauen wir nicht einfach ab?«

»Weil ich nicht der Typ bin, der wegläuft.« Er schaut zu mir. »Und du bist nicht die Frau, die vor ihren Problemen wegläuft, wenn sie lösbar sind.«

»Ich bin vor meinem Dad weggelaufen und vor Acid, ich bin eine Frau, die sich lieber vor ihren Problemen versteckt, als dass sie sich ihnen stellt.«

»Du hattest Angst vor beiden, dann ist es auch okay, mal wegzulaufen.«

»Hm«, stoße ich nicht allzu überzeugt aus. Wahrscheinlich habe ich es von meiner Mom, dass ich vor dem, was mir schadet, fliehe. Sie hat es ja nicht anders gemacht.

»Was ist los mit dir?«

»Ich mache mir Sorgen.«

»Um?«

»Uns alle.«

»Hm.«

* * *

Kapitel 13

Ein Monat später

»Hey, Leute«, grüße ich Dax' Freunde, als wir uns zu ihnen gesellen. Wir haben uns in Hoods Bar verabredet und Dax und ich sind die letzten, die eintreffen. Was wohl daran liegt, dass wir im Bett die Zeit vergessen haben. Er hat in den letzten vier Wochen hart trainiert, um für den Kampf mit meinem Bruder vorbereitet zu sein. Ich halte immer noch nicht viel davon, aber noch ist die Herausforderung nicht ausgesprochen, weshalb ich die Hoffnung habe, dass ich Dax noch vom Gegenteil überzeugen kann. Acid und seine Freunde arbeiten momentan im Untergrund, keiner hat sie in der letzten Woche gesehen, und in den Wochen davor sind sie ebenfalls kaum aufgefallen. Ich mache mir keine Sorgen, aber langsam frage ich mich, wo er abgeblieben ist. Auch wenn er mich mies behandelt hat, ist und bleibt er mein Bruder. Die Familie kann man sich nicht aussuchen, wie meine Grandma einmal sagte, bloß seine Freunde, die eine Art Familie werden können. Ich habe weder das Eine noch das Andere, bloß Dax. Dad und ich kommen klar, aber wirklich familiär oder eng sind wir nicht miteinander. Möglicherweise kommt das irgendwann wieder, doch das ist unwahrscheinlich. Er interessiert sich fast nur für Samantha, was am Anfang einer Beziehung ja normal ist, dennoch fühle ich mich vergessen. Zwar habe ich mich so gefühlt, seit meine Mom das Weite suchte, jedoch finde ich, er sollte mich jetzt, da er sein Leben wieder in den Griff bekommen hat, nicht vollkommen hinten anstellen.

»Erde an Sin«, sagt Trace und winkt vor meinen Augen.

Ich zucke zusammen. »Hm?«

»Wir haben dich gefragt, was du trinken möchtest«, erklärt er.

»Oh«, stoße ich aus und vertreibe die Gedanken an meine Vergangenheit und meine Familie. »Sorry. Ich ...«, ich schaue mich um, »ich hole mir selbst was bei Hood, danke.«

»Dann kannst du gerade mit mir zur Theke gehen«, meint er und steht von seinem Hocker auf.

»In Ordnung.« Ich ziehe meine Hand aus Dax', da er sie immer noch festgehalten hat. »Bis gleich.« Ich drücke ihm einen Kuss auf die Wange, was nur möglich ist, da er wie Ridge auf einem Hocker sitzt. Anschließend folge ich Trace zur Theke. »Was hältst du von diesem Boxding?«, frage ich ihn.

»Nicht viel, aber Dax muss es selbst wissen.«

»Ich finde, er macht die Situation damit nur schlimmer.«

»Inwiefern?«, hakt Trace nach, als wir an der Theke angekommen sind. Er bestellt die Getränke bei Hood und ich melde mich für eine Cola.

»Es ist doch so: Wenn Acid fällt, werden andere an seine Stelle treten«, flüstere ich, damit Hood nichts mitbekommt.

Trace schüttelt den Kopf. »Stimmt nicht ganz. In Acids Fall wird es nicht so sein, weil wir uns einfach sein Revier krallen werden. Du solltest Dax ein bisschen mehr Vertrauen schenken. Du wirst sehen, es wird alles nach Plan laufen«, erwidert er ebenfalls leise.

»Dein Wort in Gottes Ohren«, murmle ich, denn besonders viel Vertrauen habe ich immer noch nicht.

»Wird schon schiefgehen.«

Hoffentlich nimmt die höhere Macht, die unweigerlich existieren muss, ihn nicht wörtlich und lässt die ganze Aktion gründlich schiefgehen. Ich zweifle sowieso schon am Karma, dann muss ich nicht auch noch daran zweifeln. »Wann soll der Kampf stattfinden?«

»In einer Woche. Thorn hat Acid einen Boten geschickt, den die beiden immer benutzen, wenn sie gezwungener Maßen miteinander zu tun haben. Bisher kam keine Antwort, aber ich glaube nicht, dass dein Bruder den Schwanz einzieht.«

»Kann ich mir auch nicht vorstellen.« Acid stellt sich seinen Feinden, das hat er immer getan, bloß seine Mittel sind meistens unfair. »Ihr solltet trotzdem auf alles gefasst sein.«

»Ich weiß, wir sind für jeden Fall gerüstet, keine Angst.«

Okay, es macht mir Angst, aber das werde ich nicht laut aussprechen. Ich will nirgends den Teufel an die Wand malen, weder hier noch zu Hause noch sonst wo. Mittlerweile bin ich wieder mehr bei Dax als bei Dad, also kommt sein Apartment einem Zuhause am nächsten.

»So, hier, Leute«, sagt Hood und stellt die Getränke vor uns.

»Danke, Alter.« Trace nimmt drei Bierflaschen an den Hälsen in jede Hand, ich nehme die restlichen Getränke, die ich allerdings zwischen meinem Arm und meiner Brust einklemme, damit ich sie tragen kann. Anschließend machen wir uns auf den Weg zum Tisch.

Als wir dort sind, nehmen die Jungs, Snow und Hope uns schon die Getränke ab. Man sieht Snow an, dass sie sich hier nicht besonders wohlfühlt, doch sicher ist sie Thorn zuliebe hier. Die beiden strahlen ihre Gefühle zueinander regelrecht aus, obwohl er die Maske des Machos aufbehält.

Dax nimmt wieder meine Hand. »Du wirkst nervös.«

»Das bin ich auch ein wenig«, gebe ich zu.

»Warum?«

»Wegen Acid.«

»Wegen des Kampfes?«

Ich nicke knapp. Ich will niemanden verunsichern, aber ich kann es einfach nicht ändern, dass ich mir Sorgen mache.

»Warum?«

»Ich habe das Gefühl, dass mein Bruder mit unfairen Mitteln kämpfen wird«, gebe ich zu.

Er schnaubt amüsiert. »Ich habe viel mehr das Gefühl, dass er den Schwanz einziehen wird. Thorn hat Willis schon vor einer Woche losgeschickt, um Acid die Nachricht zu bringen. Bisher kam keine Antwort.«

»Was wahrscheinlich heißt, dass es ihn einen Scheißdreck interessiert und er sich nicht darauf einlässt.«

»Kann sein, muss aber nicht.«

»Hm.«

»Komm schon, Babe, es wird schon schiefgehen«, raunt er mir zu und zieht mich vor sich, sodass ich meinen Rücken an seine Brust legen kann. Ich drehe den Kopf, lege meine Wange ebenfalls an seine Brust und schließe die Augen. Er küsst meinen Scheitel. »Mir wird nichts passieren.«

»Ich hoffe es.«

»Ich verspreche es dir, Sin.« Er hat sich nicht an Ronny oder Veronica gewöhnen können, aber das stört mich nicht, denn ich höre nur auf diese Namen, wenn mein Dad mich mit ihnen anspricht. Es macht mir nichts aus. Ich bin eine wandelnde Sünde, immerhin habe ich viele Fehler im Leben gemacht. Das fängt beim Vertrauen zu den falschen Leuten an und endet bei Straftaten, die ich beging, um mich zu schützen oder um Acid einen Gefallen zu tun. Zwar habe ich nie jemanden bedrohlich verletzt oder verprügelt, aber ich habe gestohlen, habe Waffen und geklaute Handys besessen. Die Waffen sind nie zum Einsatz gekommen, aber ohne Genehmigung ist ja selbst der Besitz eine Straftat.

»Okay«, wispere ich und schaue zu ihm hoch.

Dax schenkt mir ein Lächeln, bevor er sich zu mir runterbeugt und mir einen Kuss auf die Lippen haucht. Ich erwidere ihn knapp, da ich nicht gern vor seinen Freunden rumknutsche. »Ich liebe dich, Sin.«

»Ich dich auch«, entgegne ich und löse mich von seiner Brust, um wieder gerade zu stehen.

Dax legt sein Kinn auf meine Schulter. »Ich habe das dumpfe Gefühl, dass Acid heute Abend hier auftauchen wird.«

Chase zuckt mit den Schultern. »Soll er doch. Das Schlimmste, das passieren kann, ist, dass er den Kampf heute schon will oder Hood den Laden zerlegt, weil er scheiß Laune hat.«

»Erstes ist kein Problem für mich, zweites täte mir für Hood leid«, mische ich mich ein.

»So weit würde Hood es gar nicht kommen lassen. Ihr wisst, dass er die Pumpgun unter der Theke hat, um jeden, der auf Krawall gebürstet ist, rauszuwerfen«, sagt Ridge gelassen.

»Wie oft seid ihr schon rausgeflogen?«, möchte ich wissen. Ich habe noch nicht erlebt, dass Hood jemanden mit Waffengewalt aus der Bar befördert hat.

»Hm«, macht Thorn. »Knapp zehnmal, aber das erstreckt sich auf die letzten fünf Jahre.« Dann lacht er.

Bei dem Rapbattle damals, als Thorns Leute gegen Acids angetreten sind, hätte ich nicht gedacht, dass ich mal mit ihnen abhängen würde. Ich habe aber auch nie erwartet, dass Dax und ich ein Paar werden könnten – nach der Trennung habe ich genauso wenig eine Versöhnung erwartet. Kurz nach dem Battle verschärfte Acid die Regel, dass ich mich nicht einmal mehr im gleichen Raum mit Thorns Clique aufhalten dürfte. Warum weiß ich nicht, einen Grund nannte er mir nie. Vielleicht ist das, was eingetreten ist, genau das, wovor mein Bruder immer Angst hatte, jedoch kann ich es nicht beschwören. Manchmal kommt es anders, als man denkt.

Den Abend haben wir damit verbracht, uns zu unterhalten. Zu tanzen und es uns gut gehen zu lassen. Alles ist wunderbar gelungen. Wir stehen nun vor der Bar, nachdem Hood seinen Laden geschlossen hat. Thorn hat ihm ein paar Flaschen Bier abgekauft, die wir auf einer nahegelegenen Mauer sitzend trinken wollen.

»Yo, Dax!«, brüllt jemand, dann sehe ich das Auto. Acid lehnt sich aus dem Fenster und hält eine Waffe in den Händen, er drückt ab.

Ich reiße Dax von der Mauer, er fällt mit mir auf den Boden. Eher fällt er auf mich, doch bin ich froh, dass ich so schnell reagieren konnte.

»Fuck«, stößt Hope aus, nachdem sich weitere Schüsse gelöst haben. »Ridge!«

»Nur ein Streifschuss, nur ein Streifschuss«, beruhigt er sie und hält seinen Oberarm. »Das gibt 'ne Narbe, aber ist schon okay.«

Das Auto entfernt sich mit quietschenden Reifen, während Dax sich aufrappelt. »Sorry«, sagt er zu mir und hilft mir aufzustehen.

Ich schenke ihm ein Lächeln. »Geht schon, ich habe dich ja runtergerissen.«

Er schließt mich in seine Arme. »Du hast mir das Leben gerettet.«

»Nicht der Rede wert«, sage ich leise und löse mich von ihm. »Wir sollten hier weg.«

Hope schnaubt. »Ridge sollte zum Arzt.«

»Es geht schon, Kleine, ich lasse meine Mom später einen Blick darauf werfen«, winkt er ab, doch verzieht er das Gesicht. »Aber Sin hat recht, wir sollten abhauen.«

»Kommt«, entscheidet Thorn und geht auf die Autos zu.

Dax, ich und die anderen folgen ihm.

Nachdem Ridge sicher bei sich angekommen war, haben Dax und ich uns auf den Heimweg gemacht, zumindest dachte ich das bis gerade eben. Er ist wütend und brummt schon die ganze Zeit vor sich hin. Ich frage mich, warum Acid diesen Weg gewählt hat.

Damit hätte er eventuell einen Mord begangen, und dass er das in Kauf nimmt, schockiert mich.

»Ich glaube, er wird sich nicht auf diesen Kampf einlassen«, unterbreche ich die Stille zwischen uns.

»Ich auch nicht, deshalb suche ich ihn jetzt.«

»Dax! Nicht ohne deine Freunde!«, herrsche ich ihn an.

»Ich will nur wissen, wo er steckt.«

Ich schnaube. »Lass uns nach Hause fahren, wir können ihn morgen suchen. Dann sind auch deine Freunde dabei und ihr könnt euch sofort rächen.«

»Hm«, stößt er aus.

Ich sehe, dass er mit sich hadert. »Na schön.« Ruppig wendet er das Auto und tritt aufs Gas.

Als wir zu Hause sind, hat er sich immer noch nicht beruhigt. Ich bin bereits im Schlafzimmer, da ich ein paar Minuten für mich brauchte. Ich kann immer noch nicht fassen, was Acid getan hat.

Sein Handy klingelt. »Ja, Thorn … Das sagte Sin auch … Ich finde es am besten, wenn wir nach ihm suchen und uns schnellstmöglich um die Angelegenheit kümmern … Ja, die habe ich noch … Ich werde sie einstecken … Den auch, ja … Er wird mich nicht schlagen können ...«

Ich gehe näher an die Tür, um das Gespräch zu belauschen. Thorn verstehe ich nicht, dafür aber Dax und das reicht mir. Was soll er einstecken? Seine Waffe? Und was soll ›den‹ sein? Ein Schlagring vielleicht? Herrgott, warum müssen die Cliquen sich untereinander bekriegen? Chicago ist groß genug für beide, aber nein, sie führen Krieg miteinander. Ich habe wirklich das Gefühl, mich in einer modernen Romeo und Julia Version zu befinden. Allerdings habe ich das in letzter Zeit dauernd.

»Hm, sehe ich auch so … Morgen gegen drei? … Ja, passt mir auch … Ich denke daran, sie einzuweihen … Sie wird uns nicht in die Quere kommen … Nein, ich denke, sie ist froh, wenn Acid außer Gefecht gesetzt wird … Nicht so, wie du jetzt denkst. Ich meinte, dass wir ihn seiner Stellung entheben … Ja, wir übernehmen das Revier, weißt du doch … Ja … Ja … Yo, dann bis morgen … Grüß Ridge … Bye.« Er legt auf, als ich in der Tür stehe und ihm einen

Blick zuwerfe. »Was?«, fragt er, als er meinen skeptischen Blick bemerkt.

»Was habt ihr vor?«

»Acid suchen.«

»Und weiter?«

»Wir werden sicherheitshalber unsere Waffen mitnehmen.«

Ich hebe eine Augenbraue. »Und was ist mit mir? Ich glaube, ihr habt über mich gesprochen. Inwiefern werde ich euch nicht in die Quere kommen?« Meine Stimme klingt ernst, obwohl ich es nicht beabsichtige.

Er seufzt, kommt näher und legt seine Hände an meine Schultern. »Ich soll verhindern, dass du dich einmischst, wenn es ernst wird, aber ich habe ihm gesagt, dass das nicht passieren wird.«

»Sicher?«, frage ich wenig überzeugt.

Dax nickt überzeugt. »Ich will nicht, dass du mich in einem anderen Licht siehst, sollte doch etwas passieren, deshalb wäre ich froh, wenn du hierbleibst.«

»Nein«, erwidere ich wie aus der Pistole geschossen. »Ich werde dich nicht allein lassen.«

»Das ist aber, was ich will.«

»Nein«, wiederhole ich mit fester Stimme.

»Sin, du würdest dazwischen gehen, wenn es ernst wird, das wollen wir verhindern. Du sollst nicht sehen, wie dein Bruder mir eine reinhaut oder ich ihm eine verpasse.«

»Nein, Dax! Ich werde nicht hierbleiben!«, sage ich laut. »Ich will in der Nähe sein, denn ich bin die Einzige, die ihn im Rausch bremsen können wird, auch wenn ich inzwischen ein rotes Tuch für ihn bin.«

Er lässt die Schultern hängen. »Gut, aber du wirst dich im Hintergrund halten.«

»Das werde ich«, erwidere ich.

»Versprochen?«

»Ja.«

»Danke, Sin.« Dax nimmt mein Gesicht in seine Hände und küsst meine Lippen. »Du bist stur.«

»Ich weiß«, wispere ich, als ich in seine Augen sehe.

Daraufhin hebt er mich hoch und trägt mich ins Schlafzimmer. Dort angekommen, lässt er sich rücklings aufs Bett fallen, sodass ich auf ihm lande.

Kichernd möchte ich von ihm runterrutschen, doch er hält mich fest.

Dax streichelt meine Wange, bevor er seine Hand in meinen Nacken schiebt. Er zieht mich zu sich und verwickelt mich wieder in einen Kuss, den er andauern lässt.

Ich ergreife die Initiative, streife mit meiner Zungenspitze über seine Unterlippe, während ich meine Augen geschlossen halte. Seine freie Hand streichelt meinen Rücken, bis sie auf meinen Po rutscht. Er versetzt mir einen Klaps, der mich einen überraschten Laut ausstoßen lässt.

Schließlich fasst er an den Saum meines Shirts, beendet den Kuss und hilft mir hinaus. Unachtsam wirft er es hinter sich. Danach folgt mein BH. Ich richte mich auf, dabei ziehe ich ihn mit mir, damit ich ihm sein T-Shirt ausziehen kann. Als ich es getan habe, werfe ich es ebenso unachtsam weg, wie er es mit meinem getan hat. Ich streichle seine Schultern, seinen Hals, schließlich seine Wangen, bis er mich packt und sich mit mir dreht, sodass ich auf dem Rücken liege. Anschließend löst er sich wieder von mir, um mich von meiner Jeans zu befreien. Allerdings zieht er mir den Slip gleich mit aus.

Dax steht auf, entledigt sich seiner Baggypants samt Shorts und legt sich neben mich. Ich drehe mich auf die Seite, streichle seinen Körper und umfasse schließlich seinen Schwanz. Er keucht, als ich meinen Griff etwas festige, dann meine Hand auf und ab bewege. Er hingegen streichelt meinen Oberkörper, zwirbelt meine Nippel zwischen seinen Fingern und sieht mir in die Augen, während ich mit meiner Massage fortfahre. Ich bemerke den Tropfen seiner Luft, der meine Finger benetzt. Dax scheint es nicht mehr auszuhalten. Er nimmt meine Hand von seinem Glied und zieht mich auf sich. Ich bringe mich in Position, während er es festhält und an meine Pussy legt. Langsam senke ich mich auf ihn, lasse ihn Zentimeter für Zentimeter in mich eindringen, dabei stöhne ich laut auf. Dax hält mich an der Hüfte fest, gibt mir ein Tempo vor, während ich genieße, wie er mich dehnt. Meine Klit reibt über sein Schambein, was kleine Blitze durch meinen Körper schickt. Ich beuge mich zu ihm runter, um einen Kuss zu erhaschen, den er sehr leidenschaftlich werden lässt. Unsere Zungen fechten regelrecht gegeneinander, kämpfen um die Oberhand, doch niemand scheint zu gewinnen. Das neckische Spiel unserer Zungenspitzen harmoniert mit den Bewegungen unserer Becken. Ich lasse meines kreisen, dabei reibt meine Klit heftiger über sein Schambein und die Blitze nehmen an Intensität zu. Schließlich richte ich mich auf, weil Dax mich nach oben drückt. Er rückt nach, schließt seine Arme um mich, dann versenkt er seinen Kopf zwischen meinen Brüsten. Er küsst sie, leckt sanft darüber, schließlich saugt er meinen Nippel zwischen seine Lippen. Er knabbert daran, saugt, neckt mich, bis auch das Impulse durch meinen Körper jagt. Ich bewege mich schneller auf ihm, während er von unten zustößt. Ich weiß gar nicht, wie er es in seiner Position hinbekommt, doch stelle ich nicht infrage, was mir gefällt. Unser Stöhnen wird lauter, wir treiben uns gegenseitig Richtung Höhepunkt, bis Farbpunkte wild vor meinen Augen tanzen.

»Oh man«, stößt er aus, während ich seinen Namen stöhne. Dax gibt mir einen Klaps nach dem anderen auf den Po, manche sind fest, manche nicht so sehr, doch treiben mich beide Arten immer weiter an, bis ich von einer imaginären Welle mitgerissen werde.

Ich schreie auf, als ich mit einer Wucht komme, die sich mit dem Aufprall auf eine Felsklippe vergleichen lässt.

Nur wenig später folgt er und entlädt sich in mir. Dann lässt er sich nach hinten fallen. Ich lege meinen Kopf auf seine Brust, schließe die Augen und versuche, meine Atmung zu beruhigen. »Wow«, keuche ich, während ich seinem wilden Herzschlag lausche.

»Ah-ha«, stimmt er mir zu und streichelt meinen Rücken.

»Also so … lief es auch noch nicht«, sage ich, nachdem ich etwas ruhiger atme.

»Stimmt.«

Ich rolle mich von ihm runter, nehme die Taschentuchbox vom Nachttisch und wische mich ab, danach reiche ich ihm die Box.

Als Dax ebenfalls etwas gesäubert ist, lege ich mich in seinen Arm. »Wow.«

»Das hatten wir schon«, schmunzle ich.

»Wenn es doch zutrifft.«

Lächelnd kuschle ich mich enger an ihn und schließe die Augen. »Wenn jeder Streit zu so einem Orgasmus führt, können wir uns gern öfter streiten.« Dann kichere ich.

Dax lacht auf. »Mir reichen die seltenen Streitereien zwischen uns.«

»So wirklich kann man es gar keinen Streit nennen, auch die anderen Male nicht. Es waren eher kleine Meinungsverschiedenheiten.«

»Du hast recht.«

»Ich weiß.«

»Was weißt du eigentlich nicht?«

»Die letzten Nachkommastellen von Pi.«

Wieder lacht er. »Die kenne ich auch nicht, aber in der Schule waren auch nur die ersten beiden wichtig.«

»Hm.«

»Wie sieht's eigentlich mit deinem Schulabschluss aus?«

»Hm«, mache ich erneut. »Mein Dad möchte immer noch, dass ich die Schule nach dem Sommer wieder besuche, aber ich denke, dass ich es sowieso nicht schaffe.«

»Wie kommst du auf die Idee?«

»Ich war damals schon richtig schlecht in der Schule, ich will nicht, dass sich die Schikane der anderen Schüler mir gegenüber wiederholt.«

»Verstehe ich, aber du könntest auch eine Fernschule machen.«

Ich nicke knapp. »Ja, aber das ist verdammt teuer und ich hätte niemanden, der mir hilft.«

»Ich könnte dir helfen, Ridge und Thorn auch. Wir sind alle nicht blöd«, sagt er gut gelaunt.

»Ich weiß, sonst würde Ridge nicht Medizin studieren, aber ich habe echt keine Lust darauf, wieder die Schulbank zu drücken«, erwidere ich.

»Du hast ja noch Zeit, darüber nachzudenken. Ich finde die Idee nicht schlecht, aber ich bin der Letzte, der dich unter Druck setzen wird«, raunt er mir zu und küsst mein Haar.

Ich bin froh, dass er das gesagt hat, denn unter Druck tue ich immer das Gegenteil von dem, was gut für mich ist. Allerdings scheint Dad darauf zu beharren, dass ich die Schule weitermache. Ich hatte der Bedingung zwar zugestimmt, aber im Nachhinein bereue ich diese Entscheidung. »Danke«, sage ich leise und schmiege mich noch enger an ihn, da mir ohne Decke kalt wird. Ich will bei Dad bleiben, aber definitiv nicht zurück zur Schule. Ich sollte das Gespräch mit ihm suchen, um ihn davon zu überzeugen, dass ich mich wirklich ändern, aber nicht noch mal die Schulbank drücken will. Wenn ich genügend gute Argumente anbringe, wird er sich vielleicht darauf einlassen. Außerdem habe ich mitbekommen, dass er mit Sam über mich gesprochen hat. Sie sagte ihm, dass ich alt genug sei, meine eigenen Entscheidungen zu treffen, und er sah es ein. Wieso sollte er sich querstellen, wenn ich ihm sage, wie ich mich entschieden habe? Ich hoffe, dass er meine Entscheidung akzeptieren wird.

»Wollen wir unter die Decke?«

»Ja.«

»Okay. Lass uns kurz aufstehen, sonst erfrieren wir beide noch.«

Wir stehen auf, lüften die Decke, dann kuscheln wir uns wieder ins Bett. Dax deckt uns zu und ich genieße die Wärme, die meinen Körper erfasst.

»Ich liebe dich, Sin.«

»Ich dich auch«, wispere ich dem Schlaf nahe.

***

Kapitel 14

Ich bin gestern schnell eingeschlafen und habe eine unruhige Nacht hinter mir. Zuletzt habe ich vor einer halben Stunde auf den Wecker geguckt, so ging es die ganze Nacht. Nachdem Dax eingeschlafen war, wurde ich ständig wach, weil ich mir Gedanken um den heutigen Tag gemacht habe. Ich habe Angst, dass Dax und seinen Freunden etwas passiert, denn nach gestern weiß ich wieder sicher, dass Acid auch nicht vor Waffengewalt zurückschreckt. Ridge musste es am eigenen Leib erfahren, doch laut Thorn, der gestern mit Dax telefonierte, ist es wohl nur eine etwas tiefere Schramme, die er davongetragen hat.

Wir sitzen im Auto und Dax behält die Straße genau im Auge. »Irgendwo müssen sich die Schweinebacken doch versteckt halten.«

»Ich kann dir sagen, wo sie wohnen. Ist zwar Verrat an meinem Bruder, aber bei einem der Kerle sind sie immer, statt sich irgendwo zu verstecken.«

»Okay, fangen wir mit Beast an. Wo wohnt er?«

Ich nenne Dax die Adresse, dann wendet er den Wagen. »Wohnt in einer ganz schön feinen Gegend.«

»Wenn man die nötige Scheiße baut und damit zu Geld kommt, kann man es sich leisten. Nicht weit von dort wohnt mein Bruder«, erkläre ich.

»In Ordnung, dann klappern wir sie nach und nach ab.«

Ich nicke knapp.

»Ich rufe Thorn an, um ihm die Adresse durchzugeben.«

»Okay.«

Dax tippt auf sein Handy, das in eine Freisprechanlage geklemmt ist, dann ertönt das Freizeichen.

»Hast du was?«, erkundigt sich Thorn.

»Ja, Sin kennt die Adressen von Acid und seinen Leuten. Sie hat mir gerade Beasts genannt, wir fahren dorthin.« Anschließend gibt er sie Thorn durch.

»Wir kommen dorthin.«

»Alles klar. Bis gleich, Alter.« Dax beendet das kurze Telefonat und schaut zu mir. »Du bist blass.«

»Ich habe Angst.«

»Wovor?«

»Davor, dass ich Acids Leute weglocken soll, sobald ihr beide angefangen habt.«

Er seufzt. »Es war nur eine Idee, du musst es nicht machen. Außerdem wissen wir nicht, ob sie darauf eingehen.«

»Das werden sie, wenn ich das Richtige sage.«

Dax' Mundwinkel zuckt. »Was wäre das Richtige?«

Daraufhin grinse ich. »Ich muss nur über ihre Ausstattung oder ihr Talent im Bett herziehen, darauf sind sie bisher immer eingegangen.«

»Okay«, schmunzelt er.

Nach zwanzig Minuten sind wir bei Beast angekommen. Dax parkt etwas weiter von der Wohnung entfernt, was er Thorn sofort per SMS mitteilt, damit wir uns dort treffen. Ich steige aus dem Wagen und schaue mich um. »Vielleicht sollte ich über die Dächer gehen?«

»Nein, ich will dich nicht früher aus den Augen lassen als unbedingt nötig.«

Ich nicke knapp. »In Ordnung.« Normalerweise hätte ich mich dieser Anweisung widersetzt, aber ich möchte nicht, dass Dax sich Sorgen macht. Er braucht seine Konzentration für das, was vor ihm liegt. Ich habe Angst, dass es schiefgeht, aber ich werde nun nicht das Unken anfangen und es laut aussprechen.

Thorns und Ridges Autos nähern sich uns und parken neben Dax' Wagen. »Leute«, begrüßt er seine Freunde.

»Also, welche Wohnung ist Beasts?«, möchte Thorn wissen.

»Ich habe ihre Autos nirgends entdeckt, normalerweise parken sie auch immer hier. Ich schätze, wir müssen weiterfahren«, antworte ich.

»Wohin als nächstes?«, fragt Ridge.

»Zu Acid.« Ich nenne ihnen die Adresse, dann steigen wir alle wieder in die Autos. Ich fühle mich wie in einem Krimi, in dem wir die Cops sind und die Verbrecher jagen. Gut, wir jagen wirklich ein paar Kriminelle, doch selbst sind wir keinen Deut besser. Vielleicht sind die Vergehen von Dax und seinen Freunden weniger schlimm, aber das weiß ich nicht einmal. Mir ist bewusst, dass sie sich häufig prügeln und mit anderen anlegen, aber von einem richtigen Verbrechen weiß ich nichts.

»In fünf Minuten müssten wir schon bei Acid sein, wenn der Verkehr es zulässt«, sagt Dax.

»Ich weiß, man ist von hier aus schnell bei ihm.«

Auch bei Acid war niemand, weshalb wir nun auf dem Weg zu Spade sind. ›Bingo‹, denke ich, als ich ihre Autos verteilt geparkt sehe. »Sie sind hier«, sage ich zu Dax.

»Ich habe Acids Karre auch schon gesehen.«

»Eigentlich heißt er Henry«, lasse ich ihn wissen.

Dax fängt an zu lachen. »Das hätte ich nicht gedacht.«

»Na ja, meine Eltern haben uns nach dem verstorbenen Grandpa meiner Mom und der Grandma meines Dads benannt«, erzähle ich.

»Es ist immer noch besser als Cuthbert oder so was«, gluckst er.

»Stimmt, aber er hasst seinen Namen.«

»Damit ist er nicht allein, du magst Veronica ja auch nicht.«

Ich nicke zustimmend. »Die anderen sind auch da«, stelle ich fest, als ich einen Blick in den Seitenspiegel werfe.

»Alles klar, dann mal los.« Dax steigt aus, ich folge ihm.

Ich bin gespannt, wie es laufen wird.

Thorn und die anderen deuten zum Haus. Ich gehe ihnen hinterher, doch halte ich mich im Hintergrund. Ich weiß, was mein Bruder mit Verrätern macht, doch andererseits könnten die Jungs ihm auch so gefolgt sein. In Traces Hosenbund sehe ich eine Waffe stecken. Am liebsten würde ich sie ihm wegnehmen und sie entsorgen, doch beherrsche ich mich. Hoffentlich geht das alles ohne Waffengewalt vonstatten.

Ridge hämmert fest gegen die Wohnungstür. »Acid, beweg deinen Arsch an die Tür, wir haben was zu klären!«

Die Tür öffnet sich und Beast sieht ihn teilnahmslos an. »An deiner Stelle würde ich das Maul nicht so weit aufreißen, Cavendish.«

Ridge schubst ihn in die Wohnung, seine Freunde folgen ihm. »Ich gebe euch genau zwei Möglichkeiten, entweder wir lösen das ganze friedlich oder ...«

»Oder Acid und ich stehen uns in einem alles entscheidenden Kampf gegenüber«, unterbricht Dax ihn.

Ich bin vor der Tür geblieben, damit ich niemanden aggressiv mache.

»Was habe ich von dem Kampf, Dax?«, möchte mein Bruder wissen.

»Der Einsatz wird alles oder nichts sein. Gewinnst du, bekommst du unser Revier, Sin, unsere Kontakte. Gewinne ich, bekommen wir dein Revier, Sin und deine Kontakte«, antwortet Dax. »Ein Kampf um alles.«

Acid lacht. »Du glaubst ernsthaft, dass du eine Chance gegen mich hast?«

»Ich weiß, dass ich sie habe, immerhin bist du nicht dafür bekannt, besonders viel zu trainieren.«

Ich werfe einen Blick in die Wohnung, ziehe aber meinen Kopf zurück, als Screw zu mir schaut.

»Sin ist es nicht wert, dass ich mir für sie die Fresse polieren lasse«, sagt Acid nach einer Denkpause. »Aber wir können gern um die Reviere kämpfen.«

»Nur du und ich, deine Leute mischen sich nicht ein, meine Leute mischen sich nicht ein«, erwidert Dax tonlos.

Acid räuspert sich. »Lässt sich einrichten. Wann und wo?«

»Heute Abend in Thorns Fight Club«, antwortet Dax. »Und denk dran, niemand mischt sich ein. Wir haben genug Leute, die aufpassen werden.«

»Bis heute Abend, Dax.«

»Ach ja«, unterbricht Ridge die Ruhe. »Ich sollte mich für den Schuss revanchieren, aber das machen wir dann nach eurem Kampf.«

Ich höre, wie sie sich in Bewegung setzen und die Wohnung verlassen. »Warum hast du ihn für heute Abend herausgefordert?«, frage ich Dax. »Du hättest ihn jetzt sofort fordern können.«

»Er soll noch ein wenig schmoren und überlegen, ob ich wirklich so viel fitter bin als er.«

Daraufhin seufze ich. »Na gut.« Es lief vollkommen anders, als wir es abgesprochen hatten, was mich verunsichert. Ich kenne das Haus, in dem die Kämpfe stattfinden, die Thorn austrägt. Es gibt immer irgendeinen Irren, der meint, es mit ihm aufnehmen zu können.

Wir fahren zu Snow, die uns bereits mit Essen erwartet. Ich bin nicht besonders hungrig, doch nehme ich einen Teller entgegen, als sie ihn mir reicht. »Danke«, sage ich leise.

»Gern.« Sie lächelt mich aufmunternd an, aber ich kann nur an heute Abend denken. Wer wird aufpassen, dass nichts schiefgeht? »Wissen die Leute auf der Straße, dass ihr heute Abend kämpfen wollt?«

Thorn schüttelt den Kopf. »Wir haben es nicht bekannt gemacht. Wenn es zu voll wird, kann man sie nicht mehr kontrollieren, was das Risiko birgt, dass Acid irgendwie Waffen reinschmuggelt.«

»Und wer passt auf, dass dem nicht so ist?«, hake ich nach.

»Wir haben ein paar Leute angeheuert und gut bezahlt, damit sie aufpassen«, erwidert er.

»Ich finde es nicht gut, dass Dax sich prügeln wird«, sagt Snow seufzend.

»Du findest es nie gut, wenn sich irgendjemand prügelt, und trotzdem wolltest du lernen, dich zu verteidigen«, entgegnet Dax amüsiert.

»Das ist doch etwas vollkommen anderes!«, reagiert sie über und steht auf.

Ich sehe sie beide irritiert an.

»Snow ist recht … unschuldig«, sagt Trace leise zu mir. »Immerhin war sie mal eine … Non- Novizin.«

»Wo liegt der Unterschied?«, hake ich nach.

»Glaube, eine Novizin ist eine Schwesternschülerin oder so was, aber keine Ahnung. Frag Google, der ist immer ein guter Freund und Helfer.«

»Hm, hast recht, aber mich interessiert das Thema nicht so sehr, dass ich es googeln möchte«, kichere ich.

»Was ist so lustig?«, fragt Thorn finster dreinblickend.

»Nichts«, antworten Trace und ich im Chor und widmen uns unserem Essen.

Wenn Snow eines kann, dann kochen. Es schmeckt unglaublich gut, obwohl ich gar keinen Appetit hatte, und am liebsten hätte ich noch einen Nachschlag, bloß fürchte ich, dass ich dann nicht mehr laufen, sondern nur noch herumkugeln kann. Meine Aufregung steigt weiterhin, jedoch lasse ich es mir von den anderen nicht anmerken. Manchmal muss man seine Sorgen runterschlucken und sich später davon überzeugen lassen, dass sie vollkommen unnötig waren.

* * *

Als wir abends an dem heruntergekommenen Haus ankommen, schlägt mir das Herz bis zum Hals. Dax strahlt eine gefährliche Ruhe aus, die mich nicht ansteckt, dabei wäre ich froh, wenn sie es täte. Acid und seine Freunde sind noch nicht da. Ich hoffe nur, dass sie unbewaffnet kommen, denn es würde ihnen ähnlich sehen, zu versuchen, sich mit Waffengewalt zum Sieg zu verhelfen.

Als wir im Inneren sind, wärmt Dax sich auf. Ich setze mich an ein zerbrochenes Fenster und atme die frische Abendluft ein. Sie lässt mich frösteln, dabei ist es nicht so kalt, dass man zittern müsste. Ich schiebe es auf meine Angst. Mein Blick fällt auf Dax, der immer noch stoische Ruhe ausstrahlt. Auch die anderen sind eher ruhig, bloß Snow scheint ebenso aufgeregt zu sein wie ich. Sie steht unweit von mir bei Hope, sie unterhalten sich und werfen mir immer wieder Blicke zu. Sicher sind sie der Meinung, dass es zu viel Aufwand ist, um mich vor meinem Bruder zu schützen. Zumindest ich sehe es so. Ich hätte mich von Anfang an von Dax fernhalten müssen, dann wäre es niemals so weit gekommen.

»Yo, Leute«, sagt Acid gut gelaunt. Er wirkt siegessicher, doch weiß ich nicht, wie weit die beiden sich zu Brei schlagen werden. Möglicherweise gehen sie auch mit einem Unentschieden aus der Sache raus. »Kann's losgehen? Hab' nicht die ganze Nacht Zeit.«

»Klar«, erwidert Dax und zieht sein Shirt aus.

Acid tut es ihm gleich und nur mit ihren Jeans bekleidet gehen sie in die Mitte des Raums.

Thorn folgt ihnen. »Es ist alles erlaubt, außer Tritte in die Weichteile, sonst könnt ihr euch meinetwegen die Köpfe abreißen.«

Die beiden nicken grimmig, genauso sehen sie einander an. Ich schaue mich um. Spade, Screw, Beast und Doom stehen quasi auf

Acids Seite des provisorischen Rings, der scheinbar mit Kreide gezogen wurde.

Ridge, Trace, Chase, Misha, Oren und Thorn stehen hinter Dax. Genauso wie Snow und Hope, bloß ich sitze zwischen ihnen. Genauso fühle ich mich. Ich stehe zwischen den Stühlen. Einerseits will ich nicht, dass Dax verliert, weil ich ihn liebe, andererseits möchte ich nicht, dass Acid zu viel abbekommt, da er mein Bruder ist. Hier ist das Blut nicht dicker als Wasser, aber beide Männer bedeuten mir etwas. Der eine mehr, der andere weniger. Wer sieht schon gern seine Familie untergehen? Andererseits hat Acid mir in letzter Zeit so viel Leid zugefügt, dass es ihm ganz recht geschieht, wenn er so viel wie möglich aufs Maul bekommt.

»Los!«, ruft Thorn und die anderen fangen an, Dax anzufeuern.

Die Freunde meines Bruders feuern ihn an.

Dax und Acid umkreisen einander. Sie lassen sich nicht aus den Augen, doch niemand wagt sich aus seiner kleinen Komfortzone. Ich verhalte mich ruhig, um Dax nicht abzulenken. Das wäre das Schlimmste, das ich nun tun könnte.

»Nun macht schon, da sind Frauen ja unterhaltsamer als ihr!«, brüllt Oren schließlich.

Die beiden gehen aufeinander los. Acid landet einen Hieb, doch Dax wehrt sich mit einer Combo aus mehreren Schlägen, die er ihm verpasst. Ins Gesicht, in die Rippen, und als Acid sich durch die Wucht eines weiteren Kinnhakens dreht, schlägt Dax ihm mehrfach in die Nieren. »Na, wie gefällt dir das, du Arschloch?«, fragt er im Rausch.

Die Fäuste fliegen und irgendwann habe ich keinen Überblick mehr, wem welche Fäuste gehören.

Der Kampf läuft auch zehn Minuten später noch. Inzwischen sehe ich nicht mehr hin, doch dann werden Acids Freunde lauter. Es folgt ein dumpfer Aufprall und ich wende meinen Blick wieder auf die Mitte des Raums. Dax liegt am Boden. »Verpass ihm den Rest, Acid, los!«, brüllt Doom, der ebenfalls wie im Blutrausch wirkt.

»Wehr dich, Dax, los, wehr dich!«, schreie ich und springe von meinem Platz auf. »Los!«

Er schaut zu mir, dann wieder zu Acid. Dax packt sein Bein und zieht es ihm weg, sodass mein Bruder ebenfalls auf dem Rücken landet. So wie er reagiert, scheint es ihm die Luft aus den Lungen zu pressen. Dax, der geschafft wirkt – das wäre ich auch, wenn ich mich so leidenschaftlich geprügelt hätte – setzt sich auf Acids Bauch. Dann fängt er an, erneut zuzuschlagen. Mehrmals.

Ich höre die Nase meines Bruders brechen und sehe, wie sein Gesicht immer mehr einem blutigen Klumpen ähnelt. Es bringt Leben in mich. Ich empfinde keine Liebe mehr für ihn, doch Dax soll ihn nicht totschlagen. »Es reicht, Dax. Hör auf!«, rufe ich, als ich entgegen der Regeln den Ring betrete. Ich weiß, dass es ein Kampf auf alles oder nichts ist, doch soll mein Bruder nicht draufgehen. Ich fange Dax' Arm ab, als er zu einem weiteren Schlag ausholt, doch kann ich den Schlag nicht abfangen. Deshalb werfe ich mich auf meinen Bruder.

Dax senkt seine Faust und sieht mich mit großen Augen an. »Sin, geh von ihm runter.«

»Wenn du ihn totschlagen willst, musst du an mir vorbei«, erwidere ich.

»Du ziehst ihn mir vor?«

Ich schüttle den Kopf. »Nein, aber er hat es nicht verdient, totgeschlagen zu werden.«

Dax atmet durch, dann steht er auf. Er sieht zu mir runter, dann streckt er seine Hand aus.

Ich ergreife sie, anschließend zieht er mich hoch. »Ich ziehe ihn dir nicht vor.«

Dax nickt, lässt meine Hand los und schaut auf Acid. »Komm, Alter.« Er hilft ihm auf. »Behalt dein Revier, aber zwischen deinen und meinen Leuten herrscht Waffenstillstand. Außerdem wirst du mich und meine Freunde, insbesondere Sin, nie wieder bedrohen, verstanden?«, wendet er sich an meinen halbohnmächtigen Bruder.

»Einverstanden«, erwidert er geschafft, anschließend spuckt er Blut aus.

Doom kommt zu uns und übernimmt Acid. »Ein fairer Kampf, du hast gewonnen, Dax.«

Dax nickt ihm zu, dann wendet er sich von ihm ab. »Lasst uns gehen.«

Thorn sieht ihn mürrisch an, als ich mich ihm mit Dax an meiner Seite nähere. »Du überlässt ihm sein Revier?«

»Und ich habe Waffenstillstand verlangt, das reicht fürs Erste.«

Daraufhin schnaubt er. »Das wird noch eine Menge Ärger geben.«

Ich mische mich nicht ein, sondern überlasse das Dax' Freunden. Wer bin ich schon? Ich habe mich in den Kampf eingemischt, was ich nicht hätte tun dürfen, doch wollte ich nicht, dass er Acid totschlägt. Mein Bruder hat vieles verdient, aber nicht das. Irgendwann wird er die Quittung für all seine Taten bekommen und an diesem Tag wird das Karma fette Menüs servieren, an denen er lange zu knabbern haben wird.

»Lasst uns fahren. Ich will mir das Blut abwaschen«, sagt Dax und schaut zu mir. »Fährst du?«

»Kann ich machen.«

Er wirft mir seine Autoschlüssel zu, anschließend zieht er seinen Hoodie über. »Gut, dann los.«

»Wir sollten deinen Sieg feiern«, meint Ridge und sieht in die Runde. »Aber vorher muss ich noch etwas erledigen.«

»Lass meinen Bruder in Ruhe«, mische ich mich nun doch ein. »Du kannst dich rächen, wenn er sich wehren kann, aber jetzt wäre es ein feiger Sieg für dich.«

Scheinbar habe ich ihn dort getroffen, wo es ihm am meisten wehtut. Ein männliches Ego sollte man nicht angreifen, aber es wirkt meistens besser als alles andere.

»Gut.« Ridge schaut zu Acid. »Wir sehen uns, wenn es dich wieder in einem Stück gibt.«

»Es herrscht Waffenstillstand, Ridge«, knurrt Dax.

»Ich werde mir meine Rache nicht nehmen lassen«, entgegnet Ridge im selben Tonfall.

Daraufhin schnaubt Dax und ergreift meine Hand. »Hauen wir ab. Ich will nach Hause und duschen.«

»Okay.«

»Sehen wir uns nachher bei Hood?«, fragt Oren.

»Ja, machen wir«.

* * *

Dax sitzt nach der Dusche auf der Couch, während ich auf dem Couchtisch Platz genommen habe. Ich desinfiziere die vielen kleinen Cuts, die er im Gesicht hat. Es ist krass, wie die Haut unter der Wucht eines Schlags aufplatzen kann. Er hat ein Veilchen und eine Platzwunde an der Lippe, sonst ist er wohlauf. Ich bin froh, dass es relativ glimpflich für ihn ausgegangen ist, was man von meinem Bruder nicht behaupten kann. »Gott, das tut weh«, zischt er, als ich einen weiteren Cut desinfiziere.

»Sei nicht so ein Mädchen, du hast vorhin bildgewaltig auf die Fresse bekommen und dich nicht beschwert.«

Er nickt mit grimmiger Entschlossenheit und schließt die Augen.

Bis ich fertig bin, beschwert er sich nicht mehr. Ich mache kleine Pflaster auf die Schnitte und tätschle schließlich seine rechte Wange, da unter diesem Auge kein Veilchen prangt. »Wann willst du los?«

»Zu Hood?«

»Nein, zum Nordpol. Klar zu Hood«, erwidere ich trocken.

Er grinst. »Ich glaube, ich verschiebe es nach hinten und entspanne noch ein wenig. Die Jungs können warten.«

»Sie wollen deinen Sieg feiern, also lass uns los. Wir können ja schnell wieder abhauen.«

Daraufhin seufzt Dax. »Na schön, lass uns fahren.« Er steht auf und geht Richtung Schlafzimmer. »Ich ziehe mich um, willst du dich vielleicht auch umziehen?«

Ich schüttle den Kopf. »Ich warte hier.«

»Alles klar.«

Zehn Minuten später – so lange brauche ich nicht einmal, um mich umzuziehen – kommt er wieder ins Wohnzimmer.

Wir verlassen seine Wohnung und gehen schließlich zu seinem Auto. Dax überlässt mir einmal mehr die Schlüssel, bevor wir es erreichen. »Fahr keine Schramme in den Lack.«

»Habe ich das vorhin getan?«

»Nö, ich sag's ja nur.«

Ich strecke ihm die Zunge raus, während er mich verschmitzt angrinst. Wir steigen ein und ich starte den Motor. Konzentriert manövriere ich das Auto aus der Parklücke und lenke es auf die Straße. »Willst du heute Abend Alkohol trinken?«

»Weiß noch nicht«, erwidert er. »Aber ein Bier oder zwei werden's sicher.«

»Okay.«

»Und du?«

»Ich stehe nicht so auf Bier, aber vielleicht, wenn Hood mir eines gibt.«

»Ich kann es dir holen.«

»Oder du lässt es. Ich schaue einfach, ob ich mir dich und deine Freunde erträglich saufen muss«, kichere ich, als ich an einer roten Ampel stehen bleibe.

Er lacht auf. »Du bist ein Biest.«

»Ich weiß.«

Etwas später sind wir bei Hood angekommen. Dax nimmt seine Autoschlüssel zurück, dann legt er seinen Arm um mich. Wir gehen hinein und hören seine Freunde schon lachen, als wir sie noch nicht sehen. Hood deutet in die Richtung, in der sich ihr Tisch befindet, nachdem wir ihn begrüßt haben. Er wirkt mürrisch, aber das ist fast Alltag bei ihm.

»Da seid ihr ja endlich«, sagt Oren und reicht Dax ein Bier. »Sin, ich wusste nicht, was du trinkst, deshalb stehen hier 'ne Cola und ein Bier.«

»Ich nehme die Cola««, erwidere ich und greife nach der Flasche. »Na dann, auf Dax' Sieg.«

Wir stoßen miteinander an, die anderen wiederholen den Toast lauter, dann trinken wir. Inzwischen fühle ich mich wohler bei ihnen, weil sie mich akzeptiert haben. Ich bin froh, dass Dax den Kampf für sich entschieden hat, denn nun steht uns nichts mehr im Weg. Acid stellt keine Bedrohung mehr dar, sodass ich keine Angst mehr vor ihm haben muss. Klar, mein Bruder ist nicht zu durchschauen, weshalb ich nicht weiß, ob er sich lange an diesen Waffenstillstand halten wird. Ich weiß nicht einmal, ob einer seiner Freunde ihn nicht von seinem Platz verdrängen wird, denn heute Abend hat er nicht besonders viel Stärke bewiesen, doch das kann mir egal sein. Ich möchte mit meinem Bruder nichts mehr zu tun haben. Ich habe mit ihm gebrochen und endlich fühle ich mich frei. Mit Dax an meiner Seite habe ich einen tollen Mann gefunden, der zu mir steht und auf mich aufpasst. Was die Schule betrifft, bin ich immer noch unsicher. Vielleicht gebe ich dem Ganzen eine Chance, aber ich tendiere eher dazu, es nicht zu tun und mich auf meine Weise durchzuschlagen. Sollte Dad mich deshalb rausschmeißen, dann ist es eben so. Ich bin mir sicher, dass Dax mich bei sich wohnen lässt.

»Was geht dir durch den Kopf?«, fragt er nach einer Weile mit rauer Stimme, als er mich an sich zieht.

Ich lege meine Arme um seinen Hals und kreuze sie, dabei halte ich meine Cola mit beiden Händen fest. »Hm, ich weiß nicht.« Ich dränge mich an ihn.

»Oah Gott«, stößt er aus. »Pass ein bisschen auf.«

Ich lache leise. »Was bist du? Ein Mann oder eine Pussy?«

»Ich gebe zu, dass ich mit Schmerzen eher eine Pussy bin«, gluckst er.

»Immerhin kannst du auch mal eine sein, andere kriegen das nicht auf die Kette.«

Er nickt und sieht mir in die Augen. »Ich bin froh, dass ich das für mich entschieden habe.«

»Ich auch.«

»Jetzt steht uns nichts mehr im Weg.«

»Stimmt«, sage ich lächelnd und hauche einen Kuss auf seine Lippen.

»Ich liebe dich, meine kleine Sünde.«

»Ich dich auch, Dax.«

Er beugt sich zu mir und küsst mich leidenschaftlich, doch lässt er es nicht allzu lange andauern. »Da uns jetzt keiner mehr bedroht ... Was hältst du davon, mir mal diese ganze Parcours-Geschichte beizubringen?«

»Nicht viel, ich will nicht schuld sein, wenn du dir den Hals brichst«, erwidere ich trocken.

»Hey, ein bisschen Talent habe ich, sonst hätte ich dich damals nicht eingeholt.«

»Na gut, aber ein bisschen ist nicht besonders viel«, kichere ich.

»Deshalb sollst du es mir ja beibringen.«

»Okay. Wann willst du loslegen?«

Er sieht hoch, scheint zu überlegen. »Wie wäre es nach dem Bier?«

»Mir wäre es lieber, wenn du dabei nüchtern bist.«

»Okay, dann jetzt.« Er stellt die Flasche ab und ich löse mich von ihm. »Leute, wir sind mal 'ne Stunde weg. Sin bringt mir bei, über Dächer zu hüpfen.«

Ich hoffe, dass es nicht schiefgeht. Meine gut trainierten Tage liegen schon eine Weile zurück und besonders viel habe ich nicht gemacht, seit ich aus dem Krankenhaus entlassen wurde. Die meisten Sprünge habe ich versiebt, als ich sie versucht habe.

»Bis später, Leute«, sagen die anderen nacheinander.

Ich verabschiede mich ebenfalls, anschließend verlassen Dax und ich die Bar. Ich führe ihn in die Gasse neben Hoods Bar und deute auf die Feuerleiter.

»Ladies first«, meint er und ich klettere hoch.

»Du bist dir sicher, dass du es tun willst?«

»Sehr sicher sogar und vor allem möchte ich mit dir allein sein.«

Als wir oben sind, schaue ich mich um. »Wir nehmen die Mauer, die Hausschlucht ist nicht besonders breit, das müsstest du schaffen.« Ich dehne mich etwas, bevor ich Anlauf nehme. Ich achte nicht darauf, ob Dax einverstanden ist oder nicht. Als ich den Sprung auf die Mauer gemacht habe, stoße ich mich sofort ab und lande auf dem nächsten Dach. Ich rolle mich ab und komme auf die Beine, anschließend drehe ich mich zu ihm um.

»Also mit Anlauf rüber?«

»Ja, so wie ich es dir vorgemacht habe!«, rufe ich ihm zu.

»In Ordnung.« Er läuft zur anderen Seite des Dachs und rennt los. Er macht es mir nach und landet neben mir, allerdings kriegt er das mit dem Abrollen nicht hin und bleibt im Split liegen. »Au«, stößt er aus.

Kichernd lege ich mich neben ihn. »Alles gut?«

»Ja, aber du hattest recht. Ich hätte warten sollen.«

»Ich habe dich gefragt, ob du es ernst meinst, du wolltest unbedingt.«

»Ich hätte auf dich hören sollen.«

»Das kann ich nicht oft genug hören.«

Dax legt seinen Arm um mich. »Bist du glücklich?«

»Ja«, erwidere ich. »Und du?«

»Das bin ich. Zum ersten Mal seit langer Zeit«, raunt er und dreht sich auf die Seite. »Lass mich nicht mehr allein, okay?«

»Ich denke ja gar nicht daran«, sage ich leise und schenke ihm ein Lächeln.

Dax haucht einen Kuss auf meinen Mundwinkel und sieht mir in die Augen. Er schweigt, doch es ist ein angenehmes Schweigen.

Ich halte seinen Blick, dabei verliere ich mich in ihm und vergesse einmal all meine Sorgen.

Vielleicht sind wir ja das, was Shakespeare eigentlich für Romeo und Julia vorgesehen hatte. Das glückliche Paar, das allem trotzt und sich von nichts und niemandem auseinanderbringen lässt. Ich finde, Shakespeares Liebespaar hätte das Happyend verdient, das Dax und ich bekommen haben. Aber wer weiß, wie lange es so bleibt? Ich habe keine Ahnung, aber Fakt ist, dass ich es genießen werde.

Ich liebe ihn.

Er liebt mich.

Besser kann es gar nicht laufen.

Ende

Liebe Leser

Ich freue mich, dass Ihr auch dieses Buch gekauft habt. Die Arbeit an Dax hat mir unheimlich viel Spaß gemacht, auch wenn er erst später für die Heart vs. Head Serie geplant war, konnte ich nicht länger warten und wollte seine Geschichte unbedingt mit Euch teilen. Ich hoffe, er ist Euch genauso ans Herz gewachsen wie mir.

Es gibt wie immer ein paar liebevolle Menschen, denen ich danken möchte.

Zuerst Lea, ohne Deinen Einsatz wäre ich aufgeschmissen. Danke, dass Du immer ein offenes Ohr für mich hast, mir Ratschläge für die Geschichten gibst, und mein Leben als Freundin bereicherst!

Madeleine, auch Dir danke ich für Deinen Einsatz. Würdest Du mir nicht zur Seite stehen, wäre ich nur noch mit der Betreuung der Fanseiten auf Facebook beschäftigt. Danke, dass Du eine wahnsinnig gute Freundin geworden bist und immer für mich da bist.

Paul, Dir danke ich besonders für den Beistand in den letzten Wochen. Ohne Dich wäre ich an meinem Verlust zerbrochen, doch Du hast nicht zugelassen, dass ich mich hängenlasse. Du hast mir wieder auf die Beine geholfen und dafür werde ich Dir für immer dankbar sein!

Danny, meine ältere Schwester, ich danke Dir, dass Du, egal, wie weit Du weg bist, Dich immer sofort auf den Weg machst, wenn ich Dich brauche. Danke, dass ich Dich zu jeder Tag- und Nachtzeit anrufen und mit dir reden kann. Ich hab' Dich unheimlich lieb!

Ich möchte auch meiner Ma, die nun vom Himmel aus ein Auge auf mich hat, danken. Ohne Dich hätte ich meinen Traum niemals verwirklicht, Du hast mir immer Mut gemacht, meine Ziele zu verfolgen, nicht aufzugeben und zu kämpfen. Danke, dass Du mir so ein starkes Vorbild und eine wundervolle Mutter gewesen bist. Ich bin unheimlich stolz, Deine Tochter zu sein, und ich werde Dich ewig liebe. Du bist nicht von mir gegangen, Du bist vor mir gegangen und ich wette, in ein paar Jahrzehnten werden wir uns wiedersehen. Bis dahin, halt mir bitte einen Platz da oben frei. Ich liebe und vermisse Dich.

Auch Euch Lesern danke ich von ganzem Herzen für alles. Ohne Euch wäre es nicht dasselbe. Danke!

Hört niemals auf, Eure Träume zu verfolgen und tragt immer ein bisschen Jugend in Euch!

Eure
Drucie Anne

Über die Autorin

Drucie Anne Taylor wurde 1987 als jüngstes von vier Kindern in Köln geboren. Gemeinsam mit ihrer Familie, zu der auch ein Shih-Tzu und ein Malteser gehören, lebt sie immer noch in der Stadt am Rhein. Nach ihrer Ausbildung im Einzelhandel kehrte sie diesem aufgrund der Geburt ihres ersten Kindes den Rücken zu.

Schon in ihrer Jugend entdeckte sie die Liebe zum Schreiben, weshalb sich heute noch viele Manuskripte in dunklen, seither nie wieder geöffneten Schubladen verbergen. Wenn sie nicht gerade schreibt, besucht sie gern Musicals oder sieht sich mit Vorliebe Musical-, Liebes- oder Horrorfilme an, sie erkennt diesen Widerspruch selbst - ihr größtes Fandom ist jedoch die Serie „Supernatural“, oder erkundet gemeinsam mit ihrer Familie die große weite Welt.

Zum Schreiben braucht sie nur wenige Dinge: Latte Macchiato, Musik oder Lärm, da sie sich bei absoluter Ruhe nicht konzentrieren kann, Salzstangen und genug Papier, um sich weitere Ideen zu notieren.

Drucies Website: drucieannetaylor.de
Facebook: drucieannetaylorauthor
Twitter: DrucieATaylor
Instagram: drucieannetaylor
Kontakt: drucie@drucieannetaylor.de

Weitere Werke der Autorin

Die Coral Gables Serie
Rough: Raue Versuchung
Avery: Sinnliches Verlangen
Priest: Prickelndes Begehren
Nathaniel: Vertraute Liebe
Thierry: Verzweifelte Sehnsucht
Draven: Rockige Leidenschaft
When she arrives
Anson: Gefährliche Begierde
Callum: Sehnsüchtiges Prickeln
A Rough Christmas (Kurzgeschichte)
Garrett: Brennende Seelen
Kliv: Verräterische Sinnlichkeit
Vincent: Lehrende Herzen
Clayton: Gespaltene Gefühle
Sky: Geliebte Schatten
Beau: Verführerisches Verlangen Teil 1 & 2 sowie als Sammelband erhältlich

Die Hamptons Serie
Gavin: Pure Leidenschaft
Alexis: Liebende Noten
Azer: Chaotisches Laster
Mike: Verführerische Sinne
Our Rocking Christmas (Kurzgeschichte)

Die Heart vs. Head Serie

Addicted to Ridge

Addicted to Thorn

Addicted to Dax

Addicted to Trace

Addicted to Chase

Addicted to Misha

Addicted to Oren

Addicted to Crush

McBannon Brothers

Logan: Ein Sommer auf der McBannon Ranch

Die Darling Serie

Goodbye, Darling

See you, Darling

Standalones

hashtag: #love

Special Unit Love (Coral Gables Serie Outtake)

Nights within Stardust